1.ª edición: febrero, 2016

© Nieves Hidalgo, 2014
© Ediciones B, S. A., 2016
   para el sello B de Bolsillo
   Consell de Cent, 425-427 - 08009 Barcelona (España)
   www.edicionesb.com

Publicado originalmente por B de Books para Selección RNR

Printed in Spain
ISBN: 978-84-9070-175-1
DL B 325-2016

Impreso por NOVOPRINT
           Energía, 53
           08740 Sant Andreu de la Barca - Barcelona

Lady Ariana

NIEVES HIDALGO

1

Toledo, febrero de 1873

Los ojos oscuros del joven se entrecerraron ligeramente. Para los que lo conocían bien, era un clarísimo síntoma de enojo y el hombre que estaba frente a él lo sabía. Lo vio estirar las largas y musculosas piernas y ponerlas con desgana sobre el escabel forrado de raso.

Esperó.

Esperó hasta que su interlocutor apuró el contenido de su copa, la depositó sobre la mesita que estaba a su derecha y se incorporó. Cuando lo hizo, el corazón de Henry Seton sufrió un vuelco, seguro de no poder librarse de su lengua mordaz.

Y no escapó. La voz de Rafael Rivera fue apenas un susurro, pero cargado de irritación.

—Henry, es la proposición más disparatada, incoherente e insensata que me han hecho jamás.

Seton suspiró y asintió. También a él se lo parecía, no iba a negarlo; su proyecto parecía idea de un hombre fuera de sus cabales, pero el tiempo apremiaba y a él no le quedaba otra salida. Obtener la ayuda del español era imprescindible, haría cualquier cosa por conseguirla.

—Rafael, muchacho —utilizó un tono conciliador—, solo hazme el favor de pensártelo, ¿quieres?

Destelló una nueva chispa de furor en las pupilas del joven antes de que golpeara el brazo del asiento.

—¡Por las barbas de Judas, hombre!

—Si lo analizas fríamente, no es algo tan descabellado.

—¿De veras? ¿No es descabellado para quién? La edad empieza a pasarte factura, Henry —repuso demasiado hosco.

—Ella no es...

—Amigo mío, escúchame. —Rafael se levantó, se acercó a él y, apoyándose en los hombros del otro, se inclinó hasta que sus narices estuvieron a un centímetro—. Seguramente estás haciendo esta oferta con tu mejor intención, y yo te lo agradezco por lo que representa. ¡Pero es absurda! Del todo inaceptable.

—Rafael...

—Olvidemos este asunto —se apartó— y salgamos a divertirnos un rato. Han abierto un nuevo establecimiento en Toledo que te gustará. Luego podemos buscar un par de mujeres y acabar la noche a lo grande.

—No he venido a verte para irme de...

—¡Henry, no voy a casarme!

Lo dijo con tanta ferocidad que Seton volvió a guardar silencio. Aunque no por mucho tiempo.

—Te estoy pidiendo ayuda.

—No, no, no. No me estás pidiendo ayuda, me estás proponiendo que me ponga una soga al cuello. ¡Condenado seas! ¿Puede saberse qué mosca te ha picado? Llevamos más de seis años sin vernos y te presentas en mi casa sin avisar para pedirme que despose a tu nieta. A la que, dicho sea de paso, solo he tenido delante una vez en mi vida, cuando no era más que una mocosa consentida.

—Ha cambiado.

—No lo dudo. Ahora, posiblemente, será una señorita resabiada. ¿De veras que no se trata de una broma pesada? ¿O es que el clima de Inglaterra te ha reblandecido los sesos?

Para Henry Seton resultaba complicado exponerle al joven un argumento coherente a su petición, porque lo último que deseaba era hacer partícipe a su amigo de la espada de Damocles que tenía sobre su cabeza. Pero el heredero de los Rivera suponía su única salvación si quería dejar las cosas atadas, y bien atadas.

Se levantó penosamente, como si de pronto hubiera envejecido diez años, y paseó por la iluminada y amplia biblioteca buscando las palabras.

—Rafael, siéntate y escucha.

—Mejor que no —gruñó el joven dirigiéndose a la puerta.

—¡Siéntate, demonios!

Rafael se quedó pegado al suelo. Lentamente, se volvió para mirar a Seton, perplejo ante un acceso de cólera que nunca antes había visto en él, y se encontró con un gesto tan severo que tomó asiento sin una protesta.

—Me estoy muriendo —dijo el inglés.

—¿Cómo dices?

—No quería decírtelo, muchacho. Las miserias de uno deben llevarse en silencio, pero no me dejas otra opción. Los médicos me han dado, como máximo, un año de vida. Posiblemente ni siquiera me quede ese tiempo, pero les pago bien y seguro que hacen lo posible para no matar a la gallina de los huevos de oro.

—¿De qué demonios me estás hablando, Henry? —preguntó en un susurro el joven, perdiendo el color de la cara.

—Veo que he recobrado tu atención —murmuró con la ironía que solía caracterizarlo.

—Si esta es otra de tus pesadas bromas, ¡maldito hijo de las islas!, no me hace gracia alguna.

—No es ninguna mofa, Rafael. Me estoy muriendo. Algo relacionado con mi sangre, dicen. —De pronto se echó a reír, le dio un ataque de tos y hubo de buscar asiento—. Qué ironía, ¿no te parece? Siempre pensé que los Seton teníamos sangre real. ¿Sabías que uno de mis bisabuelos estaba emparentado con...?

—¡Henry, me importa un ardite tu bisabuelo! —protestó Rafael con vehemencia—. ¿Has visitado a otros médicos? ¿Has pedido otro diagnóstico? En España existen...

—Todo es inútil, déjalo ya —lo cortó. Se sirvió una segunda copa y bebió un largo trago—. He estado en Holanda, en Alemania, en Suiza. No hay remedio para lo que me está matando.

—Por todos los...

—Por eso necesito de tu ayuda.

Rafael Rivera luchaba por mostrarse sereno ante

una noticia tan demoledora. Le costaba trabajo respirar, se le habían disparado los latidos del corazón, estaba anonadado. Pero conocía a Henry lo bastante para saber que no le agradaría su conmiseración, y no se la dio.

—¿Qué tiene que ver tu enfermedad con el hecho de que quieras que me case con tu nieta?

—Tiene que ver todo. Conoces mi fortuna hasta el último penique, sabes que es sustanciosa.

—Cierto.

—No quiero que Ariana se quede sola sin alguien que la proteja.

—En ese caso, puedo ser su tutor.

—Ariana no tiene ya edad para un tutor. No, Rafael, no lo entiendes. Quiero para ella un esposo... provisional.

—¿Has dicho provisional?

—Exactamente. Estoy enfermo, muchacho, pero no he perdido el juicio por más que te lo parezca. No pretendo que Ariana se case con un hombre al que no ama, y tampoco quiero que tú cargues con una mujer para toda la vida. Sé que tu deseo es seguir siendo libre, también yo pensaba así a tus años, aunque tarde o temprano deberás sentar la cabeza. Digamos que lo que te propongo es algo así como... un contrato con fecha de caducidad.

—Entiendo —dijo. Pero no era verdad. No entendía nada.

—Estando casada nadie intentaría quedarse con la herencia de mi nieta; moriría con la tranquilidad de saber lejos de ella a los cazafortunas que aparecerán como setas después de la lluvia cuando yo muera. No quiero irme de este mundo sabiendo que estará rodeada por buitres que solo buscarán su dinero.

—Por lo poco que llegué a ver en esa chiquilla, es muy capaz de apañárselas sola.

—No te confundas. Ariana es una muchacha sin picardía, con carácter, es cierto, pero no está maleada como nosotros. Caería fácilmente en las garras de un desaprensivo.

—Y eso... ¿dónde me deja a mí, Henry?

—De vuelta a Toledo en cuanto ella encuentre al hombre adecuado, que tú deberás supervisar.

—Ya.

—Una vez que os hayáis divorciado, ella podrá volverse a casar con un caballero honrado, alguien que tenga fortuna propia y que la quiera de verdad. Confío en tu criterio para encontrar el adecuado, Rafael.

—Muy agradecido.

Seton hizo oídos sordos a su sarcasmo.

—Unos cuantos meses y todo habrá acabado, muchacho. No puedes negarme este favor.

—Si tan seguro estás de que solo serán unos meses, tú mismo puedes supervisar al futuro marido de tu nieta.

—Tal vez no dure tanto.

—Acabas de decir que te han dado...

—Rafael, no quiero arriesgarme. ¿No lo entiendes? Ariana es lo más preciado para mí; de no haber sido por ella habría muerto después del fallecimiento de mi hijo y mi nuera. La quiero más que a nada en este mundo y estoy dispuesto a todo por conseguir que tenga un futuro feliz. Si no me ayudas, no sé qué voy a hacer.

Rivera se pasó la mano por el rostro. Había tal desesperación en la voz de su amigo que lo desarmaba. Lo que estaba sucediendo lo sobrepasaba. La noticia de la enfermedad de Henry era una losa que lo estaba ahogando, que le impedía pensar con claridad. Estimaba a ese cabezota inglés más de lo que estaba dispuesto a admitir, pero verse obligado a contraer matrimonio con una muchacha a la que apenas conocía despertaba en él un pánico que se acrecentaba a cada segundo que pasaba.

—Considéralo como el ruego de un hombre en su lecho de muerte —insistió Seton.

—¡En nombre del Altísimo, Henry!

—¿No es lo que soy?

Rafael apretó los dientes hasta que le dolió la mandíbula. No se atrevía a mirar a su amigo a la cara, no quería ver sus ojos claros implorando un amparo que él no podía darle. Se obligó a relajarse. Desequilibrada o no, la petición de Seton estaba ahí, retándolo a aceptarla.

—¿Quién te dice que no sería yo el que me aprovecharía de Ariana y dilapidaría tu fortuna?

En la biblioteca resonó la risa cascada del inglés.

—Lo has intentado, chico, pero no te ha servido de nada. Te conozco, acaso más de lo que te conoces tú mismo. Sé que eres una buena pieza, que nadie en Toledo desconoce tus andanzas, que te gustan las mujeres. No, no, espera —acalló la protesta del joven—. No te recrimino nada. Eres joven y atractivo. Tampoco yo hice ascos a mujer alguna en mis buenos tiempos. En definitiva, sé que eres un calavera, probablemente nada apto para casarte con mi nieta. Pero —alzó la mano haciéndolo callar de nuevo— no te pido que seas su amante esposo, solo una especie de guardián legal. Además, ¿a quién tratas de engañar, Rafael? Eres el heredero de la fortuna de los Rivera, ostentas el título de conde de Trevijo, tienes tierras, ganadería y una fortuna que duplica seguramente la mía. ¡Por amor de Dios, hijo! Medio Toledo te pertenece. Por eso sé que no te casarías con Ariana por su dinero.

—Lo cierto es que no me casaría con ella por nada del mundo.

—Salvo por hacerme el favor y cumplir mi última voluntad.

Rafael se dio por vencido. Le fastidiaba ceder, pero la terrible puñalada que acababa de darle Henry con su cercana muerte lo tenía aún desorientado.

—Déjame pensarlo un par de días.

—Hecho.

Rafael pasó un brazo sobre los enflaquecidos hombros de su amigo, cambiando el tercio de tan desagradable conversación.

—Y ahora, dime, estafador: ¿estás tan moribundo como para no poder disfrutar de una buena cena y una noche de juerga? Conozco un par de zagalas encantadoras a las que les gustan los hombres maduros como tú.

Henry Seton dejó escapar otra carcajada divertida. Clavó sus ojos en el rostro atezado de su amigo y asintió. Así era Rafael Rivera, un cínico impenitente incluso hablando de la muerte.

2

Inglaterra, abril de 1873

Había estallado la primavera, y aunque allí no resultaba tan espectacular como en España, Rafael sabía por propia experiencia que los campos ingleses acabarían convirtiéndose, poco después, en lujuriosas extensiones de un verde que atrapaba la mirada y sosegaba el ánimo. Sin embargo, aún hacía frío.

Subiéndose el cuello del abrigo apuró al caballo que había comprado en Southampton.

Su destino final estaba a poca distancia y deseaba, antes de encontrarse inmerso en aquella locura ideada por Henry a la que él dio su beneplácito como un inconsciente, vagar un poco en solitario por la zona, rememorar los tiempos que estuvo allí y volver a enamorarse de la campiña inglesa. Si no le fallaba la memoria, la hacienda de los Seton comenzaba inmediatamente tras un bosquecillo de coníferas junto al que discurría un pequeño riachuelo. Recordaba que la mansión, amplia y lujosa, conocida como Queen Hill, era una construcción cuadrada, sobria, con cuidados jardines salpicados de fuentecillas. Cuando estuvo instalado allí, invitado por Henry, le había parecido que la casa tenía que haber sido construida siguiendo los dictados de una antigua fortaleza.

Dudó de su memoria cuando comenzó a caer la noche y seguía sin encontrar el recodo del riachuelo y el pequeño puente que daba paso a las tierras de Henry.

Echó un vistazo a su alrededor y maldijo entre dientes. Todo lo que abarcaba su vista era bosque y más bosque, oscurecía a marchas forzadas y no le agradaba verse obligado a pasar la noche al raso. No le echaba la culpa a nadie: la idea de viajar en solitario en lugar de acceder a que el coche de Henry fuese a recogerlo al puerto había sido decisión suya y solo suya. Se había pasado de listo confiando en su instinto y ahora, empezaba a temerlo, se encontraba perdido.

Un cervatillo atravesó un claro entre los árboles y el estúpido jamelgo que montaba se encabritó asustado. Rafael consiguió tranquilizarlo palmeando el cuello del animal y susurrándole en la oreja. Siguieron adelante unos metros más, pero la noche se les echaba encima incuestionablemente y no tenía intención de arriesgarse a que aquel pollino tropezara en alguna zanja; podría costarle un serio percance. Cabalgaría un poco más, y si no encontraba el condenado puente no le quedaría otro remedio que buscar un lugar bajo los árboles en el que pernoctar.

Al cabo de un momento se detuvo, aguzó el oído y escuchó a lo lejos el inconfundible sonido de la corriente y sonrió. Bueno, allí estaba. Volvió a instar al caballo a avanzar con cuidado y, en efecto, poco después se encontraba en la orilla del arroyuelo. Aupándose sobre los estribos descubrió la estrecha y carcomida planchada que constituía el puente. Se felicitó mentalmente porque dormiría bajo techo.

Los cascos del caballo levantaron ecos en el silencio del bosque cuando comenzó a atravesar la insegura pasarela.

No le fue posible alcanzar el lado opuesto del río: el disparo llegó desde algún lugar impreciso a su derecha, aterrizó entre las patas del animal e hizo saltar parte de las tablas carcomidas por el paso del tiempo.

Al relincho inquieto del temeroso caballo, que se alzó sobre sus patas traseras, se unió la maldición de Rafael, que intentó de nuevo calmar a la bestia sin conseguirlo. Se encabritó el equino y él, sin poder remediarlo, acabó cayendo, chocó contra la barandilla y se precipitó a la corriente.

La montura escapó de un segundo disparo, desbocada, y Rafael salió del agua empuñando ya su pistola y escupiendo cieno. No solía viajar desarmado. Demasiadas veces se había encontrado en dificultades para olvidarse de su propia seguridad. Rumiando mil y una palabrotas saltó a un lado justo en el momento en que el silencio era violado por una nueva detonación y el agua salpicaba cerca de él.

Chorreando, olvidándose del frío que empezaba a entumecerle los músculos, se protegió del inesperado ataque bajo el puente. Oteó los alrededores, pero ¡maldito si veía tres en un burro en la creciente oscuridad que lo envolvía todo! Aguardó un momento, atento a cualquier movimiento, controlando el castañeteo de los dientes y preguntándose quién diablos le había disparado.

«Cazadores furtivos», se dijo. Forzosamente debían de ser eso. Como un inconsciente se había puesto en su camino y ahora se encontraba en una situación incómoda, cuando no peligrosa, metido en el agua, aterido de frío y sin caballo.

Con toda la precaución del mundo, intentando descubrir a sus agresores, se movió hacia la derecha buscando la orilla. Algo destelló entre los árboles.

—Así que ahí estáis —murmuró.

Regresó a su posición anterior y pasó bajo el puente. Si querían jugar jugarían, pero con sus condiciones. No era un incauto y pensaba dar un buen susto a los desgraciados que lo atacaban amparados por las sombras.

Distinguió a su enemigo a corta distancia. Estaba parapetado tras unos matorrales, pero así y todo pudo ver que se trataba de un fulano robusto, de buena estatura. Por suerte para él, la luz de la luna incidió de nuevo en el metal de un rifle.

Rafael volvió a maldecir su fastidiosa situación, pero se le escapó una media sonrisa. Hacía mucho tiempo que no se enfrentaba a una buena escaramuza y la sangre le bullía ya en las venas; no dejaba de resultarle una sensación gratificante.

Moviéndose como una anguila, sin hacer un solo ruido para no dar pistas a su enemigo, llegó a la orilla. Luego, arrastrándose sobre el lodo y la hojarasca que cubría el linde del río, buscó una posición que lo beneficiara.

Iba a cazar a ese mamarracho como si fuera un conejo: dando un rodeo y sorprendiéndolo por la espalda.

Amparándose tras arbustos espinosos, se fue acercado a él. El fulano debía de tener casi dos metros de altura y se veía que era fuerte como un toro. Lo vio inclinarse ligeramente hacia delante, buscándolo, y reptó un poco más hacia él. Teniéndolo a escasos dos metros se levantó, contuvo la respiración y se dispuso a descargar sobre la cabeza de su rival la culata de su pistola.

Antes de poder hacerlo violó el silencio un grito de advertencia seguido de otro disparo. Rafael sintió un leve golpecito en el hombro que lo desestabilizó haciéndolo girar sobre sí mismo, perdió la fuerza en sus dedos y se le escapó la pistola. Un segundo después su enemigo, alertado por su compinche, se volvía hacia él golpeándolo con la culata de su rifle en pleno tórax. Boqueó como un pez fuera del agua y cayó de rodillas.

El brutal golpe lo dejó casi fuera de combate. Pero el conde de Trevijo no era de los que se rendían: se sobrepuso al dolor de la herida y del impacto recibido, enfocó a su rival y lanzó la pierna derecha en una escalofriante patada. Escuchó el gruñido del sujeto confirmándole haber acertado y, apretando los dientes para contener un grito de dolor, se tiró de cabeza hacia su pistola. Ya no le cupo duda: querían matarlo. Se hizo con ella con la desesperación que da saberse a las puertas de la muerte. Era su vida o la de su rival, no quedaba una tercera opción. Notando el frío del metal en la mano giró en el suelo y le apuntó.

—Pestañea, cabrón, y te vuelo la tapa de los sesos —le avisó en perfecto inglés.

Sus palabras causaron el efecto deseado y el gigante, tras una ligera vacilación, dejó caer su arma mientras sus ojos iban adquiriendo un brillo demoníaco.

—Atrás —le ordenó Rafael poniéndose trabajosamente en pie—. Tira el arma y di a tu compañero que se deje ver y que se deshaga de la suya o acabarás con un agujero en las tripas.

—No se mueva ni un milímetro de donde está —escuchó otra voz baja y cortante a su espalda, de mujer—, o será usted el que acabe pasto de los gusanos.

Rafael se tambaleó, pero no dejó de apuntar al barbudo que tenía delante. La herida del hombro enviaba a su cerebro punzadas intermitentes y dolorosas, empezaba a notar el brazo adormecido, la sangre le chorreaba ya entre los dedos. La furia por haberse dejado sorprender lo envolvió, pero no era ningún idiota: se encontraba en desventaja teniendo a alguien apuntándole por la espalda, y un movimiento que no le gustara haría que le disparase. A pesar de todo, no quiso dejarse amedrentar.

—Dile a tu amiguita que salga —le repitió al hombretón—. Antes de que ella pueda dispararme, serás cadáver.

El tipo negó con un gesto de cabeza y Rafael alzó un poco más su pistola.

—De acuerdo, compañero —masculló, haciendo un esfuerzo por mantener la conciencia y no dejarse arrastrar por el pozo oscuro que comenzaba a tragárselo—. No serás el primero al que meto una bala entre ceja y ceja.

Era una baladronada que solo buscaba obtener un

poco de ventaja. Su estilo no era matar a un hombre desarmado, y su contrincante lo estaba. Por otro lado, poco ganaría ninguno si la zorra que estaba tras él decidía disparar incluso a riesgo de perder a su camarada. Pero la bravata hizo mella en la mujer y, un segundo después, una pistola caía a sus pies. Rafael solo se permitió echar un rápido vistazo al arma y retrocedió un paso buscando a su segundo enemigo. No pudo ver la figura que se deslizó entre las sombras.

Sacudió la cabeza para despejarse, rezando para mantenerse firme, pero se debilitaba por momentos, apenas era capaz de mantener los ojos abiertos. Se golpeó el hombro con saña, dejó escapar un chillido de dolor, pero consiguió despejar las telarañas que le envolvían el cerebro. Si flaqueaba, era hombre muerto. Aunque lo que le había llevado a Inglaterra no era de su agrado, siempre era mejor una boda no deseada que una fría tumba en medio del bosque.

—Acérquese —le dijo a la mujer.

Ella se dejó ver por fin poniéndose al lado del gigante. Estaba oscuro, a Rafael se le nublaba la visión, estaba a un paso de desmayarse, pero así y todo fue capaz de distinguir su cuerpo delgado como un junco que, al lado del barbudo, la hacía parecer frágil. Vestía ropa masculina.

—¿Y sus caballos?

El hombre señaló con la barbilla el bosquecillo de coníferas.

—Que ella los traiga.

La chica se puso en movimiento obedeciéndole sin una palabra y Rafael buscó el apoyo de un árbol. Le pareció que pasaba una eternidad hasta verla regresar llevando dos monturas por las bridas. A un movimiento de su pistola, ambos furtivos se alejaron prudentemente de los animales. Él se tomó su tiempo para dar el primer paso hacia el más cercano, porque las piernas apenas le respondían. En su mente solo anidaba un objetivo: montar y alejarse, pero la pérdida de sangre lo debilitaba. Sacó fuerzas de flaqueza y caminó hacia el equino hasta poder apoyarse en él.

—Ahora quiero que se larguen. Si los veo merodeando cerca de mí, no respondo.

Se agarró con la mano libre a la cruz de la silla luchando contra el desfallecimiento y la insensibilidad que comenzaba a apoderarse de sus miembros.

—No conseguirán matarla. —Le llegó el vozarrón del hombretón como en un sueño—. Dígaselo al desgraciado de su jefe.

¿Matarla? ¿De qué diablos le estaba hablando? ¿Quién quería matar a quién?

—Sabemos a lo que ha venido —volvió a decir el barbudo—. No es el primero. Puede que no sea el último. —La voz de su rival se le hacía cada vez más lejana—. Pero mi señora estará siempre acompañada y protegida.

Rafael caía sin remedio en el tobogán de la inconsciencia; la advertencia le importaba un pimiento. Estaba claro que lo habían confundido con otra persona, pero ya no tenía fuerzas para aclararles que no era quien pensaban. Mantener los ojos abiertos y dar la imagen de que se encontraba en condiciones de hacer frente a esos dos le resultaba cada vez más imposible.

La muchacha se dio cuenta de su estado y avanzó

hacia él. Rafael esgrimió de inmediato la pistola, que casi se le escapaba de los dedos.

—¡Atrás!

—Solo tengo que esperar a que se desmaye, amigo.

Ella llevaba razón, estaba a punto de derrumbarse. No se encontraba capaz de montar. Además, no podía seguir apuntándolos y subir al caballo. Bonita situación en la que se encontraba.

—¿Por qué han querido matarme?

—¿Y aún lo pregunta? —le espetó el sujeto—. ¿Acaso no lo han contratado para asesinar a mi señora?

—Ustedes están... locos. —Empezaba a costarle trabajo incluso hablar—. Yo me dirigía a Queen... Hill...

—Con la única misión de asesinarme, ¿verdad?

Rafael perdió interés en el sujeto y clavó su enfebrecida mirada en la muchacha. La luna, asomando entre las nubes, le facilitó una mejor visión: tenía el cabello rubio, suelto a la espalda, enmarcando algunos rizos un rostro en forma de corazón, de nariz patricia y ojos grandes, algo rasgados, que relucían como los de una gata, de un tono que le pareció... Se le escapó un agónico gemido y no puso ya impedimento al desmayo: dejó caer la pistola, se le doblaron las rodillas y solo pudo hacer una pregunta más antes de dejarse engullir por un manto negro:

—¿Ariana?

3

Abrió los ojos. Hubo de parpadear varias veces para aclarar la visión y se encontró fijando su atención en un techo alto adornado en las esquinas por cenefas doradas. El agudo dolor en el hombro le dijo que, al menos, estaba aún en el mundo de los vivos.

—¿Cómo te encuentras?

La voz de Henry Seton le hizo volver la cabeza y maldecir en voz alta cuando la herida le lanzó un pinchazo.

—No te muevas. No es grave, pero has perdido mucha sangre.

—¡Dios!

Cuando se mitigó el dolor volvió a abrir los ojos para buscar a su amigo. Pero no fue a él al que vio. A los pies de la cama en la que se encontraba, afianzando los dedos en el armazón, estaba ni más ni menos que aquella arpía de ojos de color violeta. Ella rodeó la cama, se puso a su lado y le enjuagó la frente con un paño húmedo.

—Procure descansar —le dijo.

Se cruzaron sus miradas y él intuyó que la joven le estaba suplicando silencio. Le concedió la merced, más por encontrarse sin fuerzas que por hacerle el maldito favor a la muy pécora. Ya habría tiempo de ajustarle las cuentas cuando se encontrase mejor. Se dejó atender por la joven permitiendo que le sujetara la cabeza para darle de beber, acomodándolo luego sobre los almohadones, que mulló solícita.

De modo que primero le metía una bala en el cuerpo y ahora ejercía de buena samaritana. De haber estado en mejores condiciones la habría estrangulado, pero se sentía como un niño de pecho.

Mientras ella trajinaba con los utensilios de la cura que había sobre la mesilla de noche, la observó a placer. Ahora que la luz del día se lo permitía, se daba cuenta de los cambios experimentados en ella. Había dejado de ser aquella chiquilla que él conoció; los tirabuzones infantiles habían dado paso a una melena cuidada y hermosa recogida sobre la coronilla, el rostro redondo y con espinillas de otro tiempo se veía ahora terso y suave; sus antiguas formas de muchachito revoltoso se habían trocado en un cuerpo delgado pero exquisito, de estrecha cintura y pechos altivos. El vestido de tonos violeta que llevaba puesto le sentaba divinamente bien.

—¿Te encuentras con fuerzas para explicarme qué ha pasado, Rafael? —quiso saber Henry.

—Me atacaron.

—¿Quién era? ¿Pudiste verlo?

El conde de Trevijo dirigió una mirada irónica a Ariana, que, con gesto contrito, permanecía muy erguida junto a su abuelo. Hasta parecía azorada, la muy tunanta.

—No —respondió Rafael tras un suspiro—. Estaba oscuro.

—¿Es posible que fueran furtivos? —aventuró Seton.

—Sí. Cazadores de conejos. Debieron de confundirme con uno.

Ariana bajó la cabeza y se mordió los labios. Y él hubiese jurado que batallaba por esconder una sonrisa.

—Peter y ella te encontraron por casualidad.

—¿Quién es Peter?

—Mi hombre de confianza. Trabaja desde hace cuatro años para mí y es al único hombre al que puedo confiarle mi vida y la de Ariana.

Así que el gigante barbudo se llamaba Peter. Tomó buena nota de ello. Otro con el que debería ajustar cuentas en cuanto pudiese salir de aquella maldita cama. Porque iba a pedirle compensación, vaya si iba a hacerlo. Más por tener que permanecer encamado que por el asalto en sí. No le gustaba estar enfermo; se le agriaba el humor cuando no podía valerse por sí mismo.

—Sé que no es el mejor momento, pero quiero presentarte formalmente a mi nieta —dijo Henry advirtiendo la incomodidad de su invitado, que no quitaba ojo a la muchacha.

—Ya nos conocíamos.

—Claro, pero entonces era solo una niña. Ha cambiado bastante, ¿no te parece?

La mirada de Rivera se volvió casi negra. «No soy un lerdo, me he dado cuenta», estuvo a punto de contestar. Y muy a su pesar, reconocía que la mocosa se había convertido en una auténtica belleza capaz de hacer perder la soltería a cualquier hombre, salvo a él. No respondió a Henry porque intuía que, el muy mezquino, intentaba meterle a la joven por los ojos. No iba a dejarse convencer por una cara de ángel y un cuerpo estupendo cuando le había descerrajado un tiro horas antes. No, desde luego, si quería salir airoso de aquel condenado trato.

—He hablado con ella de nuestro acuerdo, Rafael. Si quieres...

—Necesito descansar.

Seton captó la indirecta. No quería forzar las cosas. Sabía que a pesar de haber aceptado, el español no estaba del todo convencido de hacer lo que le había suplicado. Se daba por satisfecho con que, al menos, hubiese aceptado viajar a Inglaterra; si tensaba la cuerda más de lo prudente, podría romperse.

—Volveremos a verte más tarde.

Henry abandonó el cuarto y Ariana, antes de hacerlo también, le regaló una mirada de agradecimiento. Rafael explotó en un taco feísimo apenas se cerró la puerta. ¿Dónde diablos se había metido? Se dejó llevar por el sopor y poco después estaba dormido de nuevo.

Lo despertó la inquietante sensación de tener a alguien a su lado. Así era. Ariana depositaba una bandeja sobre la mesa que había junto al ventanal.

Lo último que deseaba era dedicarle su atención, pero se encontró observando que ella había cambiado su atuendo anterior por una falda negra y una blusa amarilla, cuya tela se pegaba a su pecho de un modo enloquecedor.

—¿Quiere sentarse?

Negarse no tenía razón de ser cuando empezaba a notar dolor de espalda tras horas de estar en cama. Asintió con un gesto seco y ella estuvo al instante a su lado ayudándolo a acomodarse. Lejos de agradecer sus aparentes desvelos, Rafael le lanzó una mirada helada que ella obvió.

—¿Tiene apetito?

«Mira qué servicial es la moza», barruntó él. ¡Ahora la condenada señorita Seton se mostraba encantadora!

—¿Por qué?

La repentina pregunta obligó a Ariana a mirarlo a los ojos, poniéndose a la defensiva.

—¿Qué?

—¿Por qué fui atacado y por qué no debo contarle a Henry lo sucedido?

—Pensábamos que usted era un esbirro que venía a matarme.

—Eso ya me lo dijo tu orangután, preciosa. Pero no me aclara que deba guardar el secreto ante tu abuelo.

—No quiero preocuparlo. Está enfermo.

—Tu abuelo, Ariana, es capaz de acabar con veinte osos antes de que su enfermedad se lo lleve a la tumba. —Lamentó de inmediato su falta de tacto al mencionar la muerte de Seton y ver que los ojos femeninos se cuajaban de lágrimas—. Lo siento, no quería ser brusco ni debería haberlo dicho; es solo que no me hago a la idea.

—Lo tengo asumido, no se preocupe.

Rafael enarcó las cejas al escuchar su respuesta. ¿Lo tenía asumido? ¿Era tan fría como quería aparentar? La miró mientras ella colocaba la bandeja con comida sobre sus piernas y se respondió que sí, que esa muchacha era fría como un témpano de hielo. Orgullosa, distante, altanera. Una princesa criada entre algodones por un hombre que había volcado en ella todo su amor tras perder a su hijo. Una princesa de mármol enseñada a disimular sus sentimientos. No le agradó en absoluto lo que veía.

—Te felicito —dijo cortante—. Yo no creo poder aceptarlo con tanta facilidad como tú.

Ariana lo miró con desdén y se encontró reflejada en unos ojos oscuros que le provocaron un estremecimiento.

No le gustaba el español. Cuando lo conoció, ella tenía apenas doce años, era una niña díscola pero sensible, y hasta creyó haberse enamorado de él; un flechazo estúpido, puesto que solo había visto una vez al gallardo amigo que había salvado la vida a su abuelo. Entonces era una romántica y Rafael Rivera se convirtió en su sueño, en el hombre al que admirar por su valentía y por el que suspirar noches enteras deseando volver a verlo. ¡Lo que era la inocencia! Hasta le había escrito un poema que, por supuesto, nunca le hizo llegar.

Pero el tiempo había pasado, ella había sufrido la pérdida de sus padres cuando más los necesitaba, había conocido la maldad aun cuando su abuelo intentó protegerla de todo. Se había hecho dura. También sabía de sus andanzas, y Rafael ya no era su ídolo infantil. Rivera había dejado de ser su caballero de brillante armadura para convertirse en un libertino. Y ahora su abuelo quería casarla con él. Tenían un trato. Un condenado trato en el que ambos la habían dejado al margen, como si no fuese capaz de tomar sus propias decisiones. A su abuelo podría perdonarle tamaña osadía porque lo amaba, pero no a él. ¡Casarse con aquel engreído era lo que menos deseaba!

Reconocía que los argumentos esgrimidos por su abuelo tenían fundamento. El cacareado conde de Trevijo gozaba de la completa confianza del viejo, disfrutaba de una fortuna considerable y era impensable creer que el dinero lo llevara a aceptar un trato tan demencial. De acuerdo, parecía ser el candidato perfecto para convertirse en su guardián durante un tiempo, pero a ella no le gustaba el trato. Nadie le había pedido su opinión. Deseaba seguir soltera, ser dueña de su propia vida. Sobre todo, deseaba no tener nada que ver con ese fanfarrón.

Dejó a un lado sus elucubraciones y suspiró.

—Cuéntame lo que está pasando, Ariana.

¿Por qué callar? Aunque le tuviera inquina, era la única persona a la que podía hacer partícipe de sus problemas y, al menos, se lo debía por haberle pegado un tiro.

—Alguien quiere matarme, ya lo sabe usted. —Insistió en un trato formal.

—Eso ya me lo has dicho, Ariana. —Rafael, por el contrario, la presionaba para tutearse.

—Y es lo único que puedo decirle.

—¿Confías en ese gigante que te acompañaba?

—Completamente.

—¿Qué hacíais a esas horas en el bosque?

—Cazábamos.

—¡Vaya! Entonces no hemos mentido mucho a Henry, ¿no es verdad?

—Solo que yo no soy una furtiva, señor Rivera.

—¡Ni yo soy un conejo!

Ariana se retiró un tanto alarmada por su estallido. Él podía estar herido, pero sin duda era peligroso, era irritable y ella no quería entablar una discusión.

—Confío en que guardará silencio sobre nuestro desafortunado encuentro, señor. No quisiera preocupar al abuelo con nimiedades.

—¿Que alguien trate de matarme lo consideras una nimiedad?

—¿Tengo su palabra? —insistió ella.

—La tienes, sí. Tampoco yo quiero que Henry se entere de las habilidades de su *dulce* nieta. Pero habremos de hablar más respecto a este asunto.

Ariana giró sobre sus talones y se dirigió a la puerta. Al parecer, después de obtener su promesa de mantenerse en silencio, estaba todo dicho.

—Tire del cordón del servicio cuando termine de comer.

Rafael estuvo a punto de mandarla al infierno. «Una estatua de mármol», se repitió. Hermosa, deseable, pero con agua helada en las venas; una diosa a la que ningún mortal tenía acceso. Acordarse de que iba a convertirse en su esposo de pacotilla le hizo hervir la sangre.

—¡Por los cuernos de Satanás!

Sin volverse siquiera a mirarlo, Ariana abrió la puerta y dijo:

—Siento haberle herido, señor Rivera.

Rafael se mordió la lengua para evitar soltar una barbaridad. Sí que lo sentía, sí. Del mismo modo que si hubiera pisado una hormiga mientras caminaba; solo había que ver lo afectada que estaba la condenada.

4

Sentado en uno de los apartados bancos disemina-
dos entre el laberinto, Rafael lio un cigarrillo con aire
distraído. Se lo llevó a los labios, lo encendió y aspiró
el humo casi con ansia. Su obligada convalecencia durante días no le había ayudado a ver su situación de un
modo más halagüeño, muy al contrario: el pacto con
Seton le parecía cada vez más desacertado.

Henry se había tragado la versión de los furtivos.
Eso le hacía gracia. De modo que su amigo pretendía
casarlo con la muchacha para que ella estuviera protegida. ¡Protegida! A Rafael le había bastado un segundo para saber que aquella fiera no necesitaba es-
cudarse detrás de nadie, mucho menos tras un marido.
No había conocido a nadie tan capaz de valerse por sí
mismo.

Las pisadas en la gravilla le hicieron alzar la mirada.
Henry lo saludó con la mano yendo a su encuentro y
tomó asiento a su lado.

—Pensé que no te encontraría. Hacía más de cinco

años que no pisaba el laberinto y me he despistado. ¿Cómo va la herida?

—Duele menos.

—Este es un buen lugar para pensar.

—Sin duda alguna.

El inglés lo miró con renuencia.

—No irás a echarte atrás, ¿verdad?

—Te di mi palabra, Henry.

—¿Explicaste a tus padres...?

—¿Querías que me encerraran en un sanatorio mental?

—Bueno, pensaba que...

—Solo les dije que necesitabas consejo sobre algunos negocios. Te aprecian, lo sabes, y aunque mi madre no me perdonará nunca ocultarle nuestro absurdo pacto cuando se entere, quise evitarles el disgusto. Cuando la boda sea un hecho ya tendré tiempo de informarles.

—Bien. Tu casamiento es algo que solo te incumbe a ti, muchacho.

Rafael miró a su amigo y, al ver su irónica sonrisa, gruñó:

—Si sigues jorobando, Henry, me voy a arrepentir.

—Cuando un Rivera entrega su palabra, va a misa. ¿No es eso lo que dice siempre tu padre?

Rafael lo maldijo en silencio mientras el inglés, con una risa apagada, se perdía en los pasadizos del laberinto, dejándolo de nuevo a solas.

Aquella noche, después de una cena que se distinguió por la tirantez, buscó la ocasión para hablar claramente con Ariana. Preguntó por ella y le indicaron que la joven se encontraba en el saloncito azul, situado en la primera planta de la mansión.

Llamó a la puerta y aguardó. Le abrió una mujer mayor, de pelo canoso y rostro sonrosado surcado de venillas.

—Señor Rivera —lo saludó—. ¿Se encuentra usted mejor?

—Casi repuesto —respondió, aunque el hombro seguía lanzando andanadas de dolor y se veía forzado a llevar el brazo en cabestrillo—. Me dijeron que la señorita Ariana estaba aquí.

La mujer se hizo a un lado para permitirle la entrada. Ariana estaba sentada tras una mesa amplia, revisando documentos. Alzó la mirada un segundo y le hizo señas para que tomara asiento.

—Nelly, ¿puedes dejarnos a solas?

La mujer recogió su caja de costura sin una palabra, ejecutó una corta reverencia y salió.

—Nelly me acompaña casi todas las noches —informó innecesariamente la muchacha—. Mientras yo repaso los libros, ella me cuenta los chismes de Queen Hill. Sírvase una copa, acabo enseguida.

Rafael aceptó el ofrecimiento, se sirvió un brandy y se acomodó estirando sus largas piernas, cruzando un pie sobre otro. Quería mostrar una actitud relajada, pero estaba lejos de sentirse cómodo. Guardó silencio esperando a que ella diera por finalizada su tarea, sin dejar de observarla.

No podía negar que era bonita. Mucho. Su cabello, decorosamente recogido, brillaba a la luz de las lámparas; sus pestañas arrojaban sombras sobre sus mejillas; tenía unas manos pequeñas y cuidadas.

Ariana cerró la carpeta y la dejó a un lado, cruzó las manos sobre la mesa y clavó sus ojos de color violeta en él. Y por la mente de Rafael volvió a cruzar la idea de que nunca había conocido a una mujer tan segura de sí misma y con unos ojos tan hermosos. ¿De veras Henry pensaba que aquella amazona era una pobre criatura que necesitaba ayuda?

—Quería hablar con usted —dijo ella.

—Entonces ya somos dos, por eso he venido a verte.

La sonrisa de Ariana no llegó a sus ojos. Estaba claro que no le agradaba en absoluto tener que dialogar con él; también en esa cuestión estaban empatados. Se incorporó y a él se le fueron los ojos, sin desearlo, a la forma perfecta de sus caderas. Tontamente, se preguntó cómo serían sus piernas.

—¿Otra copa?

Ante el ofrecimiento, Rafael se percató de haber consumido, sin enterarse, la que se sirviera. Una ración más no le vendría mal.

—Por favor.

Ella sirvió dos generosas cantidades, se le aproximó con pasos medidos, elegantes, muy femeninos, y le tendió una. Al inclinarse, la tela del vestido se acopló a su busto y la mirada masculina se quedó clavada allí.

—No le importará que una mujer lo acompañe a beber, ¿verdad?

El conde de Trevijo no hizo caso de la solapada puya, decidido como estaba a ir al grano.

—Ariana, quiero que hablemos de esos intentos de asesinato.

—No hay nada de que hablar. —Se acomodó al otro extremo del sofá, juntando las rodillas en actitud recatada. La falda del vestido modeló el contorno de sus muslos—. Poco puedo decirle a ese respecto. Supongo que a alguien no le hace gracia que yo vaya a heredar la fortuna de los Seton.

—¿Algún pariente del que yo deba saber?

—¿El abuelo no le puso a usted al tanto?

—No. Me hizo la propuesta, me obligó a aceptarla y regresó a Inglaterra.

—Típico de él —sonrió la joven—. Contestando a su pregunta: no. No hay más familiares directos que puedan optar a la fortuna Seton. Puede que algún primo lejano... No conozco a nadie.

—Lo investigaremos. ¿Qué piensas sobre el asunto que me ha traído a Queen Hill?

Las gemas que eran sus ojos despidieron fuego al mirarlo. Apenas un segundo que hizo dudar a Rafael de si realmente había visto bien. Luego, haciendo alarde de su flema inglesa, le contestó:

—Que es una locura.

—Henry no lo cree así.

—Mi abuelo siempre me ha sobreprotegido. ¡Y no entiendo por qué quiere que me case, cuando su compañía es suficiente para...! —El acceso de irritación terminó en algo parecido a un sollozo recordando que al hombre le quedaba poco tiempo de vida—. Lo lamento. No es propio de mí dejar aflorar los sentimientos ante un extraño.

A él le fastidió que lo tratara como a tal. Ariana iba a ser un hueso duro de roer. Guardó silencio, dándole tiempo a recomponerse.

—¿Qué gana con este... pacto, *mister* Rivera?

—Imagino que un buen dolor de cabeza.

Ariana volvió a desafiarlo con la mirada.

—Entonces, ¿por qué accedió?

—Henry me lo pidió. Y es mi amigo.

—¿Le dijo las condiciones?

—Perfectamente —gruñó él, acabando la copa de un trago que le supo a hiel—. Una boda, unos meses hasta encontrarte un esposo adecuado y un rápido divorcio. ¿No afectará eso al buen nombre de los Seton?

—Mi tía Alexia ya puso aquella pica hace años. Un divorcio no enlodará más el nombre de mi familia, *mister* Rivera.

Rafael se incorporó y paseó por la estancia.

—Mira, Ariana —le dijo, en tono pacificador—. Esta boda no me agrada más que a ti. No pensaba casarme y no puedo prometer que sea un marido ejemplar durante el tiempo que dure nuestro... contrato. Pero ambos queremos a Henry y trataremos de complacerlo. Por otro lado, me gustaría que empezaras a llamarme por mi nombre de pila, si no te importa. Francamente, me parece ilógico que te dirijas a tu futuro marido como *mister* Rivera.

La espalda de Ariana se envaró, pero asintió.

—Trataré de recordarlo.

—Tu abuelo quiere que la boda se celebre en la capilla de Queen Hill. Asistirá poca gente, solo los más allegados.

—Por supuesto. Una gran celebración no sería apropiada para una comedia, lo que será nuestro matrimonio. Tampoco la deseo.

Rafael apretó los dientes. Comenzaba a perder la cuenta de las veces que había deseado estrangularla desde que pisara las tierras de los Seton.

—Veo que poco más tenemos que hablar, así que te dejo con tus cosas y te deseo buenas noches.

Por toda respuesta, Ariana bostezó, como si el breve interludio la hubiera aburrido soberanamente.

—¿Puede decirle a Nelly que vuelva a entrar... *mister* Rivera?

Los dedos de él se curvaron en el picaporte de la puerta hasta ponerse blancos. No contestó, pero el portazo que dio al salir dejó muy claro que había conseguido sacarlo de sus casillas.

A solas, Ariana se recostó en el sofá, acabó su bebida y sonrió.

—Ya verás, Rafael, lo punzante que puede ser una Seton cuando alguien la ofende tratándola como si no existiera. Vas a pagarme haber pactado con mi abuelo dejándome al margen —prometió entre dientes.

Para Ariana, el respeto que defendía hacia las mujeres era importante. Y toda aquella farsa de una boda convenida y un posterior divorcio no era otra cosa que un insulto a su inteligencia femenina. No por parte de su abuelo, al que idolatraba, sino por el lado de ese estúpido y engreído español que el infierno se llevase. Pensar en que él iba a tener poder sobre sus decisiones, que incluso debería supervisar al hombre que eligiera como marido definitivo, la enervaba. Siempre había sido contraria a acudir a esas fiestas donde las mujeres se exponían como trofeos en busca de marido, donde las jóvenes casaderas debían competir con otras que buscaban un esposo dando muestra de sus encantos y habilidades, ya fuera en el canto o en el manejo de un instrumento musical. Nunca quiso entrar en ese juego y ¿qué había conseguido? ¡Que su abuelo la obligara ahora a contraer matrimonio con un hombre al que detestaba! Mejor hubiera sido haber accedido a cualquiera de las ofertas que había desestimado. Ahora se arrepentía de no haberlo hecho. Cualquiera de los caballeros que la habían cortejado hubiera sido más manejable que Rafael Rivera.

No la enfurecía en sí ese casamiento de conveniencia, en la mayoría de los casos la gente se unía por intereses; lo que la hacía rabiar de verdad era que su abuelo lo hubiera elegido a él, un condenado libertino, un asno petulante.

A la vez, resultaba humillante saber que él había aceptado casarse única y exclusivamente por las circunstancias, por complacer a un hombre moribundo. Ariana se tapó la boca e intentó controlar las lágrimas que pugnaban por derramarse al pensar en la desaparición de su abuelo. Dejarse llevar por la desesperación no conducía a nada, pero cada vez le costaba más trabajo disimular la angustia que la embargaba por su inminente muerte. Amaba a su abuelo, y saber que iba a perderlo pronto la estaba destrozando.

Desde que había conocido el dictamen de los médicos había intentado ocupar su mente revisando documentos y haciéndose cargo de las tierras, salía frecuentemente a cabalgar, se escapaba con Peter para ir de caza, mataba el tiempo como mejor podía para alejar de su cabeza el fantasma de la muerte, como si poniendo distancia pudiese eludir su llegada.

Cuando Nelly entró la encontró sumida en sollozos que la pobre mujer fue incapaz de calmar.

5

Rafael estaba que trinaba.

Ya en sus habitaciones había seguido bebiendo, consumiendo copa tras copa. La alfombra empezaba a desgastarse de tanto ir y venir como un león enjaulado.

La conversación con Ariana, si conversación podía llamarse, no había hecho más que sumirlo en un estado de ansiedad y preocupación.

¡Demonios de muchacha! ¿Quién se creía que era para tratarlo como a un apestado? Viajaba desde España, abandonaba a su familia, a sus amigos y sus negocios; se presentaba ante ella como el salvador que Henry le había pedido que fuera, y aquella insensible criatura le arrojaba su desprecio y su apellido a la cara. ¡Como si él no tuviera un nombre con tanta raza como el de los malditos Seton!

Se sirvió otra copa —ya había perdido la cuenta de qué número hacía— y salió a la terraza. Un viento frío lo azotó sin piedad, pero lo agradeció. La rabia sorda que sentía hacía que ni se diera cuenta; podrían haber estado cayendo chuzos de punta y a él le habría dado lo mismo. ¿En qué estaba pensando cuando aceptó el trato de Henry? Ariana lo despreciaba y él estaba a punto de meterse en la boca del lobo. Cada vez le hacía menos gracia tener que casarse con semejante arpía de mirada glacial.

—¡Mierda!

Regresó al interior del cuarto, cerró los ventanales, dejó la copa, se quitó la bata y se acostó, golpeando la almohada como si fuera la causante de sus desdichas.

Un criado entró en el salón anunciando:

—Señor Rivera, un muchacho aguarda en la entrada y pregunta por usted. Si el señor me permite decirlo... es un tipo bastante extraño.

Rafael abandonó la butaca que ocupaba y palmeó el hombro de Seton, con el que departía en esos momentos.

—Vuelvo enseguida, Henry.

Salió en pos del sirviente, bajó los escalones de tres en tres y llegó al *hall*. Al verlo, el que acababa de llegar sonrió de oreja a oreja extendiendo ya su mano.

—No me gustan los ingleses.

Rafael respondió al peculiar saludo con una carcajada, estrechando con fuerza la mano que le tendía.

—¿Tuviste buen viaje?

Juan Antonio Vélez llevaba al servicio de Rivera dos años. Suficientes para saber de qué pie cojeaba su señor, haberse convertido en su confidente, en su compañero de juergas a veces, y hasta en su salvador en alguna que otra ocasión. Era andaluz, según decía él mismo, aunque no tenía muy claro en qué ciudad había nacido, como tampoco quién fue su padre. Se había criado en las calles cordobesas y sevillanas buscándose la vida como podía, ya fuera traficando o birlando carteras, y había aprendido en los arrabales un montón de malas artes. Hasta que Rafael Rivera lo sacó de la mugre poniéndolo a su servicio. Nada escapaba a su mirada oscura y sagaz. Nada.

—Por su cara —respondió al fin, dando un vistazo al cabestrillo que lucía Rafael—, mejor que usted.

—Un rasguño sin importancia —zanjó él pasando el brazo sano sobre sus hombros—. Estoy contento de tenerte aquí, ya pensaba que te habías fugado con todas mis cosas.

—Sus cuatro baúles están ahí fuera. ¿Para qué iba a querer yo una ropa tan elegante?

Rafael pidió al sirviente de Seton que se hicieran cargo de todo y le presentó a Henry, que salía a su encuentro.

—Él es mi ayudante, Juan Antonio. No tuviste ocasión de conocerlo en tu visita a Toledo.

—Muy joven. —Estrechó con afecto la mano del muchacho.

Juan volvió a sonreír. Tenía una dentadura perfecta y una cara bonita, según decían las mujeres, y nadie lo intimidaba por mucho título que ostentase.

—Cuando quiera algún consejo pídamelo, señor.

—Cállate, descarado —le recriminó Rafael.

Le indicaron el camino a las cocinas para que tomara un refrigerio, viéndolo partir dando muestras de su desparpajo haciendo un guiño a una criada con la que se cruzó. Henry enarcó las cejas y Rafael carraspeó disimulando la diversión al escuchar el silbido admirativo del muchacho.

—Toda una buena pieza, ¿eh? —comentó el inglés.

De regreso al salón, el viejo se interesó por el recién llegado.

—¿Quién es ese pilluelo?

—Ya te lo he dicho, mi ayudante. Acabará por agradarte.

—Parece demasiado avispado.

—Lo es. Pero también muy eficiente, sobre todo a la hora de conseguirme información.

—¿Sobre mujeres?

—Sobre cualquier cosa. ¿Te pongo una copa?

—No, gracias. Los condenados médicos no me permiten pasarme de la raya.

Rafael sí se sirvió, acomodándose luego frente a su amigo.

—¿Qué me estabas diciendo sobre las minas, Henry?

—¿De dónde lo sacaste?

—¿Qué?

—Que de dónde sacaste a ese pillastre.

—De mi bolsillo.

—¿Cómo?

—Me estaba robando, Henry. Cuando me quise dar cuenta tenía su mano metida en el bolsillo de mi abrigo —sonrió al recordarlo—, a punto de birlarme la cartera.

—¿Qué hace entonces a tu servicio? Creí que te habías vuelto más sensato con los años, pero veo que no es así. Solo a ti se te ocurriría meter a un ladrón en casa.

—Se me pasó la idea de entregarlo a las autoridades, no creas. Pero me dio lástima. No era más que uno de tantos ladronzuelos que se pasean por las calles tratando de subsistir como pueden. Lo miré a los ojos y me desarmó. No te pido que lo entiendas, solo que confíes en mí, no nos dará problemas.

—Espero no tener que arrepentirme de tenerlo aquí.

Rivera suspiró y se recostó, dando vueltas a la copa entre sus largos dedos. Recordaba muy bien ese encuentro. Y el sucio rostro de un muchacho mal alimentado y lleno de piojos.

—Lo cierto es que vi algo en él. Algo que podía ser salvado. Así que en vez de entregarlo y que acabara en una mazmorra, me lo llevé a Torah, mi hacienda. Mandé que lo bañaran, que le diesen ropa limpia y que lo alimentaran, amén de procurarle un buen corte de pelo. Es inteligente: asimiló pronto las clases que le obligué a tomar y tiene una increíble facilidad para los idiomas. Ha valido la pena el gasto que hice en él.

—¿Te fías entonces de él?

—Le confiaría mi vida, Henry —respondió Rafael, muy serio.

Seton observó a su joven amigo en silencio. Le resultaba curiosa su forma de defender la honestidad de su criado, máxime sabiendo que Rivera nunca se fiaba de nadie.

—Bien. —Dejó escapar una sonrisa—. Supongo que si tú estás dispuesto a confiarle tu libertina vida, no va a quedarme otro remedio que intentar que ese mocoso me caiga bien. Siempre que lo mantengas alejado de las muchachas del servicio; ya has visto lo que acaba de pasar.

—Te doy mi palabra. Y ahora, sigue hablándome de esas minas.

—Ah, sí. ¿Por dónde íbamos?

6

—Niña, quédate quieta un segundo —protestó
Nelly.

Ariana torció el gesto y trató de mantenerse inmó-
vil mientras la otra le sujetaba el tocado. Intentaba no
moverse, pero le era imposible, era como si estuviera
sentada sobre espinas.

Faltaban solamente dos días para su boda y estaba
nerviosa. ¡Su boda, por todos los santos del Cielo! Dio
una patada en el suelo y con ello se ganó una nueva re-
primenda, y Nelly acabó por hacerse a un lado, poniendo los brazos en jarras.

—Ariana, si no dejas de moverte, en lugar de tocado
llevarás un montón de flores enganchadas a tu revuelta
cabellera.

La muchacha se quitó el adorno. Su pelo, largo y
sedoso, peinado con primor por su criada, formaba en-
cantadores bucles en la coronilla permitiendo que algunos enmarcaran su rostro. Estaba perfecto así, sin
tener que adornarlo.

—No llevaré nada en la cabeza.

—Tienes que llevar velo.

—No habrá velo.

Nelly rezongó por lo bajo. Ninguna novia iba al altar sin velo, y ella lo llevaría como que se apellidaba Dowson. Le importaba poco si Ariana decidía lo contrario, ella sabía cómo conseguir que le hiciera caso. La joven se había confiado a ella, era una de las pocas personas del servicio que estaba al tanto de la enfermedad del patrón. Comprendía muy bien por lo que la joven estaba pasando, pero intuía que había algo más que no le había contado. Su muchachita estaba muy extraña desde la llegada del caballero español, el conde de Trevijo. Claro que no era lo mismo saber que una va a casarse con un desconocido, que tener al desconocido alojado ya en su propia casa. Aunque si tenía que ser sincera, a ella el joven conde le caía muy bien.

—¿No lo llevarás ni siquiera por mí, princesa?

Ariana suspiró, cansada de batallar. Conocía a Nelly desde pequeña y la quería, por eso se sintió culpable de pagar con ella su pésimo humor.

—Lo siento, Nelly. —Tomó posición y se entregó de nuevo a sus hábiles manos para la prueba del tocado.

—¿Le dijiste a tu abuelo lo que opinas sobre este casamiento, niña?

—¿Por qué quieres saberlo?

—Me cuentas casi todo. Y sobre este tema no has abierto la boca desde que apareció en este mismo cuarto y dijo: «Ariana, vas a casarte.»

—Ya sabes el motivo.

—Sí, lo sé. Tu seguridad. Pero ya tienes a Peter para que te proteja.

—El abuelo no solo está preocupado por mi seguridad personal, sino por la fortuna.

—¿Quién nos dice que ese español no intentará apropiarse de ella?

—Según el abuelo, su familia y él mismo tienen tanto dinero que ni siquiera sabrían contarlo. Dice que media provincia de Toledo es suya, amén de otras cuantas propiedades en España.

—El dinero llama al dinero, niña —dictaminó la criada con muy bien criterio—. No digo yo que el conde sea de esos, que quede claro. Y tampoco es un tipo desagradable, muy al contrario: es joven, con prestancia, muy atractivo. Todo un caballero con el que cualquier mujer estaría loca por casarse.

—No tanto —objetó Ariana, molesta ante tanto cumplimiento.

—Pero aunque fuera el más gallardo del mundo —continuó su criada—, poseerá tu fortuna cuando te cases con él. El mundo es así, niña, de los hombres.

Ariana no le prestaba atención desde que había pronunciado la palabra «atractivo». Realmente lo era, el desgraciado, y mucho. Eso le ponía las cosas aún más difíciles.

—Así que te parece atractivo, ¿eh?

—No me vengas con tonterías. ¿Acaso no tienes ojos en la cara? Debes de ser la única, entonces. Desde que llegó todas las chicas del servicio andan revueltas. ¿Te he dicho que se sortean quién sube a prepararle el baño o a arreglar su cuarto?

—Poco me importa que tenga a todas las mujeres de Inglaterra tras los faldones de su chaqueta.

—Pues va a ser tu marido. Y si deseas conservarlo, criatura, ya puedes atarlo en corto.

—Sabes igual que yo que solamente será un matrimonio provisional, Nelly.

—Si tú lo dices...

—Nada nos une. Ni él quiere esta boda ni yo tampoco. En cuanto pueda encontrar un marido adecuado y él le dé su visto bueno, desaparecerá de mi vida. Por mí, puede flirtear cuanto le apetezca.

Nelly frunció el ceño. Adivinaba en las palabras de la joven cierto atisbo de incomodidad. Por otro lado, debía proteger el buen nombre de los Seton, y tener un marido díscolo no le iba a ser conveniente. El conde no sería el primero ni el último que podría buscar entretenimientos fuera del matrimonio, pero ella esperaba que al menos lo hiciera discretamente, sin dar pábulo a las habladurías. No veía por tanto con buenos ojos que la joven estuviera dispuesta a darle manga ancha.

—¿Qué te parece? —preguntó retirándose un poco para ver su obra.

Ariana se observó en el espejo. A regañadientes, admitió que le gustaba lo que veía. El vestido era una maravilla de seda de color marfil que se abrochaba con corchetes a la espalda, ablusado, con el escote en V adornado, al igual que los puños de las mangas, por una trenza de la misma seda, y una falda acabada en una discreta cola. Otra trenza cuajada de flores de seda, a modo de tocado, sujeta a su cabello, hacía el engarce para el velo.

—No está mal.

—¡Estás preciosa! —la regañó Nelly—. Nunca he visto una novia con tan poco entusiasmo.

—Para mí significa una simple transacción comercial, como si fuera a comprar un caballo.

—¿Un caballo? Déjame que te diga una cosa, niña: en el altar te va a estar esperando un purasangre, así que tú verás lo que haces. Procura que no te desmonte a la primera. Anda, vamos a quitarte el vestido y el tocado, no vayamos a estropearlo. Le diré a la modista que lo meta un poco de la cintura, has adelgazado.

Ariana cedió y se entregó a sus hábiles manos dejando que le desabrochara los corchetes. Ya tenía suficientes problemas como para soportar a Nelly gruñendo por los rincones si se manchaba el vestido. Sabía que su criada quería lo mejor para ella, como el abuelo. Estuvieran confundidos o no, era otra cuestión. Y que el hombre con el que iba a casarse fuera un fanfarrón, odioso, libertino y embaucador, otra muy distinta.

7

Seton hizo honor a su palabra y a la capilla no asistieron más de veinte personas. De todos modos, Rafael tenía la desagradable sensación de estar ahogándose cuando entró en ella.

La capilla era un recinto pequeño y acogedor, con un cielo raso que mostraba frescos de intensos colores representando escenas de la Biblia y cuyas vidrieras constituían una verdadera obra de arte. El altar era sencillo, de granito, pero los bancos, profusamente adornados ahora con flores blancas, habían sido confeccionados en madera noble, por lo que él sabía hacía más de doscientos años. Una alfombra roja cubría el pasillo central.

Dudó un momento, como si una mano invisible tirara de él para que evitara cometer una locura. A pasos lentos llegó hasta donde se encontraba Henry, lo saludó con un seco movimiento de cabeza, haciendo otro tanto con la dama que se puso de inmediato a su lado y que haría las veces de madrina. Al pastor le dedicó una mirada de indiferencia.

Conocía a la mujer de su última visita a Queen Hill, aunque de todos modos Seton volvió a presentársela en voz baja.

—Lady Brumell.

Rafael tomó entre sus dedos la delicada mano que ella le tendía como deferencia. No estaba para muchos cumplidos, pero sabía que la dama era una amiga muy especial de la familia Seton y, en particular, de su amigo.

Se sintió incómodo, y hasta ridículo, imaginando que lady Brumell conocía acaso el pacto que había hecho con Henry. Sus dudas se afianzaron cuando Seton los dejó a solas frente al altar para ir a buscar a la novia, y se encontró siendo observado por unos ojos azules y suspicaces. Hizo como que estaba interesado en las vidrieras mientras los cuchicheos en voz baja de los asistentes al acto inundaban el recinto.

Como estaba previsto, hubieron de aguardar varios minutos la triunfal entrada de la futura desposada; una tradición que Rafael nunca entendió. Durante el calvario, Rafael fantaseó con que la nieta de Henry hubiese cambiado de opinión, que no se presentara en la capilla, que el pacto quedara anulado y él pudiera regresar a Toledo para seguir con su vida. La ensoñación le hizo casi menos gracia que encontrarse a un paso de dar el «sí» que lo uniría a ella. ¿Se atrevería Ariana a dejarlo plantado ante el altar y en evidencia delante de los invitados? La creía muy capaz de llevar a cabo algo así. Solo le faltaría eso: el conde de Trevijo, aguardando como un besugo a una novia que le daría puerta.

El sacerdote apoyaba su peso en un pie, luego en el otro, volvía a cambiar de postura, hojeaba la Biblia. La tardanza de Ariana empezaba a intranquilizar a todos. Sobre todo a Rafael, aunque no sabía el motivo.

Lady Brumell se inclinó un poco hacia él.

—No sé qué puede estar demorándola tanto.

—Tal vez se lo ha pensado mejor y ha huido a China.

La dama enarcó sus perfectas cejas, asombrada por su comentario, pero acabó sonriendo pícaramente.

—El humor español. —Movió la cabeza—. Ninguna joven en su sano juicio despreciaría a un novio tan atractivo como vos.

—¿Es una insinuación, milady? —bromeó él para aliviar la incómoda tensión de la espera y olvidar que, si Dios no lo remediaba, dentro de poco estaría casado.

Lady Brumell enrojeció, se abanicó nerviosamente y le dedicó una caída de pestañas.

—Es usted un demonio. Si yo fuera Ariana, apenas terminar la ceremonia os ataría a la pata de la cama.

La risa de Rafael fue franca y se disponía a continuar con la conversación cuando el órgano dejó en el aire las primeras notas de música sacra. La sonrisa se le congeló en los labios mientras se volvía hacia la entrada de la capilla por la que aparecían ya Henry y Ariana.

En un primer momento, la cabeza de los presentes, inclinándose hacia el pasillo central para observar a la novia, le impidieron verla bien; solo acertó a distinguir a su amigo y un ligero destello de seda.

El corazón le dio un vuelco doloroso cuando al fin pudo ver a la muchacha por completo. Se le olvidó que tenía que respirar ante la encantadora visión que se le acercaba cogida del brazo de un más que orgulloso Henry. Ella avanzada a pasos cortos saludando con la cabeza a los presentes y estaba radiante, preciosa; podía haberse tratado de un hada.

Durante un segundo, solo un segundo, a Rafael se le antojó que la idea de casarse con ella no era nada disparatada. ¿Perder la soltería por una mujer como ella? ¡Y qué demonios importaba! Ariana era como un sueño.

Ella alzó los ojos, lo vio y se le enredaron los pies en el borde del vestido. La embargó un deseo irrefrenable de dar la vuelta y salir corriendo, y bendijo mentalmente a Nelly por obligarla a ponerse el velo que ocultaba ahora su arrobamiento. Muy a su pesar, tenía que reconocer que si Rafael Rivera era guapo vestido con ropa de diario, luciendo aquel traje oscuro que se ajustaba magníficamente a su cuerpo resultaba demoledor.

Sería tan fácil enamorarse de él como ya lo estuvo cuando era una niña... Tan fácil... Una placentera sensación de propiedad se alojó en su pecho ante la perspectiva de poder conquistarlo y tenerlo a sus pies. Pero el pensamiento se fue igual que llegó, y su corazón volvió a refugiarse tras un muro de indiferencia. El conde de Trevijo no la esperaba en el altar porque fuera un novio enamorado: estaba allí para cumplir un maldito contrato. Ni podía esperar que él se convirtiera en un amante esposo ni lo deseaba, debía verlo como lo que era: un despreciable sujeto que tenía por misión buscarle un marido adecuado y definitivo, abandonándola después. No se habían casado aún y ella ardía ya en deseos de firmar los papeles del divorcio.

—¿Quién presenta a esta mujer?

La voz del sacerdote, alta y clara, les hizo respingar a ambos.

—Yo, Henry Seton, la presento.

Henry soltó el brazo de su nieta y Ariana se sintió desvalida. Se le fue el color de la cara y, por un momento, no supo qué debía hacer. Se recuperó de inmediato: era una Seton, y nadie de su familia había escapado nunca como un conejo asustado ante los problemas. Regaló a Rafael una mirada helada por debajo del velo y acortó la distancia que la separaba del reclinatorio, poniéndose a su lado.

El sacerdote comenzó con una letanía que Rivera había escuchado con diversión y burla en la boda de algún amigo definitiva y estúpidamente pescado por una mujer. Lo malo era que no estaba en la boda de un amigo, sino en la suya propia. Como si de pronto le hubiera atacado un sarpullido, se removió incómodo.

—Hermanos, estamos aquí para unir en matrimonio a...

Oía, pero no escuchaba las palabras del pastor. No iban con él. No podían ir con él, ¡maldita fuera su estampa! Pero los ojos se le desviaban una y otra vez hacia la mujer que tenía a su lado. Era una belleza. No una belleza insípida, sino ardiente. Ariana no era la clásica jovencita criada en una buena familia y mejores colegios, de esas que no se atreven a levantar la voz y acatan todo cuanto se les dice. Ariana era una amazona. Su encanto no despertaba en él cariño ni sentimientos protectores, ella exudaba sensualidad sin proponérselo, tenía algo de salvaje, un esplendor innato que avasallaba, que provocaba que se la desease plenamente. Mirarla le hacía replantearse las cosas, y eso no le agradaba en absoluto.

Ariana permanecía rígida, muy consciente de estar siendo examinada por él. Se sentía como un ternero en el mercado. Trató de seguir las palabras del representante de la Iglesia, pero le costaba trabajo. En su cabeza tamborileaba solo una pregunta: ¿qué estaría pensando Rafael? Rezó para que todo acabara cuanto antes y poder escabullirse, encerrarse en su cuarto. Miró a su abuelo de reojo y se le encogió el alma viéndolo tan ufano, tan dichoso, cuando poco después no lo tendría para aconsejarla y darle su cariño. Se le llenaron los ojos de lágrimas y contuvo un sollozo.

Seton creyó, equivocadamente, que su nieta estaba emocionada. Una alegría sin parangón invadió su viejo corazón y supo entonces, ante el altar, que había hecho lo correcto: Rafael Rivera era el hombre adecuado para su nieta. Viendo los ojos de él clavados en Ariana elevó una oración al Altísimo pidiendo que todo acabara como él deseaba, que sus planes no se vieran truncados. Rafael era joven y vigoroso, no podía disimular la atracción que sentía por Ariana, y ella acabaría por enamorarse de él. Lo que comenzaba como una transacción comercial bien podría acabar en un auténtico matrimonio, y él moriría tranquilo sabiendo que dejaba a su nieta en buenas manos.

—Ariana, repite conmigo —se escuchó la voz del pastor—: Yo, Valerie Elisabeth Ariana Seton...

Ariana tragó el nudo que tenía en la garganta.

—Yo, Valerie Elisabeth Ariana Seton.

—Prometo amar, respetar y obedecer...

—Prometo amar, respetar y... —Lo de obedecer se le atragantó definitivamente y guardó silencio.

El pastor frunció el ceño aguardando a que continuara. Ella quería hacerlo, pero no podía. Sentía que empezaba a faltarle el aire, que se estaba mareando.

—Prometo amar, respetar y obedecer... —repitió él.

Ariana buscó con la mirada la ayuda de su abuelo y descubrió su rictus enojado. No podía fallarle ahora, no a él. Respiró hondo para calmarse, elevó el mentón, pero continuó en silencio porque las palabras no le salían. A su espalda comenzaron a escucharse los susurros asombrados de los invitados. Tenía frío, un frío espantoso. Y calor, mucho calor. El vestido se le pegaba al cuerpo; el pastor no le quitaba los ojos de encima, como si le estuviese suplicando: «Hija, no me estropees la ceremonia.»

Rafael, a su lado, permanecía estático, y solo un tic nervioso en su mejilla derecha daba muestras de su irritación. Si esa estúpida mocosa se había propuesto dejarlo en ridículo, sería viudo antes que casado. Si Ariana se atrevía a estropear el momento de dichosa felicidad de Henry, iba a saber lo que era la mala leche española.

—Prometo amar, respetar y... —Casi gimió el pastor por tercera vez.

—Prometo amar, respetar y proteger.

El sacerdote dio un respingo; Seton se volvió hacia ella sin acabar de creerse lo que acababa de escuchar, y Rafael se quedó de una pieza. En la capilla se hizo un silencio total.

—Amar, respetar y obedecer, Ariana —susurró

muy bajito el representante de Dios, pensando que la joven había entendido mal.

Ariana había escuchado perfectamente. No era la frase que todos esperaban escucharle decir, pero no estaba dispuesta a jurar algo que no sería capaz de cumplir. No amaría a Rafael Rivera, pero suponía que con el roce llegarían al menos al cariño, por tanto, en eso no mentiría. Lo respetaría como esposo, así que por ese lado tampoco juraría en falso. Ahora bien, lo de obedecerle... ¡por nada del mundo! Antes muerta. Y no quería jurar en falso ante Dios. Para que quedara muy clara su postura, lo refrendó con voz clara:

—Amar, respetar y... proteger.

El sacerdote gimió, cerró el misal y se secó el sudor de la frente.

—Por el amor de Dios, padre, acabe con esto rápido —le llegó la súplica de Henry Seton.

—... a Rafael Rivera y Alonso...

—A Rafael Rivera y Alonso —repitió ella.

—Y tomarlo como mi legítimo esposo.

—Y tomarlo como mi legítimo esposo.

Henry ya no hizo caso de más, unió las manos a la espalda para evitar que los demás vieran cómo le temblaban y no volvió a mirar a nadie hasta que Rafael finalizó con sus votos.

—Prometo amar, respetar y proteger a Ariana Seton, y la acepto como mi legítima esposa —dijo él serenamente, con voz timbrada.

Se escuchó un suspiro general al que se unió el propio pastor, deseoso de acabar.

—Dios os reconoce como marido y mujer. —Acto seguido, ante el asombro general, se retiró a toda prisa.

Alguna tos, algunas risitas forzadas, comentarios en voz baja. Rafael y Ariana seguían hieráticos, sin mirarse, esperando. Esperando qué, se preguntaba Seton fuera de sí. Le venció el mal humor, se inclinó hacia el español y le dijo:

—Ahora venía eso de «puedes besar a la novia», por si no lo sabes.

Rafael luchaba por mantenerse sereno, no quería dar un espectáculo. No más que el que ya había dado su bendita esposa cambiando sus votos. ¡Esposa! ¡Ja! Sobre todo, no deseaba agriar por completo la fiesta a su amigo. Asintió como el que acepta la decisión de un tribunal de justicia enviándolo a la horca, se volvió hacia Ariana y, lentamente, le retiró el velo. No pudo remediar quedarse prendando de unos ojos retadores que lo miraban de frente.

Acababan de declararse la guerra. Ariana haría su santa voluntad, de eso estaba seguro; había tenido la osadía y la desfachatez de dejarlo clarito ante todos. Lo normal hubiera sido estrangularla, pero todo lo que hizo fue poner las manos sobre sus hombros, inclinarse hacia ella y depositar un beso casto sobre los labios femeninos.

Casto y todo, fue como una descarga que le hizo erguirse aturdido.

Le ofreció el brazo y ella, aceptándolo, se dejó guiar por el pasillo central hacia la salida de la capilla, retribuyendo las felicitaciones con una sonrisa desprovista de alegría.

Ariana se sentía humillada. También vencedora. Había acatado la voluntad de su abuelo, pero demostrando a su reciente esposo que ella, y solamente ella, pondría las normas. La tensión que notaba en los músculos del brazo de Rafael hablaba de rabia contenida. ¡Que se fuera al diablo! Había jurado que se vengaría de él por pactar con su abuelo una boda que ella no quería, y ya había empezado a hacerlo.

8

Durante la celebración, Ariana estuvo despistada, apenas hacía caso a las conversaciones y contestaba mecánicamente.

—Por Dios, criatura —le decía en esos momentos lady Fergy, una mujer gruesa vestida con una creación de tonos violeta que le sentaba como un tiro, cuyo esposo había sido uno de los mejores amigos de su abuelo—, es guapísimo.

—¿Cómo dice?

—Su marido. Tiene el porte de un príncipe.

Ella desvió los ojos hacia el otro extremo del salón, profusamente iluminado, donde se encontraba Rafael. Se habían cuidado hasta los más mínimos detalles y la sala relucía para la ocasión: jarrones de flores expandían un aroma exquisito, brillaban los espejos, los paneles de madera habían sido limpiados con cera y limón, y por los ventanales abiertos se colaba una brisa agradable que aligeraba el sofoco de la muchacha. Rafael se encontraba junto a otros caballeros, cerca de la salita habilitada para las bebidas, dando vueltas en sus dedos a una copa, y aceptaba en ese momento un canapé de uno de los sirvientes que iban y venían cargados con bandejas de exquisiteces.

Ariana no había probado bocado, le fue imposible porque aún tenía un nudo en la boca del estómago.

Sí, era realmente guapo, admitió. Ahí radicaba el problema. Su madre siempre dijo que tener un esposo demasiado atractivo era un inconveniente, porque una nunca se podía sentir segura de él y las mujeres lo asediarían continuamente. Bueno, pues a ella eso le importaba un pimiento.

—Se le ve tan enamorado... —Rio estúpidamente la dama.

¿Dónde tendría los ojos aquella mujer? ¿Enamorado? ¡Valiente tontería! Ni siquiera habían cruzado dos palabras desde que salieron de la capilla; se habían evitado durante toda la celebración. Al menos, ella lo había procurado.

Sonrió afectadamente a lady Fergy y aprovechó la ocasión para disculparse, viendo que su abuelo reclamaba su atención. Cruzó el salón para llegar a su lado, dejándose abrazar por el anciano cuando estuvo a su vera.

—Es hora de que os marchéis.

—Preferiría quedarme.

—Ariana. —La tomó de la barbilla obligándola a que lo mirase de frente—. No me hagas sentir mal. No habéis comenzado con muy buen pie, desde luego, pero estoy convencido de que podréis limar asperezas.

—Pondré todo mi empeño.

Henry la dejó a solas un momento para ir a hablar

con Rivera. Los vio departir unos instantes y luego la mirada de su flamante esposo se cruzó con la suya mientras lo veía encender un fino cigarro. Inhaló él una bocanada de humo y lo expulsó lentamente, como si estuviera analizando lo que Seton le decía. Su voz provocó en Ariana un estremecimiento, escuchándolo decir poco después:

—Damas y caballeros, agradecemos una vez más su presencia, pero mi esposa y yo debemos retirarnos. Por favor, sigan disfrutando de la velada.

Bromas inocentes, guiños de complicidad entre los caballeros, algún suspiro de las damas y repetidas palmadas en la espalda de Rafael. Lo habitual, se dijo Ariana intentando que no se le notara el creciente desasosiego.

Rafael se aproximó y ella no fue capaz de apartar sus ojos de él. Se movía con elegancia, como un animal salvaje. Se tomó de su brazo cuando él se lo ofreció; lo notó duro al tacto, advirtiendo que también él estaba tenso aunque lo disimulaba divinamente, y se dejó conducir hasta la salida del salón.

—Sube a tu habitación y cámbiate de ropa.

Un ramalazo de rebeldía la atravesó al escuchar lo que parecía una orden, pero centró toda su atención en la punta de sus zapatos y asintió. El contacto con Rafael la ponía nerviosa y, aunque estaba loca por escapar de tanta mirada curiosa, tanto consejo y tanta felicitación, temía más aún lo que se avecinaba.

—¿Adónde vamos?

—Tu abuelo ha mandado preparar la cabaña del lago.

—Ya veo.

—¿Estás de acuerdo?

—Supongo que no puedo negarme.

—Supones bien —gruñó Rafael. No se le pasó que ella perdía el color—. No irás a decirme ahora que estás indispuesta, ¿verdad?

—Supongo que es ese apestoso cigarro —repuso la muchacha a modo de excusa—. ¿Dónde tomaste la costumbre?

—En Estados Unidos. —Lo apagó de inmediato en uno de los jarrones—. ¿Ya te has decidido?

—¿Qué?

—A subir de una vez. Los invitados no nos quitan ojo y ya nos hemos puesto suficientemente en evidencia por hoy.

El reproche agrió el gesto de la joven, incluso olvidó su malestar.

—Necesitaré unos... cuarenta minutos.

—Te concedo veinte, ni uno más.

Sin darle tiempo a réplica, la empujó delicadamente de la cintura instándola a subir la escalera, tras lo cual marchó hacia su propia habitación, donde lo estaría esperando Juan.

Ariana afianzó los dedos en el pasamanos notando que le bullía la sangre. Dos órdenes en menos de un minuto. Al parecer a aquel asno no le había quedado claro que no acataría sus mandatos. Se mordió la lengua para no increparlo, porque en algo sí que llevaba razón: ya se habían puesto demasiado en evidencia delante de todos. Por un día, era suficiente, dejaría de batallar y haría lo que le pedía; perder una batalla no significaba perder la guerra.

Rafael había bebido demasiado. Como un botarate, había creído que el alcohol lo ayudaría a sobrellevar la velada y a soportar los parabienes. Al llegar a su cuarto, su humor era lo más parecido a un tifón.

—Parece que se haya tragado usted un puercoespín —le dijo Juan apenas verlo entrar.

—Guárdate tus comentarios por una vez.

Se quitó el traje para ponerse el que su criado tenía ya dispuesto sobre la cama.

—Tenga cuidado con la camisa o acabará por rasgarla.

Juan se había acomodado en una butaca, sin ánimo de ayudarlo a vestirse, y lo observaba con una sonrisa que rezumaba diversión.

—¿Se puede saber qué diablos te hace tanta gracia?

—Usted.

—Un día de estos voy a mandarte al infierno.

—¿Y prescindir de mis cuidados?

—Puedo buscarme otro ayudante; ladronzuelos como tú los hay a miles en el mundo.

El muchacho no contestó, pero se incorporó al verlo luchar con la corbata. Le quitó las manos para ajustársela debidamente y luego se hizo a un lado. Rafael movió la cabeza incómodo consigo mismo. Juan le servía bien, aunque no era un ayuda de cámara excelente, y lamentaba sus agrias palabras. No era su costumbre mostrarse grosero. Le puso una mano en el hombro y dijo:

—Discúlpame. No he querido ofenderte, estoy un poco borracho.

—Muy borracho.

—No lo suficiente.

—Y furioso.

—Eso también.

—Pues déjeme decirle que no lo entiendo. Acaba de casarse con una mujer de bandera. Cualquier hombre estaría orgulloso. ¿Es que no le alegra pensar en su noche de bodas?

—Justo ahí radica el problema, Juan, justo ahí —el otro lo miró sin comprender—: que no habrá noche de bodas.

—Está usted más ebrio de lo que aparenta, patrón.

—No lo creas. A ti puedo contártelo, conoces todos mis secretos y no creo que tardes mucho en darte cuenta de lo que pasa. Este matrimonio, Juan, es solo una farsa.

—¿Ha dicho farsa?

—Ni más ni menos.

—¿Por eso me hizo jurar que no comentaría nada a su familia?

—Así es. Y si hubiera podido prescindir de ti, aún estarías en Toledo. A Henry Seton le queda poco de vida y ha querido asegurar el futuro de su nieta.

—¿Una mujer como ella no tiene pretendientes?

—Ninguno que le agrade. Seré yo el que deba supervisar a su futuro marido.

—¿Cómo que a su futuro marido? —El muchacho estaba poco menos que pasmado—. ¡Acaba usted de casarse con ella!

—Solo provisionalmente. Nos divorciaremos tan pronto encuentre al caballero adecuado y yo dé el visto bueno.

Juan emitió un largo silbido. Buscó en el rostro de su patrón un atisbo de burla, pero no existía: hablaba completamente en serio.

—¿Me deja decirle que es usted un perfecto idiota, señor? —Le respondió un encogimiento de hombros—. Además, usted no puede divorciarse, está casado por la Iglesia.

—Anularemos el matrimonio; no es la primera vez que se hace algo así.

—De todos modos, a una mujer así no se la deja de un día para otro; es una maravilla.

—No la conoces bien.

—¿Y usted sí? Por lo que me dijo, no la veía desde que era una niña.

—Sigue siendo una niña.

—¡Y unas narices!

Rafael suspiró. Le estaba viniendo dolor de cabeza. Discutir con Juan no conducía a nada y necesitaba un poco de comprensión, que no conseguiría de él, para enfrentar lo que quedaba de día... y de noche. Pensar que debería pasarla junto a Ariana en la cabaña del lago le daba dolor de estómago. Juan tenía razón, por mucho que él quisiera verlo de otro modo: Ariana ya no era una chiquilla. Era una mujer hermosa y muy deseable. Era su mujer, lo quisiera o no. Pero él debería comportarse como un perfecto caballero aunque estuvieran a solas. Tenía que asumir que no era su esposo, sino su guardián, y la situación empezaba a hacérsele desesperante.

—Baja ese maletín al carruaje, Juan.

—¿Qué debo hacer durante su ausencia? —preguntó haciéndose cargo de las pertenencias.

—Conquista a alguna muchacha. Pero ojo con las criadas de Seton, las tienes prohibidas.

—¿Cuántos días estarán fuera?

—No más de dos. Luego... ya veremos.

—¿Habrá viaje de bodas?

—No pienso abandonar a Henry —repuso Rafael con voz tensa, regresando a él la angustia que le significaba la cercana pérdida de su amigo.

9

—Estaremos de vuelta antes de que nos puedas echar de menos, Henry —prometió Rafael estrechando la mano de su amigo.

—No olvidaré lo que estás haciendo por mí y por Ariana, muchacho.

Rivera cerró la puerta del coche en el que ya lo esperaba una Ariana silenciosa, golpeó el techo y arrancaron. Mientras se alejaban por el camino de gravilla, saludaron a los invitados que habían salido a despedirlos. Luego cerró la cortinilla, se recostó en el asiento y fijó su mirada en la muchacha.

Ella iba muy erguida. Y muy bonita. Se había puesto un conjunto de color crema de amplia falda y una chaquetilla a juego que le sentaba divinamente, aunque en esos momentos todo quedaba oculto bajo la capa que se había echado sobre los hombros para protegerse de la temperatura poco agradable de la noche. Su cabello, libre del tocado, estaba suelto, recogido sobre las orejas por peinetas de carey, enmarcando su rostro angelical y cayéndole como una cascada de seda hacia la espalda. Era una preciosidad, sí, pero una preciosidad ausente e impávida.

—Como una esfinge —masculló, sin darse cuenta de haberlo dicho en voz alta.

Ella parpadeó, le prestó atención un instante y luego volvió a obviarlo.

La cabaña, como solían llamarla, era en realidad un pequeño y coqueto *cottage* de paredes blancas y techo de pizarra, que en tiempos pasados había sido utilizado con frecuencia por el padre de Ariana. Lo suficientemente alejado de Queen Hill para tener privacidad, y lo bastante cerca de la mansión para que la muchacha no se sintiera en el fin del mundo junto a un reciente esposo.

El enclave en el que se había levantado era inmejorable: junto al lago de aguas cristalinas y al pie de un bosque de coníferas.

«Un sitio ideal para que dos amantes puedan perderse, no para sufrirlo junto a una mujer que me odia», pensó Rafael mientras el carruaje atravesaba la pequeña verja que rodeaba la construcción.

Un sinfín de buganvillas blancas y cárdenas trepaban desde las macetas situadas a ambos lados de la puerta principal hasta apoderarse de parte de la techumbre, mientras que el muro que daba al oeste estaba profusamente cubierto por la hiedra. Una discreta terraza se abría al lado opuesto del *cottage*, mirando directamente al lago y al bosque que circundaba al mismo.

En cuanto pararon, Rafael descendió del carruaje para tender una mano a Ariana. Luego ayudó al cochero a descargar el equipaje —el suyo no era demasiado, pero sí el de la muchacha—, momento que aprovechó ella para echar un vistazo a su alrededor. Hacía años que no iba por allí, desde que sus padres murieron, y ahora se daba cuenta de haber echado de menos la paz que allí se respiraba.

Recostada en el muro que conformaba la terraza, dejó a su espíritu explayarse ante el maravilloso paisaje y la luz de la luna que jugaba, mimosa, a mirarse en las negras aguas del lago. Ella sabía que bajo los rayos de sol la superficie se convertía en un espejo que reflejaba el entorno, donde nadaban cisnes y podía verse saltar, de vez en cuando, alguna carpa. Olvidándose de que no estaba sola, fantaseó recordando los días felices pasados allí.

Entretanto, Rafael y el cochero habían encendido luces y prendido la chimenea, que comenzó a caldear el recinto.

—Deberías entrar, Ariana, hace frío —escuchó ella mucho después.

La voz masculina hizo que se volviera. Ensimismada como había estado en sus recuerdos, ni se había enterado de que el carruaje había partido ya y se había perdido a lo lejos. De repente, el lugar de ensueño acababa de convertirse en una prisión. Una prisión en la que debería permanecer junto a Rafael Rivera.

—Siento no tener aquí a Nelly —dijo, frotándose los brazos, para romper el incómodo silencio que se había hecho entre ambos, mientras caminaba hacia él.

—Me tienes a mí si necesitas ayuda con el vestido.

A ella se le cortó la respiración. Fue incapaz de mirarlo a la cara, temiendo ver la burla en sus ojos. Buscó en su cabeza algo que decir, pero no encontró una frase coherente. Repentinamente paralizada no pudo moverse hasta oír las pisadas de Rafael en los peldaños de la escalera de entrada, que se perdiera luego en el interior. Una ráfaga de aire se coló entre sus ropas haciendo que tiritara. No podía quedarse allí toda la noche: tenía que hacerle frente, así que entró también armándose de resignación.

El interior del *cottage* parecía haber sido sacado de un cuento: la luz de las lámparas y las llamas que crepitaban en la chimenea lo bañaban todo de un tono dorado, los oscuros muebles estaban limpios y habían colocado estratégicamente jarrones con flores. Los criados enviados por su abuelo habían hecho un trabajo perfecto.

Ver a Rafael acomodado en el sillón que solía ocupar su padre en otro tiempo provocó en Ariana un ligero malestar.

—Espero que te encuentres cómodo.

—El sitio no está mal. Es pequeño, pero confortable.

Ella se aproximó a la chimenea, extendió las manos hacia el fuego y se las frotó para disimular que le temblaban. Bien, ya estaban allí. Y ahora ¿qué? Los ojos se le fueron hacia la puerta del dormitorio. Del único dormitorio, ¡maldita fuese su estampa! De haber podido pasar la noche en un hotel de la ciudad, ella habría dispuesto de una habitación independiente, por mucho que le fastidiara a Rafael.

Él pareció adivinar sus pensamientos.

—Ariana, no soy ningún ogro —musitó haciendo que saltara de nuevo y se volviera a mirarlo—. Tranquilízate, estás tan tensa que te vas a quebrar la espalda.

—Convendrás conmigo en que la situación en que nos encontramos no es agradable para ninguno de los dos.

—No lo es, ciertamente, no puedo estar más de acuerdo contigo. Pero tampoco hace falta que nos matemos. Tomemos las cosas con calma e intentemos relajarnos.

—Imagino que para ti es fácil, no será la primera vez que estás a solas con una mujer.

—¿Van a empezar ya las recriminaciones?

—Solo digo que tus amantes...

—No es la conversación más adecuada para este momento, Ariana —cortó él.

—¿De qué quieres que hablemos entonces? ¿Del tiempo?

—De nosotros.

—Entonces hemos terminado.

—Vas a ponérmelo difícil, ¿no es así?

—No quiero poner nada de ninguna manera, solo quiero marcharme de aquí.

No fue una invectiva, se trató más bien de un gemido agónico, un lamento de criatura perdida y asustada. Rafael suspiró, se masajeó la nunca y se levantó. Ella reaccionó como si se hubiera movido una cobra: retrocediendo de inmediato. Apretando los dientes para contener decir algo inadecuado, cargó con el baúl de Ariana, lo llevó hasta la habitación y lo dejó a los pies de la cama.

—Ocuparás el dormitorio —le dijo al salir—. El sofá será lo suficientemente cómodo para mí.

El suspiro de tranquilidad de la joven retumbó en la cabaña como un disparo.

—Gracias.

Controlando a duras penas la furia que se iba apoderando de él, Rafael se internó en el pasillo que llevaba a la cocina. Esperaba que Seton hubiera hecho llevar buena provisión de brandy, porque le estaba haciendo falta. Era una estancia pequeña pero, tras un corto vistazo, vio que tenían de todo: alimentos frescos y enlatados. Y brandy, gracias a Dios. Se hizo con una botella y regresó al salón.

Ariana seguía frente a la chimenea. El resplandor de las llamas incidía en su cabello haciéndolo parecer rojizo y él se quedó mirándola como un idiota. Iba a resultar un suplicio estar a su lado y no poder siquiera tocarla.

—Lamento que tengamos que compartir el baño.

—Me gustaría usarlo ahora para asearme un poco, Rivera. ¿Te importa?

—Mi nombre es Rafael.

—He hecho una pregunta.

—Y yo no voy a responderte si sigues por ese camino.

—A tu elección.

Se alejaba ya hacia el cuarto de baño cuando él la detuvo sujetándola por la muñeca y haciendo que se volviera.

—Vamos a estar solos un par de días. ¡Solo dos jodidos días, Ariana! No quiero que esto se convierta en una guerra campal.

—¡Entonces, haberlo pensado antes de ponerte de acuerdo con mi abuelo, mi estirado conde de Trevijo! Porque yo accedí a obedecerle por el cariño que le tengo, pero nada dije acerca de aceptar la intimidad del matrimonio.

—¿Intimidad? —gritó Rafael, ya fuera de sí—. ¿A qué mierda de intimidad te refieres, cariño? Acabo de decirte que tú ocuparás el dormitorio. Que lo sepas, princesa: no me acercaría a tu cama aunque fueras la única mujer sobre la faz de la tierra.

—Espero que eso sea cierto.

—¡No pienso tocarte! —vociferó de nuevo.

—Te tomo la palabra.

—¡Vete al infierno, Ariana!

—¡Muéstrame el camino, Rivera!

Demonio de mujer. Se había propuesto volverlo loco. Y lo estaba consiguiendo. No por sus puyas, hirientes y descarnadas, no por el modo en que se le enfrentaba, sino porque su proximidad lo excitaba, el suave aroma floral que emanaba de ella lo perturbaba, sus ojos de gata lo fascinaban y su boca lo llamaba como un canto de sirena. Sí, acabaría como un cencerro, pero no pensaba tocarle ni un pelo.

Se apartó de ella maldiciendo mentalmente a Henry por haberle jugado aquella mala pasada, por haberse aprovechado de su enfermedad y de la amistad que le profesaba. Pero más se maldijo a sí mismo por haber cedido al endemoniado pacto.

Segura de haber dicho la última palabra, Ariana se encerró en el cuarto de baño dando un sonoro portazo. A salvo del peligro que representaba para ella la oscura mirada de Rafael, se apoyó en la pared, estremeciéndose incontroladamente, reteniendo el sollozo que le subía a la garganta. Se mordió el puño y acabó dejándose resbalar hasta el suelo, donde quedó hecha un ovillo abrazada a sí misma.

¿Qué le estaba pasando? Nunca se había comportado de un modo tan cerril. Le había gritado a Rafael sin educación. Claro que él no se había quedado atrás. Pero reconocía que su reacción al encontrarse a solas con él había sido la de una loca, dejándose llevar por el pánico. Pánico, sí, porque por un instante deseó echarse sobre él y besarlo hasta quedar sin aliento.

Se tomó su tiempo para calmarse, para convencerse de que todo había sido un desvarío pasajero. Ella no quería besar a Rafael. No quería, no quería... ¿Por qué se engañaba?

Se lavó la cara para limpiarse los churretes de lágrimas y luego, decidida a comportarse como lo que era, una dama, regresó al salón.

Rafael estaba apoyado en el ventanal dando buena cuenta de su tercera copa de brandy.

—Siento haberme comportado como una idiota.

Él apenas le dedicó una mirada por encima del hombro.

—Olvídalo.

—No quiero olvidarlo. Los nervios me han jugado una mala pasada, es la única explicación que tengo. Lo lamento de veras. Es que todo lo que está pasando me supera.

—Entonces, ya somos dos.

—No volverá a suceder, te lo aseguro.

—Déjalo ya, Ariana. Y vete a la cama, el día ha sido agotador.

Rafael seguía sin mirarla y no era de extrañar. Le había dado la imagen de una niña insoportable y caprichosa, era lógico que estuviese molesto con ella. No le extrañaría que incluso quisiera romper el pacto, dejarla plantada y marcharse a España. No podía consentirlo, aunque solo fuera por la felicidad de su abuelo.

—No puedo acostarme así —musitó en tono muy bajo.

Rafael sí le prestó entonces atención. Se acabó la bebida de un trago, se sirvió una copa más y no hizo nada por disimular el sarcasmo.

—¿Necesitas que te canten una nana?

Ariana se mordió los labios. Se lo tenía merecido. Pero se le escapó una media sonrisa imaginando a Rafael cantándole para que se durmiera.

—No puedo desvestirme sola —confesó, notando que el rubor le cubría las mejillas.

—Así que se trata de eso. Pues lo lamento, princesa, pero siempre cumplo mis promesas y no pienso ponerte un dedo encima ni siquiera para abrirte los corchetes. Lo siento si te incomoda dormir vestida.

Se felicitó al ver el gesto de estupor de ella. Casi se le escapó una carcajada, pero la situación no era como para tomársela a broma. Si se acercaba a ella, si empezaba a abrirle el vestido... perdería el control.

—¿Te apetece tomar un bocado antes de acostarte? En la cocina han dejado de todo.

—No, gracias.

—¿Un vaso de leche?

—No.

—¿Una copa?

Ariana estuvo tentada de aceptarla. A él parecía haberle calmado los nervios. Pero no estaba acostumbrada a beber y ya había consumido suficiente vino durante la celebración intentando evadirse de un suceso en el que fue la protagonista principal.

—¿No podríamos hablar, Rafael?

—Mañana. Ahora estoy medio borracho.

Ella se dio por vencida. Sí, lo mejor era esperar. Por la mañana podrían ver ambos las cosas desde otro prisma.

—Buenas noches.

Ariana se alejó cabizbaja hacia el dormitorio, sin obtener respuesta de él, preguntándose cómo demonios iba a conseguir quitarse el vestido. Nelly podría haberle elegido otro, pero no, había sido ese que llevaba un montón de corchetes a la espalda. Todo le estaba saliendo mal.

—No cierres la puerta —oyó que le decía Rafael.

Ella se giró, pálida, temiendo que él hubiera decidido... Se encontró con una sonrisa cáustica.

—Necesito ropa de cama. Porque imagino que no pretenderás quedarte viuda haciéndome agarrar una pulmonía, ¿verdad, chiquita?

Ariana recordó respirar y tragó una bocanada de aire. Entró en el cuarto con paso vacilante y Rafael escuchó desde fuera ruido de puertas abriéndose y cerrándose. Al cabo de un momento la vio salir llevando un par de mantas y una almohada que lanzó sobre el sofá.

—Que descanses.

Aunque lo había previsto, Rafael se encogió al escuchar otro portazo. Se quitó la chaqueta y la corbata, tomó la botella y se dejó caer en el sofá, convencido de acabar como una cuba.

—Henry, eres un condenado cabrón —dijo entre dientes.

10

Ariana abrió los ojos apenas despuntó el día. El relojito de bronce sostenido por dos querubines que había sobre la cómoda marcaba las siete. Se dio una vuelta en el lecho, resistiéndose a salir de él, pero ya le fue imposible volver a dormirse.

Sacó los pies de la cama dejando escapar un quejido. Le dolía todo el cuerpo por la cantidad de vueltas que había dado durante toda la noche. Su sueño estuvo plagado de pesadillas y estaba más cansada que cuando se acostó. No solía tener buen despertar y la noche pasada no ayudaba a que su humor fuera de los mejores. Además, notaba pinchazos en el estómago por la falta de alimento.

Se tomó un minuto para despejarse, sentada en el borde del colchón. Bostezó y se frotó los ojos. Cuando encontró fuerzas para levantarse, el espejo le devolvió una imagen que le hizo dar un respingo. ¡Santo Dios! Ni una bruja hubiera tenido peor aspecto que ella. Tenía profundas ojeras, el cabello completamente revuelto y el vestido no serviría ni para trapos de limpiar. ¡Condenado Rafael! Había intentado abrirse los corchetes haciendo mil y una contorsiones, pero acabó dándose por vencida y se había acostado vestida. Una de las causas, seguramente, por las que no había podido descansar.

Aproximándose más al espejo se miró con ojos críticos: estaba hecha un asco. Menos mal que no estaba allí Nelly para recriminarla. Claro que la culpa no era suya: había pedido ayuda a su esposo y él se la había negado.

Esposo.

La palabra le levantaba ampollas.

No se sentía una mujer casada. Realmente, no lo estaba. Ni lo estaría nunca con Rafael, porque habían dejado claro que no tendrían la intimidad necesaria para sellar sus votos.

Volcó agua en la palangana y procedió a lavarse como pudo cara, cuello y brazos. Desenredó el cabello a base de tirones mientras maldecía en arameo y acabó por atarlo, sin muchos miramientos, con una cinta. No podía hacer nada con las manchas oscuras que rodeaban sus ojos, pero se pellizcó las mejillas para darles un poco de color.

Luego, revisó el cuarto.

Era bonito: las ventanas flanqueadas por delgadas columnas, el cabecero y el piecero de la cama de madera tallada, las lámparas, los sillones, las alfombras... Todo estaba como ella lo recordaba. Solamente se habían renovado las cortinas, la colcha y los almohadones del lecho, que ahora eran de tonos verde musgo en lugar del rojo anterior. Y seguía estando allí el coqueto secreter donde ella guardó sus tesoros cuando era niña. Donde guardó el poema que le había escrito a Rafael.

Se acercó al mueble y, con infinita añoranza, abrió uno de los pequeños cajones. Se mordió los labios al ver que aún seguían allí algunas de sus cosas: una pulsera hecha con huesos de fruta que le recordó una tarde de mayo, un carboncillo casi gastado, un pañuelo bordado y dos cuartillas dobladas que tomó con dedos temblorosos. Una de ellas era una antigua carta de su abuelo, escrita desde París; la otra, uno de sus poemas. Se le escapó una risita al volver a leerlo: era horrible. Su padre, para animarla, le había escrito una frase debajo. El amoroso detalle hizo que dejara fluir una carcajada mezclada con llanto.

Estrechó contra su pecho el papel. Cómo echaba de menos la ternura de su madre y los consejos de su padre. Hubiera dado cualquier cosa por tenerlos allí en esos momentos, guiándola en el espinoso camino que acababa de emprender.

Se secó las lágrimas de un manotazo: de nada servía llorar. Regresó la cuartilla a su lugar, cerró el secreter y salió del cuarto. Esperaba que Rafael estuviera de mejor humor y accediera a desabrocharle los corchetes para poder cambiarse de ropa y darse un baño, aunque pensar en ello la puso sumamente nerviosa.

Asió el picaporte, pero se detuvo en seco. No podía salir sin hacerse notar: tenía que atravesar el salón, Rafael estaba durmiendo en él y no tenía ni idea de si aquel salvaje se acostaba con camisón o desvergonzadamente desnudo. Por lo que sabía de él, era muy probable que durmiera en cueros.

Bien, fuera como fuese, ella necesitaba ir al cuarto de baño. ¡Al infierno con él! Abrió con sigilo y salió al pasillo cuidando de no hacer ruido. Sus ojos se acostumbraron a la penumbra en que estaba sumido el salón. El respaldo del sofá no le permitía ver a Rafael, pero descubrió un bulto de ropa. Armándose de valor, sin cerrar la puerta para no descubrir su presencia, enfiló hacia su objetivo. Al no dejar de echar rápidas miradas hacia el sofá, tropezó con uno de los muebles lastimándose el pie derecho. Ahogó un grito de dolor y se mordió la lengua para no soltar una burrada, al tiempo que intentaba sujetar la estatua que adornaba el mueble y que, sin poder remediarlo, acabó haciéndose añicos.

Giró la cabeza y dijo:

—Lo siento. No quería despertarte.

Nadie contestó. Frunció el ceño y se acercó a la improvisada cama de Rafael. Él debía de estar durmiendo como un tronco para no haberse despertado con el ruido. Pues no. No dormía a pierna suelta. Simplemente, no se encontraba allí. En el lugar que debía ocupar solo había un par de cojines y la manta. Por el aspecto de todo, parecía que se hubiera estado peleando con la ropa.

¿Dónde diablos se había metido? ¿Se habría atrevido a dejarla sola? No sería de extrañar después de la bronca mantenida con él.

El revuelo de algunas aves en el exterior llamó su atención, se acercó al ventanal, descorrió las cortinas dejando que entrase la luz del sol que ya se expandía sobre las copas de los árboles y el lago, y dio un vistazo. Prometía ser un día magnífico. La luna no se había ocultado del todo, como si deseara disputar al sol un poco más de tiempo. Siempre le había maravillado poder verlos a la vez. Salió a la terraza, se acodó en la balaustrada de piedra y dejó vagar su imaginación como cuando era una criatura, soñando con un duende que vivía en el satélite y estaba enamorado de un hada solar. El cuento que una y otra vez le contara su madre puso una sonrisa en su boca.

Aspiró con deleite el aire, aún fresco, del amanecer, llenando sus ojos del espléndido paisaje. Olía a pinos y a flores; a la orilla del lago pudo distinguir una pareja de cisnes, alguna grulla... ¡¡¡y a Rafael desnudo como Dios lo trajo al mundo!!!

Se quedó petrificada como Edith, la mujer de Lot, cuando, desoyendo el mandato de Yahveh, se volvió para mirar la destrucción de Sodoma. Él se encontraba sobre una roca, con los brazos en cruz, y de pronto se lanzó al agua de un salto perfecto. Los ojos de Ariana se centraron en los círculos concéntricos tras la zambullida, retuvo la respiración esperando verlo emerger.

Pero Rafael no salía a la superficie.

Empezó a preocuparse, se removió inquieta, temerosa porque tardaba demasiado. ¿Era tan buen buceador como para estar tanto tiempo bajo el agua? ¿Y si se había golpeado contra una piedra? ¿Y si se estaba ahogando? A punto estaba de salir corriendo cuando lo vio salir a la superficie.

Aliviada, notando que el corazón le bombeaba en el pecho, pensó en darse la vuelta. Una dama decente, como era ella, debería haberse olvidado de él y regresar al interior del *cottage*. Pero igual no era tan recatada como creía, porque no pudo moverse. Rafael Rivera era una imagen magnífica mientras nadaba; a largas brazadas, con un estilo depurado y experto, surcaba las aguas como un delfín... o como un tiburón. Sí, eso era, como un tiburón.

Medio escondida tras una de las columnas, pero sin perder detalle, se deleitó mirándolo hasta que él llegó a mitad del lago y volvió a desaparecer bajo las aguas. De nuevo contuvo el aire en los pulmones hasta verlo salir cerca de la roca desde la que se lanzara.

Rafael se izó a pulso, se tumbó y allí se quedó.

Ariana notó una punzada en el estómago. No estaba a tanta distancia de él como para no poder fijarse en su cuerpo: delgado pero fibroso, de piel morena y largas piernas.

«Esto no es correcto. Ariana, esto no es correcto. Te estás comportando como una fisgona inmoral», se recriminó.

Pero ¿qué estaba diciendo? ¿Era idiota? ¿Es que aquel degenerado que se atrevía a mostrarse desnudo sin vergüenza alguna no era su marido?

—¡No lo es, condenación! —dijo en voz alta.

Ante esa magnífica estampa de poder varonil se le había subido el sonrojo a las mejillas; menos mal que él no la había descubierto observándolo como una mema. Se retiró prudentemente, fue al cuarto de baño, la emprendió de nuevo con el puñetero vestido y acabó rompiéndolo ante la imposibilidad de quitárselo. Total, ya estaba hecho un guiñapo. Dejó correr el agua y se metió en la bañera. Nunca agradecería lo suficiente a su abuelo haber hecho instalar el intrincado conjunto de tuberías que traían el agua desde el lago, aunque fuese fría. ¡Como para baños calientes estaba ella en ese momento! Un buen baño helado y se olvidaría de Rafael, de su espléndida desnudez, de su cuerpo increíblemente masculino y atrayente. O eso, o pillaba una pulmonía.

Salió de la bañera poco después, helada hasta los huesos, cogió una toalla y se envolvió en ella. Tiritaba como una hoja y estaba más cerca del resfriado que de olvidarse de lo que había visto.

«Eres una estúpida», volvió a decirse. Rafael Rivera no era más que un hombre. Hermoso como un Adonis o no, solo era un hombre. Nada más. ¿Y qué si lo había visto en cueros? Ella había estudiado anatomía y algunas de sus compañeras, más atrevidas que ella, consiguieron en el internado pinturas de desnudos masculinos que le habían mostrado entre risas. Algunas láminas, más espléndidas incluso que Rafael.

«No seas cínica, chica.»

Rivera dejaba que el tibio sol le calentara los helados músculos. Aunque no todos estaban helados. Uno en particular no lo estaba. Ni mucho menos. Descubrir por el rabillo del ojo a Ariana en la terraza, justo cuando iba a zambullirse en el lago, lo había dejado casi paralizado. Luego se lo pensó mejor: ya no tenía remedio y era una ocasión propicia para darle una lección a la cotilla señorita.

Ahora lo lamentaba.

No se arrepentía de haberse mostrado completamente desnudo ante ella, se lo tenía merecido por fisgona, pero le fastidiaba que se le hubiera activado la libido obligándolo a darse un baño más prolongado de lo que tenía previsto. De poco le había servido, porque se encontraba aún excitado como un colegial. Si hubiese imaginado que ella iba a salir no se le habría pasado por la cabeza prescindir de toda la ropa. Después de la infernal noche intentando conciliar el sueño en el sofá, luchando por no entrar en la habitación y conteniendo unos deseos enfermizos de demostrarle a Ariana que era legalmente su esposa, el baño en el agua helada del lago fue lo único que se le ocurrió para tranquilizarse.

—¡Que la zurzan! —exclamó levantándose para recoger su ropa.

Se vistió y caminó a buen paso, algo más calmado tras endilgar a Ariana la total culpabilidad del espectáculo deplorable que había dado, una chiquillada se mirara como se mirase.

Al entrar en el *cottage* no la vio por ninguna parte. Posiblemente volvía a estar encerrada en la habitación. No le dio más vueltas: abrió su maletín, sacó los utensilios para afeitarse, calentó un poco de agua en la cocina y salió a la terraza para rasurarse al sol. Una vez debidamente afeitado lavó el cacharro, lo recogió todo y empezó a abrir los armarios buscando algo para acallar el apetito que le había despertado el ejercicio.

Ariana salió con precaución para regresar a la habitación, no fuera que a Rafael se le ocurriera utilizar el cuarto de baño y la encontrara dentro. Hubiera sido lo único que le faltaba. Ni siquiera sabía cómo iba a enfrentarse a él, cómo podría mirarlo a la cara cuando no hacía más que recordarlo desnudo.

Envuelta en la toalla, se deslizó sigilosamente, se coló en el dormitorio y cerró la puerta. A punto estaba de deshacerse de la toalla cuando esta se abrió de golpe. Soltó un grito de espanto y se volvió en redondo, con el único escudo de la prenda húmeda sobre su cuerpo.

—El desayuno está casi listo, chiquita —dijo él sin mirarla siquiera. Y volvió a cerrar.

Estupefacta, fue incapaz de moverse durante un largo momento. ¡Sería...! Se apoyó en la puerta y dejó que se ralentizaran los alocados latidos de su corazón. ¡Cómo se atrevía el muy... el muy...! Había estado a punto de pillarla sin ropa.

Ensayando mentalmente mil y una palabrotas por no haber trancado la puerta al entrar, lo hizo entonces. Tiró la toalla al suelo, abrió su baúl y los ojos se le quedaron clavados en un liviano camisón. No era suyo, se dijo tomándolo y alzándolo para verlo mejor. Volvió a acalorarse. ¡Mataría a Nelly! La mataría en cuanto regresaran a Queen Hill. ¿Se suponía que debería haberlo lucido en su noche de boda? La prenda delicada, vaporosa, del todo indecente. Imaginarse con ese camisón delante de Rafael... Lo lanzó a un lado soltando un taco muy feo.

Eligió una falda oscura, una blusa blanca y ropa interior. Se vistió deprisa, luego se cepilló el cabello y se lo ató con una cinta blanca. Ni de lejos le brillaba el pelo como cuando Nelly se lo arreglaba, pero estaba presentable. Salió del dormitorio dispuesta a cantarle las cuarenta a Rafael por haberse metido en él sin llamar.

El aroma que le llegó a la nariz hizo que se olvidara de todo lo que no fuese probar un bocado. Estaba famélica. Vale, sí, estaba enfadada con Rafael, estaba muy pero que muy irritada con él, pero lo primero era lo primero y tenía hambre. Admitiría cualquier cosa que le calmara los calambres del estómago. Ella no tenía ni idea de cocinar, pero parecía que él sí, así que si no se mostraba altanera, hasta podría disfrutar de lo que fuera que él estaba preparando.

Elevó el mentón y trató de aparentar serenidad. Cuando llegó a la cocina se le abrieron los ojos como platos ante el festín que la esperaba, debidamente dispuesto sobre la mesa. «Un desayuno digno de una princesa», se dijo pasando la lengua por los labios: mantequilla, mermelada, un molde de pan de los que le gustaba preparar a Nelly en sus ratos libres y que, ella lo sabía por experiencia, se mantenía jugoso durante días; fruta; beicon, un poco de queso... El olor a café recién hecho la hizo casi gemir.

Rafael le sonrió al verla entrar, como si no hubieran estado a punto de matarse la noche anterior.

—Buenos días.

—Buenos días —contestó.

Lo vio depositar la humeante cafetera sobre la mesa encima de un salvamanteles de madera y luego hacerle una irónica reverencia invitándola a sentarse.

Lo miró como el que mira a un fantasma. Aún tenía el cabello húmedo, con algunos mechones cayéndole sobre la frente; vestía unos pantalones oscuros ajusta-

dos a sus largas piernas y una camisa blanca que no se
había preocupado en abrochar y que dejaba ver su tórax
bronceado.

Ariana tragó saliva compulsivamente. Permaneció
de pie, incapaz de quitarle los ojos de encima. A él pareció no importarle demasiado si ella lo acompañaba a
desayunar o no, dejó dos platos con huevos sobre la
mesa y ocupó una de las sillas. De inmediato, atacó el
beicon. Saboreó el primer bocado y, viendo que ella
permanecía estática, sus ojos pasaron revista a Ariana.

—¿Seguro que te has peinado? —criticó engullendo
otro trozo de tocino—. Al final voy a pensar que hubiera sido preferible traer con nosotros a tu criada.

Ariana se irguió ofendida. Así que su cola de caballo no le parecía elegante al caballero.

—Lamento si te disgusta mi aspecto.

—Mira que lo dudo.

—No he podido hacer más con el pelo.

—Yo podría haberte ayudado si me hubieras pedido
ayuda.

—¡Ahora va a resultar que sabes peinar a una mujer!

—Bueno... —Sonrió mordaz—. Se me da mejor despeinarlas, si te soy sincero. Pero seguro que te hubiera
dejado el cabello mejor, chiquita.

—Deja de llamarme así.

—¡Oh, vamos, Ariana! —Se recostó en el respaldo
de la silla olvidando el desayuno—. No empecemos de
nuevo, por favor, con lo de anoche ya tuve bastante, aún
me duele la cabeza de tus gritos.

—¡Que aún te...!

—Anda, siéntate. Debes comer algo, no me gustaría

que te desmayaras. Recuerda que he prometido no ponerte un dedo encima y si te caes redonda no voy a tener más remedio que recogerte del suelo... o dejarte en él hasta que recuperes la consciencia.

—Eres un... un... un... —Se atragantó.

—Princesa, he dormido mal y tengo hambre. He tenido la amabilidad de prepararte el desayuno, aunque lo he dejado todo perdido: se me han roto dos huevos, he abollado una bandeja y se me ha caído un plato. Se supone que es la esposa la que debería ocuparse de tales menesteres. ¿No puedes darme un poco de cuartelillo, mujer?

Ariana estuvo a punto de echarse a reír al escuchar su odisea en la cocina. Era cierto que todo estaba patas arriba. Pero también era cierto que él se había tomado un trabajo que no le correspondía. No lo había hecho por complacerla, seguro, pero así y todo se lo agradecía.

—Está bien, firmemos un armisticio.

Se sentó frente a él y se sirvió un poco de pan y un huevo. Él sonrió como un pícaro. Ella tomó cuchillo y tenedor, muy digna, y Rafael soltó una carcajada chafando acto seguido el suyo con un trozo de pan.

—Prueba a comerlos así, están mejor.

—¿Con los dedos?

—Con el pan.

Ariana nunca había comido sin cubiertos, salvo alguna pequeña pieza de fruta. Le pareció de salvajes lo que Rafael proponía, pero sonaba divertido. Lo imitó, mojando el pan en la yema y engulléndolo con verdadero deleite. Se echó a reír.

—Eres un pagano.

Con el buen humor acompañándolos, desayunaron en silencio sin dejar nada en los platos. Mientras Ariana se servía la segunda taza de café le preguntó:

—¿Cómo es que sabes guisar?

—No tiene mucha ciencia. De pequeño, solía colarme en las cocinas para robar trozos de pastel. Un día me pescó la cocinera, la buena de Elena, con las manos en la masa como se suele decir. Como castigo me tuvo toda la tarde batiendo huevos y azúcar, obligándome luego a hornear otro.

—Una mujer sabia.

—Lo era —dijo con añoranza—. Murió hace dos años y la echo mucho de menos.

—Lo siento. ¿Cómo te quedó el pastel?

—Bueno, no sé si se podía llamar así a lo que hice. —Dejó escapar una larga carcajada—. Más bien era una masa informe cuando lo llevamos a la mesa, nada presentable. Pero estaba sabroso. Al menos lo devoramos y a nadie pareció importarle que se asemejase más a la boñiga de una vaca.

Ariana no pudo aguantar ya la risa. Estaba descubriendo a un Rafael distinto, al muchacho divertido del que se embelesó siendo una chiquilla.

—Me gustaría probar alguna vez tus conocimientos de repostería.

—¡Ni loco vuelvo a intentarlo! —exclamó aterrado—. ¿Otra taza de café?

—No, gracias. —Ariana se levantó y le sonrió—. Ha sido un desayuno delicioso, te lo agradezco.

—No me lo agradezcas y ayúdame a recoger todo.

—¿Cómo dices?

Él ya retiraba los platos.

—Ariana, ¿recuerdas que no hay criados aquí? ¿Recuerdas que estamos solos?

—Sí, pero...

—Habremos de repartirnos las faenas. Yo he cocinado. Tú, friegas.

—¿Fregar?

—Platos, tazas, cubiertos... —Se estaba divirtiendo de lo lindo viéndola azorada.

Lo justo, era justo, pensó Ariana. No había limpiado un plato en su vida, pero le demostraría que era capaz de hacerlo.

—Manos a la obra, *mister* Rivera —le dijo muy resuelta, remangándose las mangas de la blusa.

Rafael le tiró un beso con los labios arrancándole una sonrisa. Era un majadero, pero terriblemente guapo cuando echaba mano del buen humor.

Para cuando dejaron la cocina más o menos recogida, Ariana no lamentaba nada. Prácticamente deberían reponer la vajilla completa, pero se había reído como nunca antes y entre ellos había nacido cierta camaradería.

11

El saltar de las carpas dibujaba aureolas sobre la superficie del agua y el gorjeo de los pájaros arrullaba el silencio. Acomodado en una butaca, con las botas sobre la baranda de la terraza, Rafael fumaba sin pensar en nada, embebido en la bucólica estampa que la naturaleza pintaba ante sus ojos. Una pareja de cisnes atravesaba el lago en dirección este en un cortejo que le hizo sonreír.

Sintió la presencia de Ariana tras él, pero se obligó a no mirarla. Su convivencia, que tan mal comenzase, parecía haber entrado en un punto de calma. Se alegraba, pero no estaba dispuesto a hacer más concesiones de las que ya había hecho.

Ariana se mantuvo a su lado, sin atreverse a interferir en sus pensamientos. Aprovechó para observar su indolente postura, la anchura de sus hombros, sus largas piernas, su cabello oscuro y algo revuelto por el aire. Tenía dobladas las mangas de la camisa y su piel, morena y aterciopelada, destacaba contra la blancura de la tela. Volvió a pensar que se había casado con un hombre muy atractivo. Y reconocía que había demostrado paciencia con ella. Aun así, no le engañaba su aparente pasividad, sabía que podía convertirse en un demonio furioso si tiraba más de la cuerda. Debería recordar no volver a enojarlo en un futuro, no podían estar siempre a la gresca y, a fin de cuentas, solo debería soportarlo un corto espacio de tiempo.

Lejos de animarla, el pensamiento de que Rafael solo era su esposo provisional la enojó. Navegaba en un mar de dudas en lo que a él se refería. Por un lado, quería que su obligado contrato acabara cuanto antes; por otro, se preguntaba si no sería factible guardar el hacha de guerra y mantener una relación, si no amorosa, al menos de camaradería, que los llevara al cariño.

De inmediato desestimó tan alocadas reflexiones. Rafael llevaría a cabo su misión, una simple tutela, hasta que ella encontrara el hombre con el que pasar el resto de su vida. Él era un alma libre, demasiado libertino para no buscar entretenimiento con otras mujeres, puesto que entre ellos no existía más que un aparente matrimonio. No iba a culparlo por hacerlo, pero dolía imaginarlo en otros brazos.

—¿Puedes ayudarme con los botones?

Las renegridas cejas del español se curvaron al escucharla y la miró por encima del hombro. Ella había cambiado su atuendo de mañana por un vestido cerrado hasta la barbilla, muy puritano si uno no se fijaba en el modo enloquecedor con que se ajustaba la tela a su pecho. Había jurado que no la tocaría, pero se la veía tan desvalida...

Con un ademán jocoso, hizo girar su dedo índice en el aire indicándole que se diera la vuelta. Tiró el cigarro y se levantó.

Un tanto tensa, Ariana le dio la espalda. Sin poder evitarlo, se envaró más al notar el contacto de los dedos masculinos en su cuello.

Rafael fue cerrando uno a uno los mil botones del endemoniado vestido, tomándose tiempo. Le costó un triunfo controlar el loco deseo que lo atacó teniéndola allí, a su merced, pidiéndole la ayuda que cualquier mujer pediría a su esposo. Hubiera deseado arrancarle el vestido de los hombros en lugar de abotonárselo. La piel de Ariana, tersa como la seda, era una tentación demasiado grande para él, más aún llevando tantos días de privación. Se le escapó un gruñido.

—Deberías haber traído vestidos menos complicados, estos botones son tan diminutos que apenas puedo sujetarlos.

—Fue cosa de Nelly. Si te molesta, no...

—Quédate quieta.

Al terminar, la hizo volverse. La tela se ajustaba aún más a sus formas y sus ojos se quedaron perdidos en las redondeces que prometían la gloria y que le estaban vedadas. Ella carraspeó, un poco perturbada.

—Reconozco que merece la pena el esfuerzo —alabó él con voz más ronca de lo habitual.

Ariana Seton había sido galanteada con anterioridad por muchos caballeros, estaba acostumbrada a que la admirasen y le regalasen requiebros, pero nunca antes siete únicas palabras habían causado en ella tanta zozobra. Porque la frase de Rafael, unida a su ardiente mirada, era mucho más que una simple galantería. Era una declaración de deseo. Le recordaba a aquel joven que hablaba sin tapujos, y no había cambiado con los años, si acaso se había vuelto más irónico y atrevido.

Del mismo modo en que le prestara atención, Rivera la ignoró al momento siguiente. Regresó a la butaca, encendió un nuevo cigarro y se quedó en silencio. Ariana no supo si quedarse o marcharse.

—¿Te apetecería dar un paseo por el lago? —preguntó de pronto.

Que él mencionara el lago cubrió el rostro de la muchacha de un tono carmesí, al recordar haberlo visto esa mañana mientras se bañaba. Afortunadamente, era su secreto y él no tenía ni idea de haber sido el objeto de su curiosidad. Y en realidad le apetecía su propuesta.

—Hay un bote en el cobertizo —dijo Rafael—. Pequeño, pero en buen estado, lo he revisado al amanecer. —Notó que ella estaba sofocada y empezó a divertirse. Un poquito más de quinina y estallaría como un petardo de feria. No sabía por qué, pero que Ariana se enfadara, que sacara las garras, le gustaba. Pero le gustaba mucho más cuando se mostraba turbada. Hacer que se enfurruñara le causaba satisfacción; hacer que se sonrojara lo fascinaba—. ¿Sabes? Estuve bañándome en el lago. ¿Lo has hecho alguna vez?

—No —fue un gemido.

—¿Qué has dicho?

—Que no. Nunca me he atrevido a hacerlo.

—Deberías probar. Es como sentirse aislado del mundo, con el agua acariciando tu piel... —Ella ahuecaba el cuello de su vestido buscando aire, desviaba su mirada, abría y cerraba la mano con la que se asía a la barandilla. Se sintió perverso haciéndola pasar tan mal rato y pensó que ya estaba bien de burlarse de ella—. ¿Qué me dices de ese paseo?

—Yo...

—No voy a volcar la barca, prometido. —Alzó la mano en juramento—. Soy buen nadador y te sacaría en caso de que sufriéramos un accidente.

Los ojos de color violeta se convirtieron en dos rendijas al mirarlo. Le estaba tomando el pelo. Sintió unas ganas enormes de empujarlo; con un poco de suerte podría caerse por la barandilla y romperse la sesera. El enojo no la dejó pensar antes de replicar:

—No eres nada del otro mundo, Rafael, he visto mejores nadadores que tú. Yo, sin ir más lejos. Si intentas algo, puede que acabe ahogándote en el lago, Rivera.

Rafael estalló en carcajadas palmeándose los muslos. Su risa era tan contagiosa que ella, a pesar del enfado, acabó por imitarlo. ¡Condenado fuese, sabía que le había estado observando y, como una tonta, había caído en la trampa!

—Firmemos otro alto el fuego hasta estar en tierra firme —rogó él.

—Solo hasta que estemos en tierra firme.

En una engañosa camaradería bajaron hasta el lago. Rafael arrastró el bote y lo empujó hasta la orilla, colocó los remos, ayudó a montar a Ariana y luego impulsó la embarcación.

Durante un buen tramo fue él quien manejó los remos para situar la barca en medio del lago. La pareja de cisnes que continuaban arrullándose se acercó a los intrusos y Ariana jugó a meter la mano en el agua y salpicarles, riendo como una criatura cuando se alejaron.

—¿Regresaremos mañana a Queen Hill?

Rafael no había dejado un momento de observarla mientras ella, fascinada, dejaba vagar la vista por cada rincón del bosque que los circundaba. Viéndola así, en él se fue afianzando un sentimiento protector.

—Mañana vendrán a recogernos, sí. Hay que guardar las apariencias.

—Comprendo —asintió ella.

—Tendrás que soportar mi presencia, por tanto, un día más.

—No está siendo tan horrible —sonrió la joven.

—Me alegra escucharlo. Es un honor que me haces.

—Deja tu cinismo para mejor ocasión, Rafael, no me afecta. Pero debemos poner unas normas hasta mañana.

—¿Más normas?

—No me parece bien que vuelvas a dormir en el sofá.

—No pretenderás que lo haga a la intemperie, ¿verdad?

—Había pensado que lo hicieras en la habitación.

Se volvió un poco para ver su expresión ante lo que para ella era una concesión altruista. Y enrojeció hasta la raíz del cabello. Rafael tenía los ojos clavados en ella y una sonrisa demoníaca hermoseaba aún más su atractivo rostro.

—¿Qué quiere decir eso *exactamente*, Ariana?

Se le atragantó la respuesta. ¡Mierda! Aquel salvaje había interpretado mal sus palabras. Irguió los hombros para disimular lo nerviosa que la había puesto.

—Lávate con jabón esa mente calenturienta que tienes, Rafael. No es lo que te imaginas. Tú has dicho que compartiremos tareas durante nuestra estancia en el *cottage* así que, si yo dormí anoche en el dormitorio, lo justo es que tú lo ocupes hoy. No quiero privilegios.

—Es una cama muy grande.

—También lo es el sofá.

—¿Y si ponemos almohadones en el medio?

—¡Rafael, basta ya! —Golpeó el borde del bote.

La risa masculina afloró de nuevo.

—Será mejor que dejemos esta conversación. ¿Regresamos?

Ariana asintió en silencio y él volvió a impulsar los remos. No volvieron a hablar en el trayecto de vuelta, pero a ella le fue imposible no fijarse en la fuerza de sus brazos manejando las palas. Sus músculos tensaban la tela de la camisa; cada movimiento era una sinfonía de poder.

12

Al igual que en el desayuno, Rafael preparó la comida, en esa ocasión a base de fiambres. Degustaron los alimentos en armonía, y una vez que acabaron Ariana se levantó para recogerlo todo. Cortésmente, él se prestó a ayudarla. Fueron capaces de no volver a romper nada, y cuando acabaron se sentaron en la terraza con una copa de brandy.

Rafael no quería sacar el tema que le carcomía desde que aceptase aquel matrimonio, pero debían afrontar la realidad tarde o temprano y el idílico momento de camaradería que estaban compartiendo le pareció adecuado para abordar el asunto.

—¿Has pensado en alguien?

—¿Cómo?

—Quiero decir si conoces a algún caballero que sea de tu agrado para convertirse en tu marido definitivo.

Para Ariana fue como una bofetada. De repente, el brandy le supo a veneno. Lo miró con despecho y se esfumó de un plumazo la frágil llama de familiaridad que había surgido entre ambos, esfumándose cualquier armonía.

Allí estaba la cuestión: Rafael estaba tan deseoso de acabar con el endemoniado pacto hecho con su abuelo y regresar a su bendita España, seguramente para seguir con su vida licenciosa, que no lo disimulaba. Era muy posible que tuviera alguna amante esperándolo. Una mujer completamente distinta a ella, más mundana, que estaría encantada de prodigarle sus atenciones. Unos celos inesperados la atravesaron.

—¿Cómo se llama ella?

Lo preguntó sin pensar, sin darse cuenta de estar poniéndose en evidencia. Porque lo estaba haciendo. Tan pronto lo interrogó lo maldijo por sacarla con tanta facilidad de sus casillas.

—¿Ella?

—¿No es la causa de tus prisas por disolver este matrimonio? ¿No tienes una amante en España?

—Es posible.

—No hace falta que disimules conmigo, Rafael. Lo siento por ella: te esperará en vano.

—No sé si te entiendo.

—¿Te has parado a pensar que en tu país no está admitido el divorcio?

—No habrá divorcio, sino anulación.

—¿Anulación?

—Exactamente. No tendremos dificultades si no consumamos el matrimonio; tú podrás volver a casarte y yo estaré con las manos libres. Admitiré cualquier argumento que enarboles para la anulación, como si quieres tildarme de impotente.

Viendo que la había dejado sin palabras, se olvidó de ella y dio una calada al cigarro.

Ariana hubiese deseado darle un nombre, cualquiera, para no quedar como una estúpida, pero no lo tenía. Ninguno de los hombres que le habían rondado resultó de su agrado y ahora se encontraba en un callejón sin salida, atada de pies y manos, obligada a buscar con prisas si quería librarse de Rafael. Por ella habrían firmado la anulación tan pronto pudieran arreglar los papeles, pero había otra cuestión pendiente.

—No podemos hacer nada hasta que mi abuelo...

Se le cortaron las palabras y a Rafael se le formó un nudo en la garganta. En la mente de ambos surgió de nuevo, como una cuchillada, la enfermedad de Henry Seton. Rafael había hablado con los médicos que lo trataban solo para constatar que le quedaba poco de vida.

—No tengo prisa en volver a Toledo —repuso, condenándose por haber sacado el tema—. Solo intento que sepas que tienes todas las cartas de la baraja en tus manos.

Ariana inspiró aire y se secó las lágrimas.

—Démonos un plazo, si te parece bien. Aún tengo esperanzas de que encuentren un tratamiento y no deseo retenerte más de lo necesario. Buscaré a alguien de mi agrado y anularemos el...

—¡No hay esperanza, Ariana! —cortó Rafael, brusco, tirando el cigarro con rabia—. ¡No la hay, maldición! Antes de venir a Inglaterra me entrevisté con varios especialistas, los mejores. Les hablé de Henry, de los síntomas. —Se le veía angustiado, como si se sintiera culpable de no haber dado con una solución—. Todos me dijeron lo mismo. Confirmaron el diagnóstico: a tu abuelo le queda poco tiempo. Por eso nos ha metido prisas, quiere dejar atado tu futuro.

—Habernos obligado a casarnos no lo resuelve.

—Desde luego que no —convino él—. Pero evitará que cualquier cazafortunas te seduzca; no pienso dejar que eso suceda.

—No soy una niña, Rafael.

—Pero careces de experiencia.

—Y tú tienes demasiada —le contestó mordaz—, ¿no es eso?

La mirada de Rafael se volvió más oscura. Ella llevaba razón, ¡qué narices! No podía recriminarle que le echara en cara su vida, hasta entonces disoluta.

—No voy a negarlo. Casualmente por eso tu abuelo piensa que soy el adecuado para separar el trigo de la paja.

—Podrías haber sido simplemente mi consejero.

—Henry está chapado a la antigua usanza.

Cansada de una discusión que a nada los conducía, la joven decidió marcharse. Cada vez que hablaba de ese asunto se sentía como una mercancía. No podía perdonarle a Rafael haberse inmiscuido en su vida volviéndola del revés. Debería haberse negado, haberse enfrentado a las artimañas de su abuelo, pero ya no podía volver la vista atrás, solo le quedaba soportar que su esposo de pacotilla diera su aquiescencia al hombre adecuado para ella. ¡Qué situación tan absurda!

—No voy a meterme en tu vida, Ariana —la detuvo su voz—, si es lo que te preocupa.

—Ni yo dejaré que lo hagas, *Rivera*.

—Vaya. Así que vuelvo a ser Rivera. —Chascó la lengua buscando otro cigarro.

—¿Quieres dejar de fumar esas cosas apestosas? No me gustan.

—Tampoco a mí me gusta bregar con mil botones —estalló Rafael—. Mira, princesa, las cosas están así: estamos casados, soy tu esposo ante los ojos del mundo, yo me comportaré dignamente mientras dure nuestro pacto, y tú harás otro tanto; te dejaré vía libre, podrás elegir a un idiota que te soporte, a un hombre de tu gusto, siempre que sea decente; luego anularemos este jodido matrimonio y me largaré con viento fresco. Empiezo a cansarme de tus ataques de niña mimada.

—¡Mira quién habla de ataques!

—¡Por Dios! Soy un cordero comparado contigo.

—Un cordero que se ha pasado la vida saltando de cama en cama —lo acusó ácida.

Rafael la miró muy serio. ¿Qué le pasaba a aquella arpía? Era lo que le faltaba, que lo censurase. Por ahí sí que no estaba dispuesto a pasar.

—No creo que sea de tu incumbencia qué o cuántas camas he probado, señora mía. Que te quede claro que...

—Mientras estemos casados —le cortó ella—, ni se te ocurra ponerme en evidencia o lo lamentarás.

—Nada me obliga a ser fiel a una esposa que, en realidad, no lo es. No es el acuerdo.

—El acuerdo, *esposo*, en el que no tomé parte, tampoco me obliga a mí a ser la comidilla de todo Londres. —Los ánimos estaban tan caldeados que a ella no le hubiera importado mandarlo todo al infierno en ese instante, saliera luego el sol por donde saliese—. No consentiré ver mi nombre enlodado por un adulterio.

Rafael se quedó sin habla. ¿De modo que la muy bruja pensaba que iba a abrazar el celibato? Se enfrentaba a él con los puños en las caderas y los ojos inyectados de furia. ¿Cuánto tiempo haría falta para encontrar un papanatas que quisiera casarse con semejante cardo borriquero?

—Así que te preocupa que mis posibles correrías te pongan en entredicho.

—¿Pensabas que no? Los Seton no han sido ángeles, lo sé muy bien, hasta mi abuelo tuvo sus aventuras. Pero siempre llevándolas con discreción.

—Ya entiendo.

Rafael se acercó tanto a ella que Ariana hubo de alzar la cabeza para poder seguir mirándolo a los ojos. Unos ojos que no presagiaban nada bueno. No quería enfrentarse a él constantemente; las horas de camaradería habían sido estupendas, hasta llegó a pensar que sería agradable tenerlo a su lado indefinidamente. Pero sus esfuerzos por mostrarse templada con él se iban una y otra vez al garete. Una palabra de Rafael y se disparaba.

—Hay solo una solución para que yo no me interese por otras mujeres. Solo una, pequeña. Si estás dispuesta...

La voz masculina sonaba ronca, amenazadora, subyugante. Ariana se negó a darse por aludida, no podía estar refiriéndose a que ella... a que ella... Un frío helado se alojó en su columna vertebral, luego la invadió un calor agobiante. No, Rafael no podía estar insinuando lo que ella creía.

—¿Qué solución?

Los oscuros ojos del español se clavaron en los suyos y Ariana sintió la imperiosa necesidad de salir a escape, pero se mantuvo firme. La respuesta le llegó en un susurro cálido y provocador, sumamente excitante y seductor.

—Entrar en tu cama, Ariana.

La mano de ella se movió como si la hubiera impulsado un resorte y la bofetada sonó como un trallazo. Gritó cuando los fuertes dedos de Rafael atraparon su muñeca para retorcerle el brazo a la espalda, dejándola pegada a él.

Para el conde de Trevijo la proximidad con el exquisito cuerpo de la muchacha fue más dolorosa que el golpe. La sintió temblar, sus delicados pechos apretados contra su tórax, la respiración acelerada, el miedo reflejado en sus pupilas. Estaba en su poder. Un instinto salvaje de besarla, de demostrarle que no era tan fría como aparentaba, de que podía hacerla arder de pasión, arrasó la poca cordura que le quedaba. ¡Dios, qué bien olía! Se amoldaba tan maravillosamente a sus formas que parecía haber sido creada para él y solo para él. Le aturdió la rapidez con la que su hombría, ¡condenada fuese!, respondió al contacto.

Debería haberse comportado como el caballero que era, perdonando la bofetada y liberándola de su abrazo. Ariana había respondido como cualquier mujer insultada; él la había zaherido a sabiendas. Debería haberse comportado, sí. Pero ni pudo ni quiso. Ariana era un postre que deseaba probar desde que la viese de nuevo convertida en una auténtica mujer, un dulce con el que soñaba saciarse. La apretó más contra él, agachó la cabeza y la besó.

Ariana perdió el norte bajo el acoso de aquella boca caliente que se retorcía sobre la suya. Ni en sus mejores fantasías podía haber imaginado cómo serían los labios de Rafael. Sabían a brandy, a tabaco, a hombre. Eran un elixir que la dejó sin fuerzas, que la obligó a amoldarse a él y abrir su boca permitiéndole la entrada. Exudaba sensualidad, y a ella nunca la besaron de un modo tan vehemente.

La rabia de Rafael se convirtió en pasión desatada al saborear una boca que sabía a canela. Dejó que sus sentidos se embriagasen con el dulce aroma que desprendía el cuerpo de Ariana, se dejó llevar por la intensidad de un deseo insatisfecho, se olvidó de todo lo que no fuera ella. Quería tumbarla allí mismo, fundirse con ella, amarla.

Se detuvo a tiempo. Una lucecita en su cerebro le dijo que estaba entrando en terreno pantanoso. La soltó casi con brusquedad y ella se retiró un paso, tambaleándose como una ebria. Rafael soltó un taco en voz baja, sin saber cómo interpretar su mirada, mezcla de asombro, deseo y censura. Dio media vuelta y se alejó.

13

Henry Seton, acomodado tras el escritorio de su despacho, echó una ojeada a su joven amigo por encima de las gafas. Se quitó las lentes dejándolas a un lado y cruzó los dedos.

—La cosa no ha comenzado bien, ¿es eso?

Le respondió una mirada torva.

—Ariana es difícil, ¿eh? —insistió.

Tampoco aquella vez obtuvo respuesta por parte de Rafael. Seton apenas tuvo que lanzar una mirada a ambos, a su regreso, para saber que algo iba mal. Ariana había sonreído a la servidumbre, le había dado un beso cariñoso a él; aparentemente todo estaba en orden. Pero no le engañó su cordialidad, la conocía demasiado bien. La frialdad con que se trataban los dos jóvenes los delataba, así que había hecho entrar a su ahora nieto político en su despacho. Rafael no abrió la boca, simplemente tomó asiento, encendió un cigarro y nada más. No parecía en absoluto dispuesto a explicar qué diantre había sucedido en el *cottage*.

—Ha llegado una invitación para una fiesta —dijo Henry, por ver si le sacaba de su mutismo.

Esperó un minuto. Un largo y tenso minuto mientras el joven, como si no le hubiera escuchado, fijaba su mirada en las volutas de humo que exhalaba. Luego, un tanto irritado, se incorporó dando un puñetazo en la mesa, consiguiendo, por fin, la atención de Rafael.

—¡Dime que me he confundido! —elevó la voz—. ¡Dime lo que quieras, muchacho, pero no sigas ahí callado con ese aire de víctima!

Rivera suspiró y apagó el cigarro.

—Tú no tienes la culpa, Henry.

—Te obligué. Te arranqué la promesa de proteger a esa gata. Ahora empiezo a arrepentirme, nunca he visto a dos recién casados con tantas ganas de perderse de vista. ¿Vas a contarme qué mierda ha sucedido?

—No ha pasado nada.

—Mira, hijo. —Rodeó la mesa para tomar asiento en el brazo del sillón que el otro ocupaba—. Puede que sea viejo y que me esté muriendo, pero no me tomes por idiota. Sé que ha sido un matrimonio de conveniencia, que Ariana no lo deseaba y tú tampoco, pero debes ser paciente con ella, se comportará como la dama que es.

—Seguro que sí. —La voz de Rafael fue un gruñido—. Lo que no sé es si yo podré comportarme como el caballero que soy.

Henry frunció el ceño viéndolo levantarse y empezar a pasear a largas zancadas por la habitación. Lo dejó deambular de un lado a otro esperando la explicación a unas palabras que levantaron en él una sensación incómoda.

—Henry, hay que buscar un marido para Ariana.

—De eso se trata.

—Cuanto antes.

Los ojos de Seton se entrecerraron.

—¿Has intentado...? —Dejó la frase a medias y el suspiro de su joven amigo le dio la respuesta—. Tampoco habríais de darme explicaciones.

—¡Por favor, Henry!

—Sería lo lógico.

—Lo sería si este matrimonio fuese normal, pero no lo es. Simplemente no quiero ver a tu nieta como a una mujer.

—Pero lo es.

—¡Ahí radica el problema!

«Así que se trataba de eso», pensó el inglés. Una ligera sonrisa estiró sus labios y carraspeó para disimularla. Rafael parecía remiso a mirarlo de frente, se apoyaba en el marco del ventanal, tenso como nunca lo viera. Sí, se trataba de eso. El disoluto conde de Trevijo se sentía atraído por la muchacha. Su loco plan podría salir bien, soñaba en unirlos. Ambos eran jóvenes, de buena familia, educados en los mejores colegios, con fortuna propia. ¿Qué más se necesitaba para un buen matrimonio? Ah, claro, estaba también el asunto del amor, no debía olvidarlo. Pero el cariño llegaría con el tiempo.

—Te atrae Ariana. —Escuchó una apagada blasfemia a modo de réplica. Cuando Rafael se dignó mirarlo, parecía estar sufriendo un agudo dolor—. Sírvete una copa, creo que te hace falta.

—He bebido más de la cuenta desde que me propusiste esta locura, Henry. —Vencido, se dejó caer en un sillón—. En buen lío me has metido.

—Lo sé.

—Y lo dices así, tan tranquilo.

—¿Qué quieres que haga? Los amigos están para eso.

—¡Y una mierda, hombre! —explotó Rafael volviendo a ponerse en pie—. Tu dulce nieta y mi arisca esposa pretende que me comporte como un monje mientras dure nuestro matrimonio. No quiere escándalos, ni adulterios, ni habladurías —recitó imitándola, haciendo sonreír a Seton.

—Está en juego su buen nombre.

—Pero yo no soy un monje.

—No me dices nada que yo no sepa.

—Borra esa estúpida expresión de tu cara, Henry, o conseguirás cabrearme de veras. En el *cottage*... Yo...

—¿Tan terrible sería que te enamorases de ella?

—¡Por san Judas que es lo último que quiero! No estoy hecho para el matrimonio y tengo toda la intención de volver a mi soltería en cuanto acabe esta farsa. No quiero liarme con tu nieta. Estoy dispuesto a hacer de ama de cría unos meses, pero nada más, de modo que deja de maquinar. Enamorarme de ella no entra en nuestro convenio.

—El corazón no entiende de pactos, muchacho —dijo Seton, entretenido en mirarse las uñas.

—Henry... —Rafael lo señaló con un dedo tembloroso. Empezaba a comprender que todo era una argucia y le entraron ganas de estrangularlo.

—Yo me casé con Hilda, mi esposa, sintiendo solo

deseo por ella, no amor. Pero llegué a amarla profundamente. Aún la echo de menos, hijo.

—Despierte Ariana deseo o no en mí, Henry, buscaremos al hombre adecuado para ella y acabaremos con esto.

Rafael salió dando un portazo que hizo tambalearse la araña del techo.

—Veremos —contestó Seton a la madera—. Ya veremos, muchacho.

14

La fiesta se celebraba en la mansión de los duques de Wangau, en Londres. La grandiosa mansión, de tres plantas y más de veinte habitaciones, contaba con un salón de baile de más de doscientos metros cuadrados. La duquesa de Wangau era conocida por sus cócteles y sus fiestas, eventos a los que todo el mundo deseaba ser invitado.

No pudo negarse a ir. Todos conocían ya la noticia de su casamiento y, puesto que no habían emprendido viaje de novios debido a la salud de Henry, ellos serían algo así como los invitados de honor.

Henry alegó un ligero malestar para no acudir a casa de los Wangau, de modo que Rafael y Ariana se vieron obligados a hacer el trayecto en solitario, acompañados únicamente por sus respectivos criados. Hicieron preparar solo dos baúles para la corta estancia, y cuando partieron de Queen Hill lo hicieron en dos carruajes: el primero ocupado por los recién casados; el segundo, por Nelly y Juan, que habían congeniado estupendamente.

La primera parte del itinerario resultó tediosa para Ariana: Rafael, apenas subir al coche, se recostó en el asiento, cerró los ojos y simuló dormir. Ella se limitó a mirar el paisaje desde la ventanilla. Cuando pararon a pernoctar, Rafael solicitó cuatro habitaciones en la posada, no pronunció una palabra durante la cena y solo abrió la boca para desearle buenas noches antes de que ella se retirase a descansar, quedándose junto a Juan en el comedor, acompañados por una botella de brandy.

Nelly la ayudó a quitarse el vestido sin dejar de observar la expresión sombría de la muchacha. Quiso saber qué le sucedía, pero Ariana era demasiado orgullosa para confesarse incluso a ella, de modo que se encogió de hombros, la besó en la mejilla y se aseguró de que todo estaba en orden antes de marcharse a su propio cuarto.

A solas ya, Ariana sintió unos deseos intensos de echarse a llorar. Se sentía tan desamparada como una niña a la que estuviesen castigando por una falta. ¿Cuál había cometido ella salvo plegarse a los deseos de su abuelo para hacerlo feliz? Aunque no quería saber nada de Rafael, le dolía que él la tratase como si no existiera, sin disimular que estaba deseoso de perderla de vista. Le lastimaba el doble después de los momentos de compañerismo del *cottage*... y después de probar su boca. Desde ese día no había podido dormir sin despertase atormentada por el sensual recuerdo.

Se acostó, dobló las rodillas hasta que casi le dieron en la barbilla y se secó las lágrimas con el embozo de la sábana. Odiaba a Rafael. Lo odiaba con toda su alma, porque no tenía derecho a poner su vida patas arriba haciéndola imaginar, una y otra vez, lo que sería estar en sus brazos. Si un simple beso la turbaba tanto, ni quería pensar qué sucedería si —el cielo no lo quisiera— fueran más allá. ¿Qué sentiría si las manos de Rafael la acariciaran?

Ariana nunca se había planteado ese tipo de cosas. Para ella lo importante era el respeto mutuo y la comprensión; la pasión siempre ocupó un segundo o tercer lugar. Hasta que él inflamó su deseo besándola.

Estaba desconcertada. Y rabiosa, porque lo que menos deseaba era que fuera Rafael quien despertara la mujer que había en ella. Debía esforzarse, dejar de pensar en Rafael Rivera como un hombre atractivo, viril y fascinante; esos sentimientos habría de guardarlos para el caballero que se convirtiera en su auténtico marido. Miraría al español como lo que era: un guardián temporal.

Sin embargo, no pudo remediar volver a pensar en la boca de Rivera mientras el sueño la vencía.

Rafael sirvió dos vasos de brandy.

Juan lo observaba, un brazo sobre el respaldo de la silla y los pies sobre otra. Estaba cansado, los huéspedes se habían ido retirando, incluso el dueño de la posada —al que Rafael despidió después de verle dar tres cabezadas—, y estaba deseando acostarse. Pero no podía dejar solo a su patrón, intuía que necesitaba compañía; no charla, puesto que no había abierto la boca.

El ceño fruncido del conde le arrancó una risita.

—¿Qué es lo gracioso?

—Usted —repuso el joven con voz algo gangosa.

Había ingerido ya dos vasos de brandy y no estaba acostumbrado—. Lo he visto metido en muchos líos, pero este es el más gordo.

—No aguantas el alcohol —gruñó Rafael—. Anda, lárgate a dormir la mona.

Juan quiso dejar su vaso sobre la mesa, calculó mal y se hizo añicos en el suelo. Hipó, lo miró con los ojos medio cerrados y se levantó.

—Esa mujer acabará por volverlo loco, patrón.

—Vete a la cama.

—Lo conozco —insistió el chico apoyando las palmas de las manos en la mesa e inclinándose hacia él—. Lo conozco muy bien y sé lo que está pensando, a mí no puede engañarme. No señor, a Juan Vélez no ha conseguido engañarle nadie. —Hipó de nuevo, se apartó de la mesa y se tambaleó—. Esa damita le ha comido la sesera.

—Estás como una cuba —rezongó Rafael levantándose—. Venga, te llevaré a tu cuarto antes de que te rompas las narices.

El muchacho no opuso resistencia; lo empezaba a ver todo borroso y las rodillas parecían de gelatina. Sin embargo, lenguaraz como era, le dijo mientras subían trabajosamente la escalera:

—Si quiere que le dé un consejo...

—Cállate y mira dónde pones los pies.

—Se lo daré de todos modos. —Se paró a media escalera y miró a Rafael bizqueando—: Compórtese como cualquier marido que se precie, patrón. Hasta es posible que no tenga que buscarle uno nuevo.

Rafael hizo oídos sordos, lo subió como pudo, empujó la puerta del cuarto de Juan maldiciendo la hora en que le había hecho beber y lo metió dentro. Lo tumbó en la cama y Juan resopló, y se quedó dormido antes de que su cabeza tocase la almohada. Sin mucho miramiento le quitó las botas y la chaqueta, y luego le echó una manta sobre el muchacho.

Antes de apagar la lámpara de la mesilla, Rivera recordó las palabras que solía repetir su padre: los niños y los borrachos son los únicos que dicen la verdad.

15

Llegaron a Londres en coches separados ya que Rafael puso como excusa un repentino malestar de Juan y decidió que viajaría en su carruaje. Para Ariana, que el día anterior había viajado tensa e incómoda al lado de su reciente esposo, fue un auténtico descanso.

Los Wangau, unos de los pocos invitados que habían asistido a la ceremonia de su casamiento, los recibieron con muestras de cariño y fue la propia duquesa quien insistió en mostrarles en persona la habitación que les habían destinado. Mientras ascendían los alfombrados peldaños hasta el piso superior, la dama les informó acerca de los invitados, solazándose en contarles los últimos cotilleos acontecidos en la ciudad.

—Vendrá también Benjamín Disraeli, lo que es un honor para nosotros —les decía—, dada su proximidad con la reina Victoria. Y es muy posible que podamos gozar de la compañía de Kipling, el literato —aseguraba emocionada.

Ariana ya conocía la mansión de los Wangau, pero

así y todo no dejó de admirar los costosos tapices que cubrían algunos de los muros, los óleos y las inmejorables esculturas que podían verse por cada rincón. El cuarto donde dormirían Rafael y ella era, posiblemente, el mejor de todos: amplio y lujoso, tenía un cielorraso pintado con escenas de caza y una cama con dosel en la que podrían acostarse al menos cuatro personas. Los muebles eran oscuros, pesados, pero de una elegancia exquisita que contrastaba a la perfección con los cortinajes, las alfombras y los mullidos cojines de tono azul claro.

Deseándoles una agradable estancia y volviendo a darles las gracias por acudir a la fiesta, la dueña de la mansión los dejó a solas para que se pusieran cómodos. Rafael echó un vistazo al cuarto y dijo, como al descuido:

—Es una lástima: no hay sofá.

Ariana se irguió de inmediato, entendiendo el doble sentido del comentario. Se sentó frente a la cómoda y se dedicó a retocarse el peinado para evitar entrar en conversación, y suspiró agradecida cuando Nelly y Juan pidieron permiso y entraron en la habitación para ordenar sus equipajes. Pero el descanso duró poco y volvieron a quedar a solas minutos después. Se volvió entonces hacia Rafael, dispuesta a poner sus condiciones. Tenía que hacerlo porque no tenía intención de pasar las noches en su compañía. Él no le dio tiempo:

—Ya veremos el modo de arreglarlo, no te preocupes. No pienso pasar la noche en este cuarto ni por todo el oro de Inglaterra.

Enmudeció ella. Era justo lo que deseaba: que Rafael no ocupara el cuarto. Entonces ¿por qué sintió que acababan de abofetearla? Se armó de valor y, sin atreverse a mirarlo a los ojos, musitó:

—Puedo dormir en un sillón.

La carcajada de Rafael la hizo alzar la mirada. ¿Qué era lo que le divertía de ese modo? ¿Tan estúpido era lo que había insinuado? La sonrisa demoníaca del español no auguraba nada bueno cuando se aproximó a ella, y a la muchacha le temblaron las piernas al tomarla de la barbilla. Un contacto leve, apenas nada, pero que provocó un cosquilleo a lo largo de su espalda.

—Ariana, lo que pasó en el palacete fue solo una muestra de lo que puede pasar si me quedo aquí. —La sintió estremecerse, pero estaba lejos de sentir lástima por ella. Si le temía, mucho mejor para los dos, y no se abstuvo de infundirle un poquito más de miedo—. Un hombre como yo no puede estar tan cerca de una mujer tan deseable como tú y dormir a pierna suelta, así que lo mejor será que me busque otro alojamiento.

—Pe-pero... —tartamudeó, sonrojándose—, ¿qué van a pensar si...?

—Preocúpate solo de disfrutar durante nuestra estancia aquí. De paso, empieza a buscar a tu candidato; estoy seguro de que habrá más de un apetecible soltero en la fiesta al que yo pueda dar mi beneplácito. —Se alejó de ella, fue hasta el armario y sacó otra ropa.

—¿Dónde vas a...?

—Olvídate de mí, estaré bien. Conozco unos cuantos garitos en Londres y hace tiempo que falto de la ciudad. No me echarás de menos, cariño.

Ella se tragó la bilis que le subía a la garganta. ¡Por

descontado! Según parecía, Rafael había pensado en todo. Y ella era una boba habiendo creído que, acaso, él habría pensado en negarse a lo que ella pretendía y ejercer sus derechos. El asunto, pues, quedaba solucionado, pero no dejaba de resultarle humillante pensar que él iba a pasar la noche en un antro, seguramente en compañía femenina.

—Espero que seas discreto —le dijo con voz cortante.

Rafael la miró de soslayo mientras se deshacía de la camisa y se ponía una limpia.

—Descuida, amor mío. El nombre de Ariana Seton no se verá envuelto en un escándalo.

Pasaron la velada comportándose como una pareja de recién casados, saludando a cuantos invitados les fueron presentados por la duquesa de Wangau, sonriendo a los cumplidos, haciéndolos, charlando con unos y otros y disfrutando, aparentemente, del baile.

El salón relucía como un espejo: luminosas arañas colgaban del techo y multitud de candelabros iluminaban los más apartados rincones; se habían instalado grandes floreros a cada lado de las puertas vidrieras que daban al hermoso jardín, que, tras las primeras piezas desgranadas por el cuarteto de música, empezó a verse asaltado por algunas parejas buscando un momento de intimidad. La noche era cálida y estrellada, los criados lucían sus mejores galas, la comida era exquisita y abundante, y más aún lo era la bebida.

Como en otras fiestas, las damas exhibían sus joyas

en una muda competición, y los caballeros aprovechaban para atacar temas de conversación tan dispares como la política del gobierno respecto a la India, el último cuadro de J. Phillip o el estilo de escribir de Kipling, que, al final, no había podido acudir y envió una nota de disculpa que dejó desolada a la duquesa.

Ariana lo estaba pasando relativamente bien atendiendo a la música y a las confidencias de algunas damas sobre los acontecimientos de la capital. Casi olvidó que estaba casada con un hombre al que detestaba y aprovechó para disfrutar de la danza. En esos momentos se encontraba sonriendo entre los brazos de un apuesto militar, sobrino de la duquesa, que acababa de regresar de la India.

—De veras que las mujeres allí son muy hermosas —le decía el muchacho—, aunque no tanto como la que me ha hecho el honor de concederme esta pieza.

Iba a preguntarle algo cuando una voz ruda le provocó un hormigueo en la boca del estómago.

—¿Me permite, señor Faber?

El joven asintió con caballerosidad cediendo su puesto a Rafael, que, de inmediato, enlazó el talle de su esposa haciéndola girar por la pista. Ariana se obligó a no perder la sonrisa y acomodó sus pasos a los de Rafael. No le costó demasiado; él se defendía como un bailarín experto. Pero el contacto de la mano masculina en su cintura era como una brasa que traspasaba la barrera de la ropa.

—Ha sido una descortesía —dijo, sin querer mirarlo.

—Al chico no se lo ha parecido. Además, no sería normal que unos recién desposados no bailaran ni una sola pieza; debemos dar la imagen de estar tiernamente enamorados.

Rafael realizó un giro rápido y ella, turbada, lo siguió con tan poca fortuna que tropezó con sus pies. Le escuchó reír bajito y alzó la cabeza dispuesta a obsequiarle un comentario hiriente, pero se le olvidó viendo su sonrisa: era guapo de veras, el muy tunante. Estúpidamente, lo comparó con todos y cada uno de los hombres allí reunidos y, por desgracia para ella, salieron perdiendo.

Era imposible no fijarse en Rafael, estaba tan atractivo vestido de oscuro que ni una sola de las mujeres le había quitado el ojo de encima desde que entraron en el salón. Ariana había tenido que soportar las envidiosas alabanzas con que la obsequiaron algunas de las damas dándole la enhorabuena por haber conseguido un marido tan elegante y seductor. Lo peor de todo: casi se había sentido orgullosa de mostrar a Rafael como su esposo, como si fuera un trofeo.

—Un trofeo que no me pertenece —rezongó por lo bajo.

—¿Perdón?

Respingó al darse cuenta de que lo había dicho en voz alta, volvió a tropezar en el siguiente paso de baile y él la sujetó con más fuerza de la cintura. Se inclinó hacia ella y le dijo al oído, muy bajito:

—¿Estás nerviosa o es que tu abuelo no hizo que te diesen clases de baile?

—Mis clases fueron buenas, pero es que todos nos están mirando.

—Es lo normal, ¿no te parece? Eres la nieta de Henry Seton y yo un desconocido, un extranjero. Imagino que todos se estarán preguntando cómo es que he conseguido casarme contigo.

—Espero que nunca sepan la verdad —suspiró ella.

—Yo no voy a gritarla a los cuatro vientos.

—Y yo no lo haré aunque amenazaran con cortarme la cabeza, de eso puedes estar seguro.

—Vaya, al fin estamos de acuerdo en algo. Deberíamos celebrarlo.

Ariana reprimió el deseo de atizarle una patada en la espinilla y se limitó a sonreír, permitiendo que el brazo de Rafael la estrechara más en el paso siguiente.

Subió la escalera muy tiesa del brazo de su esposo cuando la fiesta concluyó, a eso de las dos de la madrugada. Rafael había dicho que se marcharía a pasar la noche a la ciudad, pero ella dudaba de que pudiera hacerlo sin levantar comentarios; los criados estaban por todos lados recogiendo las cosas; era imposible salir de la mansión sin que lo vieran. Se equivocaba de medio a medio. Nada más cerrar la puerta de la habitación, a su espalda, le oyó que decía:

—Si no deseas verme en cueros como hiciste en el lago, sal al balcón mientras me cambio de ropa.

Se quedó de una pieza. ¡De modo que el muy desgraciado se burlaba por haberlo estado observando mientras se bañaba! Se le encendieron los colores de las mejillas.

Decidió que lo mejor era hacerle caso: salió a la balconada y esperó, dejando que la brisa aplacase su sofoco, hasta volver a escucharle:

—Listo, cariño. ¿Me permites?

Pasó a su lado como un fantasma, totalmente vestido de negro y cubierto por una capa y un sombrero alto. Llevaba un bastón en la mano.

—No cierres el balcón con pestillo —le pidió Rafael.

Sin palabras para responderle lo vio sentarse con movimientos ágiles en el borde y lanzar al jardín sombrero y bastón. Después de regalarle una sonrisa pícara y un guiño, se lanzó al vacío.

Ariana reprimió un grito viéndolo desaparecer en la oscuridad y se abalanzó hacia la barandilla. Rafael cayó sobre el cuidado césped, flexionó sus largas piernas, se puso en pie con una agilidad pasmosa y recogió sus cosas, que le eran entregadas por su ayudante, Juan Vélez.

Aún anonadada, ella lo vio mirar hacia arriba con los ojos relucientes como los de un felino. Le hizo una exagerada reverencia y corrió en pos de Juan hacia los confines del jardín donde, seguramente, los esperaba un carruaje.

Ariana se preguntó, con la mirada perdida en la oscuridad, por qué demonios le había dejado marchar.

Regresó al interior pensando en cómo iba a apañarse para quitarse el vestido. No eran horas para despertar a la pobre Nelly y, además, se suponía que ella tendría la ayuda de su esposo para desvestirse. Ya se veía otra vez durmiendo con la ropa puesta porque, desde luego, no podía solicitar la ayuda de nadie. ¿Qué se suponía que podía decir como excusa? ¿Que su esposo se había largado con viento fresco, como un vulgar ladrón, en busca de una mujer que aplacara sus instintos masculinos?

Se acurrucó sobre la cama, se echó una colcha por encima y, tras unos minutos de irritación, se dejó vencer por el cansancio de la velada, con la mirada gatuna de Rafael en el pensamiento.

16

Lady Wangau insistió durante la comida en que se quedasen un día más en Londres, incluso propuso que los acompañasen lo que quedaba de semana. Ariana rechazó el ofrecimiento con una sonrisa poniendo como excusa la salud de su abuelo. Sin embargo, la dama, perseverante y tenaz, y ayudada por su esposo, consiguió sacarle un sí a Rafael, y ella tuvo que claudicar. Finalizada la comida los invitaron a dar un paseo por Hyde Park; tampoco pudieron negarse.

—Procura ir más derecho —refunfuñó Ariana mientras sonreía de oreja a oreja y sus ojos eran dos líneas de cólera violeta— o acabarás por caerte del caballo.

Rafael parpadeó sacudiendo la cabeza para despejarse. Se irguió y hasta contestó al saludo de la duquesa, que, junto al duque, llevaba a su montura al paso a escasos metros de ellos. Sin poder reprimirlo dejó escapar un bostezo que provocó otra mirada airada por parte de Ariana.

—Lo siento —se disculpó—, pero no dormí bien anoche.

Ella se tragó un insulto. De haber estado a solas le habría sacado los ojos, pero por suerte para Rafael llevaban la compañía de sus anfitriones.

El mal humor de la joven no se debía en exclusiva a que él se hubiera presentado en la habitación pasadas las nueve de la mañana. No se acercó a ella, solo se acomodó en una de las butacas, cerró los ojos y se quedó dormido como un tronco. Ella, despierta desde el amanecer, en un tris estuvo de levantarse de la cama y zarandearlo, pero se le veía agotado y optó por darle un respiro. Sin embargo, lo llamó con prisas cuando escuchó a Nelly llamar a la puerta, pidiéndole con gestos que le desabrochara el vestido. Rafael lo hizo con habilidad, la vio tirarlo sobre una butaca y, antes de que la criada entrara en el cuarto, él se escabulló detrás del biombo.

No, no era por el mal rato intentando disimular delante de Nelly por lo que Ariana estaba enojada. Su enfado se debía a lo que pasó después, cuando Nelly dejó un par de esponjosas toallas a los pies del lecho y les preparó el baño. Rabiaba aún evocando la mirada sarcástica de Rafael cuando se acercó al cuarto de baño. Rafael se había quedado observando la amplia tina con los pulgares metidos en la cinturilla del pantalón, única prenda que llevaba ya puesta.

—¿Utilizas primero la bañera, amor mío, o la utilizo yo?

—¡No pienso bañarme contigo aquí!

—Pues tendremos que buscar un arreglo al problema, porque no puedo solicitar un cuarto para mí solo y no pienso quedarme en el pasillo o en el balcón como un idiota.

—Úsala tú entonces —le gritó.

Rafael no se alteró en absoluto, al contrario, le agradó la idea. Se sentó en el borde de la bañera, se quitó las botas y los pantalones... Al llegar a ese punto, Ariana se volvió de espaldas al notar que se ahogaba. Escuchó su risa y lo maldijo, dando un brinco cuando una prenda interior pasó junto a su cabeza y aterrizó en el suelo. Acto seguido escuchó el chapoteo del agua.

—Hummm... Deliciosa. ¿De veras no quieres compartirla? Te aseguro que hay sitio para los dos.

Le llamó lo más feo que conocía en su comedido vocabulario de palabrotas, se echó la colcha sobre los hombros y salió a la balconada. A su espalda, Rafael silbaba una cancioncilla.

Minutos después, cuando ella ya pensaba que iba a pasarse la mañana allí, esperando, Rafael anunció que podía entrar en el cuarto de baño si lo deseaba. Ella se volvió con precaución: afortunadamente estaba cubierto... si es que cubierto podía llamarse a llevar una toalla alrededor de las caderas. Aquel majadero disfrutaba agobiándola.

Rafael buscó ropa que ponerse mientras ella se perdía en el interior del baño cerrando la puerta con demasiado brío. Una vez debidamente vestido, se marchó.

Nelly entró en cuanto salió él, ayudó a la muchacha en el aseo del cabello, sacó un vestido mientras ella se secaba y no pronunció palabra. Pero Ariana sabía que estaba loca por preguntarle. Por ella podía interrogarla hasta quedarse afónica, no podía contarle que su reciente esposo había pasado la noche de juerga. Su orgullo estaba por encima de todo, ni siquiera se lo confesaría a Nelly. Contestó, por tanto, con monosílabos, dando largas y mintiendo. Cuando bajó al comedor echaba chispas: irritada por no haber dormido bien, por haber soñado con Rafael y, sobre todo, por no haberse sincerado con su criada.

Contrariamente a su semblante pálido y sus acentuadas ojeras, Rafael se veía espléndido, como si hubiera descansado como un bebé, y la luminosidad de sus ojos y su descarada sonrisa embobaron a la duquesa.

De todos modos nadie es de hierro y tras la comida, que fue abundante, Rafael había comenzado a sentir los excesos y ahora, mientras paseaban por el parque, se caía literalmente de su montura.

—Te están mirando —volvió a pincharle Ariana—. No querrás caer despatarrado en medio del parque ante tantos ojos, ¿verdad?

Rafael echó una rápida ojeada a la joven y torció el gesto. Lo disimuló rápidamente cuando se cruzaron con una pareja que los saludo: lady Ofelia y su hermano, lord Harris.

—Con un poco de suerte, hasta podrías añadir a esa cigüeña a la larga lista de tus conquistas —dijo Ariana en tono ácido una vez que los hubieron dejado atrás.

—¿Por qué me quieres tan mal, mujer? —gimió él, porque la dama en cuestión era fea como un pecado.

—Solo te aviso por cortesía. Dijiste que no te comportarías como un monje, ¿recuerdas?

—Señora —repuso él—, soy capaz de buscarme mujeres sin que tú me señales ninguna.

Ariana, divertida ante las dificultades de Rafael para mantenerse despierto, y la facilidad con que podía conseguir estropearle el día, le regaló una sonrisa.

—¿Me dejas decirte que no es del todo justo?

—¿Justo? ¿Qué cosa no es justa? —preguntó Rafael, momentáneamente desconcertado.

—Si tú tienes que dar el visto bueno a mi candidato, ¿no habría yo de hacer lo mismo con tus conquistas? Solo mientras estemos casados, claro está —se burló—. Comprenderás que tengo mi amor propio, simplemente me disgustaría que la dama que te lleves a la cama no sea adecuada.

Rafael apretó los dientes y aguantó el deseo de mandarla al infierno. ¡Bruja! Si tuviera un ligero conocimiento de lo que pasaba por su cabeza cada vez que la miraba no jugaría con él de un modo tan peligroso.

Casi media hora después dieron por finalizado el paseo y regresaron a la mansión, pero Rafael, en lugar de subir a echar un sueñecito, se disculpó diciendo tener que hacer unos encargos para Seton, y se ausentó el resto del día.

17

Aquella noche la cena se alargó más de lo previsto. Lord Wangau sacó el tema de la India, últimamente de moda en todas las reuniones sociales, y no hubo medio de evadirse hasta que su esposa, apiadándose del gesto de agotamiento de sus invitados, adujo un dolor de cabeza que cortó la dilatada conversación.

Rafael y Ariana subieron a la habitación cogidos del brazo, pero apenas cerrar la puerta, Rafael se acercó al armario y echó sobre la cama un traje oscuro. Ella no daba crédito. ¿De qué estaba hecho? ¿Cómo era posible que estuviera dispuesto a salir de juerga otra vez, cuando apenas se tenía en pie? ¿No era mejor dormir allí mismo, aunque fuese sobre la mullida alfombra?

—Puedo dejarte un lado de la cama —le ofreció, un poco pesarosa—, es muy amplia.

—No es necesario. Ya tengo una cama... fuera de estas paredes —contestó en tono seco.

La afirmación picó el amor propio de la joven.

—¿Tan buena es que no puedes dejarla por una noche?

El conde de Trevijo se dejó caer en uno de los sillones y se pasó la mano por el rostro. ¡Iba a estrangularla! Aunque Henry le hubiera pedido cuidar de su pequeña, aunque la Iglesia los hubiera casado y él hubiera pronunciado los votos matrimoniales... iba a estrangularla. La noche anterior no había hecho otra cosa que dar vueltas y vueltas en un camastro estrecho de una posada —no quiso tomar habitación en un hotel por miedo a que alguien lo reconociese— de los bajos fondos. Había estado escuchando los ronquidos de Juan, que dormía como un bendito. Ahora tenía que volver a marcharse para no estar cerca de ella. Estaba agotado. ¿Y encima aquella maldita pécora se burlaba de él?

Su mirada fue tan negra que Ariana retrocedió un paso.

—Era solo un comentario —balbuceó intimidada.

—Guarda tus comentarios para Nelly, mujer —rezongó él—. O vete a dormir con tu sirvienta, si es que quieres hacerme un favor y no obligarme a irme de nuevo.

—No pienso contarle nuestras desavenencias. El nombre de los Seton...

—¡A la mierda el nombre de los Seton, Ariana! —Rafael se levantó hecho una furia y la agarró por los hombros, zarandeándola—. ¡Estoy hasta las narices de que pongas tu ilustre apellido como escudo! Solo tú tienes la culpa de todo.

—¿Yo? —Ella abrió los ojos como platos.

—Tú, sí. —Sus ojos oscuros se clavaron en ella y su voz fue convirtiéndose en un susurro mientras sus manos iniciaban caricias sobre los hombros femeninos—.

No puedo quedarme a tu lado, Ariana, ni aunque durmiera en el suelo. No puedo mirarte sin desearte desde que probé tu boca —declaró con pasión haciendo que ella se estremeciera—. ¿Es que no lo entiendes?

Ella no supo qué contestarle; él sí estuvo seguro de que se iba a arrepentir de su siguiente movimiento, pero el deseo era más fuerte que su control: bajó la cabeza a la vez que la estrechaba contra su cuerpo y atrapó su boca de aquel modo tan suyo, tan fiero y arrebatador.

Por un instante, Ariana sintió todos los músculos agarrotados pero, poco a poco, la boca masculina fue insuflando calor a sus miembros y al momento siguiente lo estaba abrazando, respondía a su beso con toda su alma.

Su respuesta hizo que Rafael perdiera la cordura. Llevaba demasiado tiempo luchando contra la necesidad de tocarla, contra el deseo que le gritaba tomarla y hacerla suya. Ella lo besaba como una esposa, entregándose a él, dándole el control, diciéndole sin palabras que ardía en sus mismas llamas.

La lengua masculina jugueteó sobre los labios de la muchacha, embrujado por su sabor, sintiendo que no había nada en el mundo más importante que su boca. ¡Que Dios lo protegiera, porque estaba perdido!

Ariana no supo cómo ni cuándo los expertos dedos de Rafael fueron desabotonando su vestido, tampoco le importó que la prenda le resbalara por los hombros; cuando la enagua siguió el mismo camino, quedando abandonada en el suelo, ella se encontraba ya en el séptimo cielo, solo pensaba en que ansiaba las caricias de su esposo, en que disfrutaba con el contacto del cuerpo de Rafael. El calor que emanaba de él la envolvía, sus manos agasajaban cada trocito de la piel que iba desnudando, su boca adulaba la suya. Al notar la ardiente masculinidad de él pujando contra su vientre, se sintió dichosa.

Y se dejó llevar por la pasión.

Era como si estuviera siendo arrastrada por un vendaval, ascendía su espíritu, galopaba sobre el caballo del deseo entregándose a una necesidad imperiosa que la instigaba a amarlo.

Abrió los ojos al sentir que Rafael le acariciaba los muslos, y se encontró tumbada sobre el lecho, sus cuerpos desprovistos de ropa, entrelazados. Él se detuvo un momento y sus ojos le hablaron a Ariana de necesidad, de pasión y de locura. Podía haberlo detenido, estaba a tiempo pero, por el contrario, lo atrajo más hacia ella fundiéndose con él. Necesitaba sentirlo dentro de ella, convertirse en su mujer, en su verdadera mujer.

—Ariana... Eres mía.

Lo sabía. ¿Cómo no, cuando codiciaba tenerlo por entero, devorarlo? Sus manos se perdían en la anchura de los hombros, en la estrecha cintura, en las magras caderas de Rafael. El volcán que él despertó en su interior clamaba por ser apagado, y solo él podía conseguirlo.

Un poco cohibida por su propia audacia le acarició las nalgas, duras y sedosas bajo el tacto de sus dedos, y abrió las piernas en silenciosa entrega.

El leve pinchazo hizo que tensara su cuerpo un segundo, y él permaneció muy quieto mientras la besaba en los párpados y le susurraba palabras tan eróticas que la desarmaban. Luego comenzó a moverse lentamente y Ariana sintió que la molestia remitía, que todas sus terminaciones nerviosas cobraban vida. La repentina explosión de placer la obligó a aferrarse a su cuello y gritar su nombre. Los labios de él acallaron sus gemidos a la vez que pugnaba dentro de ella guiándola en un baile demencial en el que ambos alcanzaron la cumbre más alta, cerca de las estrellas.

Bajaron al mundo lentamente, mientras sus cuerpos agotados se convulsionaban aún con los últimos espasmos. Ariana se quedó con los ojos cerrados cuando él la liberó de su peso y se tumbó a su lado.

Recobrado el acompasado latido del corazón, se volvió hacia él para confesarle lo maravilloso que le había parecido el interludio. No pudo hacerlo: Rafael, profundamente dormido, atrapaba su mano entre sus largos dedos.

18

Para su consternación, Rafael ya no estaba en el dormitorio cuando despertó.

Arropada por una sensación nueva y maravillosa se levantó, llamó a Nelly y dejó que la otra la ayudara a bañarse y a vestirse. Quería estar muy guapa y bajó a desayunar suspirando por encontrarlo en el comedor. Hubo de disimular su decepción cuando le informaron de que su esposo había salido para ultimar algunos detalles en la ciudad antes de regresar a Queen Hill, se mostró animada ante sus anfitriones y se disculpó en cuanto pudo para ayudar a Nelly a preparar los baúles.

Aguardó el regreso de Rafael ansiosa, asombrada de lo que podían cambiar las cosas de la noche a la mañana. No le comentó nada a su criada, pero en el fondo de su corazón comenzó a hacerse ilusiones sobre su matrimonio. Habían empezado muy mal, era cierto, debido a su carácter levantisco, pero aún estaban a tiempo de arreglarlo todo. El enamoramiento por Rafael volvía a ella con más fuerza, y ahora ya era una mujer que sabía lo que se hacía, no una niña.

—¡Te quiero! —le gritó al techo riendo, girando por la habitación.

Rafael no compartía los pensamientos de Ariana, estaba pasando por un infierno. Apenas clarear se había despertado, ahogando una palabrota al verse encamado junto a la muchacha. Las imágenes de lo que habían compartido pasaron raudas ante sus ojos haciendo que su virilidad cobrara nueva vida. Se levantó sin hacer ruido, se vistió, se excusó con los Wangau por medio de un criado y escapó de la mansión. Encontró a Juan en el paseo empedrado que daba a la puerta principal.

—Estuve esperándolo anoche más de una hora —dijo el chico—. ¿Qué sucedió?

—¡Que tu señor es un perfecto mentecato! —masculló Rafael.

Juan se lo quedó mirando y luego preguntó a bocajarro:

—¿Se ha liado con ella? No me diga que ha terminado por meterse en la cama de la inglesa.

Hubo tormenta en la mirada de Rivera, pero acabó suspirando y asintiendo.

—Lo hice.

—Usted no tiene arreglo, señor, si me permite decírselo. Hasta hace muy poquito buscaba el modo de apartarse de su esposa. ¿Qué va a hacer ahora?

—Nada.

—¿Nada?

—Lo que ha pasado, ha pasado. Punto.

—Y es muy gordo, porque está casado con ella, han consumado el matrimonio y... ¿Me equivoco al pensar que cada vez se siente más afín a la dama? No va a negarme que la inglesita le gusta.

—Me han gustado otras.

—Cierto, pero nunca lo había visto tan alelado con una mujer. Igual es tiempo de cambiar sus hábitos y convertirse en un hombre sensato.

—¡Juan, por Dios, deja de decir barbaridades!

—No lo entiendo. ¿Podría explicar las cosas a este pobrecito idiota, para que pueda estar seguro de que el señor al que sirvo no se ha vuelto también?

A su pesar, Rafael sonrió por la ironía que su ayudante destilaba.

—Ella no quiere este matrimonio, no quiere estar casada conmigo, solo aceptó un arreglo temporal. Lo que ha sucedido es... es... —¿Qué era?—. No importa, ambos lo olvidaremos más pronto que tarde.

—Espere a que se enteren de esto en Toledo.

—No será por tu boca.

—Yo seré una tumba, patrón. Tendrá que ser usted mismo el que informe a su familia, no puede mantenerlos en la ignorancia. Además, ¿qué pasará cuando encuentre a la mujer de su vida, a la madre de sus futuros hijos? Ahora no tiene base para anular el matrimonio.

—De eso nada, Juan; los planes siguen adelante.

—Mintiendo, entonces. Pisoteando sus creencias y jurando que no han consumado la unión.

—Mintiendo, sí, aunque condene mi alma. Por nada del mundo obligaría a Ariana a una unión que no desea.

—No me da a mí la impresión de que sea así, puesto que ha pasado la noche con usted. Véalo como quiera, patrón, pero está usted casado y bien casado.

—Empiezas a ponerte impertinente, Juan, y no quiero atarme a mujer alguna —le dijo mientras ascendían al carruaje.

El muchacho no dijo nada más, estiró las piernas y se cruzó de brazos sin quitarle la vista de encima. Rafael se refugió también en el mutismo, pero no se aplacaba la punzada dolorosa de su estómago al darse cuenta de la realidad: no quería atarse a nadie... salvo a Ariana. Pero ella no estaba dispuesta a hacer otro tanto.

Imaginarla compartiendo su vida con un hombre que no fuera él acabó por provocarle dolor de cabeza.

Estuvo rumiando el asunto el resto de la mañana, preguntándose por qué condenación un hombre de su andadura había sido incapaz de resistir la tentación de una cara bonita y un cuerpo de diosa. No había querido que las cosas llegaran a ese extremo, seducir a Ariana no estaba en sus planes, todo pasaba por hacerle un favor a Henry, anular el matrimonio y olvidarse de todo. Pero Juan llevaba razón: lo había fastidiado y bien. Ariana podría volver a casarse, aunque en lugar de anulación hubiesen de llevar a cabo un divorcio. No él, si las cosas se torcían y ella se negaba a mentir diciendo que no habían yacido juntos; nada extraño por otra parte, si ella tenía algún defecto no era el de falsear la verdad.

¿Cómo se tomarían sus padres que manchara el apellido de los Rivera con un divorcio? ¿Y sus hermanos? Ni unos ni otros iban a apoyarlo en ese enredo. Nunca habían existido secretos en su familia, disfrutaban de una relación cercana y estupenda, pero su necedad lo obligaba ahora a guardar silencio, a engañarles a todos escondiendo las verdaderas causas de su estadía en Inglaterra. ¡No digamos ya sobre su casamiento y posterior anulación o divorcio! Si su madre tuviera una ligera idea de por lo que él estaba pasando, sufriría un ataque. En cuanto a su padre... Mejor era no pensar en él, no sería de extrañar que, a pesar de su edad, le diera una tunda.

Ariana no se le iba de la cabeza. No podía estar huyendo siempre, tenían que hablar sobre lo sucedido. Dio orden al cochero de regresar a casa de los duques y, durante el trayecto, empezó a maquinar cómo debía actuar ante la muchacha. Si él no daba mayor importancia a haberse acostado juntos, posiblemente ella, para salvaguardar su orgullo, haría otro tanto.

Ariana intuyó que algo no andaba bien apenas verlo entrar en el comedor, disculpándose por llegar con retraso.

Como cualquier marido recién casado se acercó a ella, se inclinó para besarla en la mejilla y volvió a disculparse por haberla dejado sola durante toda la mañana, pero le encontró extraño. Durante la comida, Rafael charló con los Wangau prestándole a ella toda su atención y, aun así, Ariana presintió que no estaba tan animado como quería aparentar. Su marido le sonreía, pero su voz carecía del tono cálido de la noche anterior —sus dulces palabras resonaban aún en sus oídos—, y sus ojos, cuando la miraban, eran fríos.

No quiso darle mayor importancia, posiblemente

algo en los asuntos que había estado resolviendo no salió a su gusto. Ya le contaría más tarde los pormenores, cuando estuvieran lejos de los Wangau, durante el viaje de vuelta a Queen Hill.

Se despidieron de sus anfitriones después de comer y no quisieron retrasar más el regreso junto a Henry, pero prometieron volver en breve, aunque Rafael sabía que no solo no regresaría más a aquella casa, sino que, con seguridad, no regresaría más a Londres si podía evitarlo. Todo ello, claro estaba, en cuanto su pacto con Seton quedase zanjado.

Apenas arrancó el carruaje, Ariana se inclinó hacia él y apoyó la mano en la de su esposo. Rafael sintió una sacudida y trató de no mirarla, observando con obsesión el paisaje.

—¿Qué ha sucedido?

La pregunta le hizo mirarla.

—¿Cómo dices?

—Has estado educado, pero lejano. ¿Hubo problemas en... los negocios?

«No, preciosa. Ningún problema aparte de que me he tirado toda la mañana devanándome los sesos buscando una solución a nuestro matrimonio. Ningún problema, salvando el contratiempo de que mi padre puede cortarme la cabeza, mi madre puede repudiarme y mis hermanos van a mearse de la risa cuando sepan lo sucedido.»

No llegó a expresar ninguno de aquellos pensamientos en voz alta. Por contra, dijo:

—Un contratiempo sin importancia. ¿Qué has hecho tú durante la mañana?

Y Ariana lo desarmó al contestar:

—Pensar en lo que pasó anoche. —Desvió la mirada inmediatamente, acalorada.

No sabía qué debía decir o hacer. No era experta en seducir a un hombre, pero deseaba hacerlo con su esposo, decirle que había cambiado de parecer, que su matrimonio ya no era para ella un simple contrato y que estaba dispuesta a intentar que funcionara. Inspiró hondo, sin darse cuenta de que los ojos de Rafael se la estaban comiendo.

—Creo que mi futuro marido...

Rafael sintió como si le hubieran clavado una daga en las tripas. Él no quería estar casado, no había deseado jamás aquel matrimonio, ¡pero oírle hablar de nuevo sobre el hombre que ocuparía el puesto que él tomara la noche anterior, lo sacó de sus casillas! Con un bufido poco caballeroso la hizo enmudecer y luego le dijo:

—Lo buscaremos desde ahora mismo, no debes preocuparte. Estoy tan ansioso como tú de terminar nuestro pequeño juego. Tengo muchas cosas que hacer en España, chiquita, de modo que cuanto antes encontremos a ese mirlo blanco, mejor para los dos. —Ella abrió los ojos como platos, pero él ya no la miraba, había vuelto su atención al paisaje—. Por otro lado, no debe preocuparte demasiado lo que él pueda pensar. Serás una mujer divorciada y las divorciadas han estado casadas primero, de modo que solo un idiota pretendería encontrar una que fuera virgen. No te recriminará que no lo seas. Olvídalo.

¡Olvidar! Ariana se dejó caer en su asiento y lo miró como si todo el planeta hubiera enloquecido. ¿De qué hablaba Rafael? ¿Olvidar sus palabras, sus besos, sus manos? ¿La sensación de fuego que le recorría aún las entrañas cuando pensaba en lo que habían hecho en la cama? ¿Olvidar cuando había estado a punto de decirle que deseaba que su futuro esposo permanente fuera él?

Entendió todo de golpe. Y se llamó cien veces seguidas idiota. Su mirada violeta se volvió tormentosa y su gesto, hermético. De modo que para Rafael Rivera solo había sido una noche más de juerga, salvo que cambió una apestosa taberna por las elegantes habitaciones de la mansión Wangau. Una noche más, en la que solo varió la infeliz que soportó su peso.

Se tragó las lágrimas y los deseos asesinos que la embargaban. De haber sido otra persona, de no haber tenido sobre sus hombros el peso del apellido Seton, le hubiera importado muy poco arrancar el corazón de aquel farsante.

Después del ataque de cólera llegó la calma. Una tranquilidad fría y cerebral, totalmente racional y lógica. Analizó el tema con sensatez, sin dejarse llevar por las emociones, sin permitir que su corazón tomara parte. Y envolvió lo que su alma sentía en una coraza de acero, para no permitir que nunca más aflorara aquel sentimiento mágico que concibiera por Rafael.

Se juró que aquel mezquino cabrón español no volvería a tocarla ni un pelo.

19

Pero ni Ariana con su ataque de ira, ni Rafael con el suyo, pudieron impedir tener que pasar aquella noche bajo el mismo techo. Acaso lo mejor hubiera sido que el destino les jugara la mala pasada de no encontrar habitación en ninguna posada, haberse visto obligados a pernoctar en el carruaje o a la intemperie.

Sin embargo, había habitaciones libres y, para desgracia de ambos, tenían el mismo problema que cuando se encontraban en casa de los Wangau: tanto Nelly como Juan deberían ocupar habitaciones compartidas con otros viajeros de paso, lo que indicaba que la posada estaba al completo.

—Preferiría una habitación para mí sola o continuar camino.

Quería herir a Rafael, lo había dicho adrede y realmente deseaba un cuarto lejos de él para evadirse del resto del mundo. Sin embargo, su chasco fue mayúsculo cuando le oyó decir:

—Pedí dos. Las últimas que quedaban.

Ariana asintió, muy tiesa, muy flemática, muy inglesa. Dejó que Nelly la ayudara, puso una excusa para no bajar a cenar y solicitó una bandeja con algo de comida en su cuarto. Luego, se encerró y, aunque trató de superar aquella sima que la Providencia había puesto en su camino, acabó llorando desconsoladamente sobre la cama, preguntándose cómo era posible que hubiera estado a punto de confesar a Rafael que lo deseaba como marido.

Rafael no pudo tragar bocado, aunque el ganso que le sirvieron se veía apetitoso. Nelly, Juan y el cochero, por el contrario, dieron buena cuenta de las viandas bajo su distraída mirada.

Apartó el plato de mala gana. ¿Cómo iba a comer cuando sentía aún la daga de la rabia clavada en el estómago? ¡Jesucristo!, sabía que ella detestaba el pacto que habían hecho, pero que hubiera vuelto a la carga de encontrar un auténtico esposo, cuando apenas hacía unas horas se había convertido en miel entre sus brazos, lo enloquecía.

Con su insistencia, Ariana le dejaba muy claro que nunca podría haber nada entre ellos, había pisoteado su ego masculino y lo había utilizado.

¡Por descontado que lo había hecho! Una mujer puede ser un demonio si se lo propone, y ella, sin lugar a dudas, había querido probar cómo era estar casada. Nadie podría reprocharle que se hubiera acostado con él, ante los ojos de todos era su marido, y cuando rompieran su pacto sería una de tantas mujeres libres y con experiencia en los juegos de cama.

La repudió por haberlo tentado con su cuerpo, sus

ojos y su boca. Por ser fría como el hielo, por no ser capaz de retener un sentimiento cálido hacia su noche de amor. La odió como jamás había odiado a una mujer... Pero seguía deseándola.

El vino le calmó un poco los nervios y enturbió sus locas ideas de subir al cuarto de Ariana para demostrarle que podía volver a convertirla en melaza. No. No estaba dispuesto a volver a caer en la trampa haciéndole de nuevo el amor; llevaría a cabo su cometido de guardián y su relación no pasaría de ahí.

Abandonó el comedor cuando acumuló el valor necesario, cuando su ardor por Ariana se diluía bajo los efectos del alcohol, cuando se convenció —a base de repetírselo un millón de veces— de que había otras mujeres.

No supo la causa, pero se quedó parado ante la puerta del cuarto que ocupaba Ariana. Allí permaneció durante un buen rato, clavados sus ojos en la madera y sin decidirse a llamar o marcharse a su propio cuarto.

Ella escuchó la llamada y se secó las lágrimas. Se lavó la cara en el aguamanil y corrió hacia la cama, sin preocuparse demasiado de taparse por completo, segura de que, como todas las noches, era Nelly para saber si deseaba algo antes de retirarse a dormir.

—Pasa.

Rafael accionó el picaporte, entró, abrió la boca para decir algo, pero no pudo hacerlo. Ariana estaba recostada en los almohadones, su glorioso cabello esparcido sobre ellos, sus ojos brillantes, sus labios húmedos... La sonrisa, que sin él saberlo era para Nelly, desapareció como por ensalmo tornándose en una mueca de desagrado. Se sintió el hombre más estúpido de la Tierra por encontrarla tan hermosa y deseable, incapaz de hacer otra cosa que no fuera mirarla y plantearse si no debería rendirse. Ariana lo fascinaba, volvía a convertirlo en la polilla que se dejaba arrastrar por su luz aun sabiendo que se quemaría.

Ella lo vio avanzar hacia la cama con pasos medidos, con los oscuros ojos más encendidos que de costumbre. Lo deseó con tanta fuerza que se quedó paralizada, ni siquiera se acordó de cubrirse, consciente de que la mirada masculina estaba clavada en el escote de su camisón. La respiración se le aceleró, se le agarrotaron los músculos, los dedos de los pies se le encogieron y, sin poder remediarlo, pugnaron sus pezones contra la seda.

Reconoció con rapidez los mismos síntomas que le habían hecho dejarse seducir por Rafael la noche anterior y se tapó de un zarpazo con la colcha. Rafael estaba algo despeinado, arrebatador y terriblemente atractivo, y ella no era de piedra.

Su muestra de recato fue como un mazazo para Rivera. Notó una punzada en los riñones y su miembro cobró vida bajo la tela de los pantalones.

Sin una palabra llegó hasta la cama, la miró un largo momento, devorándola sin disimulo alguno. En los ojos violeta descubrió un apetito idéntico al suyo, una necesidad que lo arrastró al abismo. Mandó al infierno la promesa que se había hecho de mantenerse alejado de aquella bruja y le estremeció una ira ciega. Ariana era suya ahora y poco importaba si su matrimonio se disolvía después. ¡Ella le pertenecía por derecho y deseaba tenerla, aunque el infierno se lo llevara luego!

Agarró la colcha, la echó a un lado y contempló el cuerpo de la muchacha apenas cubierto por el liviano camisón. Sediento de sus besos se acostó a su lado, la tomó entre sus brazos y devoró su boca casi con rudeza, exigiendo respuesta.

Perturbado como estaba, no se dio cuenta de que ella se le entregaba de buena gana, no se percató de que temblaba, de que sus manos pequeñas y suaves empezaban a trazar círculos llenos de ternura en su espalda, de que correspondía a sus besos. Le quitó el camisón con manos torpes, rasgando la fina seda, y luego se levantó para desnudarse, retándola con la mirada a que se negara. Estaba loco por volver a poseerla.

Ariana no dijo nada porque no podía, porque la ahogaban las emociones. Se sentía frágil como una criatura y lo necesitaba, su cuerpo joven clamaba por el de Rafael. Quería que él volviera a hacerle el amor, sentir que le pertenecía por completo. Mirarlo mientras se iba quitando la ropa echándola a un lado sin cuidado alguno la enardecía.

Rafael, a pesar de su comportamiento, estaba decidido a marcharse si ella lo rechazaba; nunca había forzado a una mujer. Pero los ojos de Ariana lo llamaban, lo invitaban en silencio a tomarla y lo hacían estremecerse de anticipación. Tener la certeza de que ella lo deseaba, de que podía hacer lo que quisiera, lo llevó casi hasta la locura. Se acostó a su lado y sus besos fueron suaves; sus manos, como pétalos de rosa sobre el cuerpo de Ariana despertando en ella sensaciones que nunca había imaginado. Vagaron sus labios por la piel satinada de la muchacha, desde la garganta hasta el empeine de sus pequeños pies, se paseó a la inversa hasta llegar a la cumbre de sus pechos, volvieron a bajar hasta su vientre y acabaron perdiéndose en el remoto lugar al que nadie, nunca, había incursionado, haciéndola proferir un apagado grito de placer.

Ninguno de los dos fue consciente, enardecidos como estaban en beber de la copa de su pasión, de que la puerta se abrió ligeramente y asomó Nelly, que, un segundo después, desaparecía volviendo a cerrar con sigilo, roja como un tomate, pero con una sonrisa de satisfacción en la cara.

20

El interludio amoroso, que bien podía haber acabado con sus diferencias, no les hizo variar en absoluto su modo de comportarse. Cada uno de ellos pensaba que el otro le deseaba, pero que ahí se acababa todo, que no habían firmado un acuerdo indefinido. Por tanto, el regreso a Queen Hill estuvo rodeado de un silencio incómodo y hasta irritante.

Hubieron de olvidarse, sin embargo, de sus cuitas personales, de la pasión que se desataba en ellos cuando se tocaban, apenas se bajaron del coche: el rostro de Peter, aquel hombre que parecía no amedrentarse ante nada, mostraba una palidez que los alarmó. Algo le dijo a Rafael que las cosas andaban mal, y no se equivocaba. No hubo palabras, pero Rivera, con un nudo en las tripas, subió los escalones de la mansión de tres en tres.

Ariana tampoco fue ajena a los ojos velados de su hombre de confianza, y el corazón comenzó a latirle con fuerza en el pecho.

—¿El abuelo?

Peter asintió con pesar, bajando la cabeza, y ella echó a correr en pos de Rafael.

Entrar en la casa fue para ella como meter el pie en una tumba. Todo estaba en silencio, ni siquiera se escuchaban los murmullos de los criados, siempre de un lado para otro. Era como si el mundo hubiera enmudecido de repente, como si todos hubiesen desaparecido. Con el alma en la garganta, tropezando en su prisa, subió la escalera hasta el primer piso y enfiló hacia la habitación de su abuelo, notando las lágrimas correr por sus mejillas.

Casi chocó contra la espalda de Rafael. El español, plantado en el umbral del cuarto de Seton, respiraba aceleradamente y parecía remiso a entrar.

Henry estaba tumbado en la cama, pálido como un cadáver, como un muñeco al que hubiesen roto las cuerdas que lo sujetaban. Su rostro parecía de cera y sus ojos se veían apagados y sin vida. Aun así, al verlos, indicó al individuo que estaba a su lado que los dejase y les dedicó una sonrisa cansada.

—¿Qué tal fue la fiesta de los Wangau?

A Rafael le bajó un escalofrío por la columna vertebral, se hizo a un lado para dejar salir al médico y se acercó al lecho tratando de mostrarse animoso.

—¿No podías esperarnos de pie? —bromeó.

Seton dejó escapar un suspiro y alzó la mano con infinito esfuerzo llamando a su nieta, que, parada en la entrada del cuarto, con los nudillos blancos por la fuerza que imprimían sus dedos en el dintel de la puerta, no disimulaba las lágrimas.

—Ven, cariño.

Se acercó ella, sintiendo que las piernas le fallaban, y se puso al otro lado de la cama.

—No le conviene cansarse, milord —advirtió el médico, que parecía resistirse a marchar.

—¿Qué importa un minuto más o menos, Donald?

El hombre asintió pesaroso y acabó por abandonar el cuarto no sin antes decir:

—Avísenme si les hago falta.

Ariana se sentó en el borde de la cama y tomó entre las suyas la mano derecha del enfermo. Rafael permaneció de pie, su rostro convertido en mármol

—Ya sé que no esperábamos tan pronto el desenlace, muchachos —les dijo con un hilo de voz—. Al parecer mi corazón se ha cansado de luchar.

—Descansa, abuelo —susurró la muchacha—. Debes hacer caso al doctor Winter.

La mano de Henry se soltó de las de la joven para enredarse en uno de los mechones platino.

—Siempre tuviste un cabello hermoso, Ariana. Como el de tu abuela. ¿No te lo parece, Rafael?

—Muy hermoso —contestó roncamente Rivera.

—Sí, es muy bon... —El ahogo no le permitió seguir y la cara de Henry empezó a teñirse de un tono azul que hizo a Rafael darse la vuelta para llamar al médico—. No... No llames al matasanos, muchacho.

—No seas terco, él puede ayudarte.

—¿A durar una hora más?

—¡Por el amor de Dios, Henry!

—Escucha, hijo... —La voz de Seton se apagaba por momentos y ambos jóvenes hubieron de inclinarse para poder escuchar lo que quería decirles—. Quiero vuestro perdón.

—Abuelo... —se echó a llorar Ariana.

—Pedir perdón no te ayudará, viejo buitre —repuso Rivera en tono de chanza, aunque se le estaba haciendo pedazos el corazón—. Siempre fuiste un bucanero.

—¿Verdad que sí? —Henry se permitió desgranar una risita complacida—. De todos modos nunca viene mal confesar los pecados cuando se está a punto de partir. Aunque, si he de ser sincero, no me arrepiento de teneros así, a los dos. Siempre soñé con veros unidos y... —Volvió a faltarle el aire y se aferró a la mano de su nieta.

—No hables.

—Tengo que hacerlo... antes de... antes de que se me... acabe el tiempo...

Ariana besó la mano del anciano y él la miró con infinita dulzura.

—Puede que ambos me odiéis ahora por haberos arrastrado a este matrimonio, pero... sé que he hecho bien. —Se encogió como si acabasen de traspasarle el pecho con un cuchillo—. No me arrepiento de... de haberos casado.

Se estaba apagando por segundos. Ariana sollozaba, aunque intentaba controlar el río de lágrimas que surcaban sus mejillas, y Rafael notaba que le escocían los ojos de retener las suyas. ¡Dios! Quería a ese hombre que se estaba muriendo casi como si hubiera sido un segundo padre, y ahora no podía hacer nada por él. Una mezcla de rabia y frustración le embargaba, le impedía respirar. Siempre había supuesto que Henry acabaría sus días lejos de su casa, disfrutando de unas de esas aventuras a las que era tan proclive y, sin embargo, allí estaba, apagándose como la llama de una vela a la que se le estuviera acabando el pabilo. Tenía las mejillas enjutas, la nariz afilada, los ojos hundidos: en su cara se veía la muerte.

—Henry —le dijo apretándole una mano—, si te vale de algo, tu treta ha sido todo un acierto.

La mirada de Seton revivió escuchándolo y clavó sus cansados ojos en los de su nieta.

—¿Es verdad eso?

Ariana comprendió lo que se proponía Rafael y se lo agradeció infinitamente. Se inclinó sobre su abuelo, lo besó en la frente y asintió.

—Amo a Rafael, viejo cascarrabias. —Y estalló en sollozos incontrolados viendo la sonrisa satisfecha del anciano, dándose cuenta de lo feliz que acababa de hacerle, y de haber confesado lo que realmente sentía por su esposo.

Lloró sobre el pecho de su abuelo. Por él y por ella, por el ingrato destino que le arrebataba al ser que más quería en el mundo, arrojándola sin piedad en brazos de un amor al que nunca sería correspondida. Lloró por la farsa que estaban representando ante un moribundo, por un engaño que, aunque pretendía ser una buena obra, no dejaba de ser una falacia.

Fueron las manos de Rafael las que, tomándola de los hombros, la hicieron erguirse. El pecho de Henry ya no se movía, tenía los ojos cerrados y a sus labios asomaba una ligera sonrisa.

—¡¡No!!

Le pasó las manos por la cara, buscó el latido en la carótida, lo sacudió como una loca buscando un hálito de vida. Pero Henry Seton había entregado ya su vida a Dios, había dejado de sufrir.

Rafael la dejó desahogarse acodándose en el alféizar de la ventana, tragándose sus propias lágrimas. Al cabo de un momento se volvió: Ariana peinaba los ralos cabellos del anciano con movimientos de autómata, como si estuviera ida. Le destrozaba la pérdida de Henry, pero más aún verla a ella así, completamente desolada.

—Parece dormido —oyó que decía mientras insistía en recolocar el pelo de su abuelo.

Pasó un buen rato hasta que Ariana recobró la entereza, se apartó del lecho y buscó con la mirada la de Rafael. Él seguía apoyado en la ventana y tenía la cabeza hundida entre los hombros. El poderoso cuerpo del conde de Trevijo se convulsionaba en un llanto silencioso y ella lo amó más que nunca.

21

Escapó al *cottage*.

Le era imposible permanecer en la mansión mientras se llevaban a cabo los preparativos para el entierro de Henry Seton, ver los crespones negros, los espejos y las arañas de los techos cubiertos de paños negros, las ropas de luto de los sirvientes y soportar el sepulcral silencio de la mansión. Le ahogaba escuchar los susurros doloridos y el llanto apagado de alguna criada cuando cruzaba ante el salón en el que habían montado la capilla ardiente. No podía ser partícipe de todo aquello y seguir entero. Al menos allí, junto al lago, podría dar rienda suelta a su dolor sin necesidad de disimular, sin tener que estar rígido como una estatua y aguantando las ganas de echarse a llorar como un crío.

Además, estaría alejado de Ariana. Lo desarmaba verla llevar su pena con tanto decoro y dignidad.

Se sentó en el borde del agua y encendió un cigarrillo, dejando que el humo del tabaco se metiese hasta el rincón más profundo de sus pulmones.

Sabía que tenía que regresar a la mansión. Al día siguiente Henry sería enterrado al lado de la que fuese su esposa, de su hijo y de su nuera, en el cementerio familiar. Era un lugar bonito, en la colina que dominaba el valle, donde los rayos del sol calentaban siempre que el astro rey se dignaba visitar las islas. Arriba, donde la lluvia parecía más suave en invierno, como si los elementos supiesen que debían respetar los restos de los hombres y mujeres que dormían para siempre.

«Arriba, más cerca del cielo», pensó Rafael.

Sí, debería regresar, pero no sería esa noche. Ahora era el amo de Queen Hill y no podía dejar de cumplir su rol. Tenía que estar al lado de su esposa, recibir a los que iban llegando, estrechar las manos de los caballeros y aceptar las condolencias de las damas. Acompañar a Henry a su última morada.

Si hubiese podido escapar de todo eso y regresar a España de inmediato lo habría hecho. Nunca había tenido miedo a la muerte, pero siempre pensó en la propia, nunca en la de un ser querido. La del hombre al que había amado y respetado lo dejaba desarmado, sin fuerzas, como un niño de pecho al que hubiera abandonado su madre. Simplemente, se sentía desvalido.

Dio la última calada al cigarrillo y lo lanzó al agua. Las ondas que se produjeron en el líquido le recordaron las del cabello de Ariana y sintió una punzada en el pecho. Había intentado no pensar en ella, pero le fue imposible hacerlo: Ariana estaba grabada a fuego en su cabeza y en su piel.

Y sus palabras...

No dejaba de preguntarse por qué había deseado

que las últimas palabras de ella a su abuelo fueran ciertas, que fuera verdad que lo amaba.

Había oscurecido y el lago se había convertido en una mancha negra sobre la que hacían guiños la luz de la luna y las estrellas que colgaban de un firmamento aterciopelado y negro.

Regresó a Queen Hill a primeras horas del día siguiente. Le asombró la actividad que parecía haberse adueñado de todos de repente. Un par de criadas pasaron junto a él dándole apenas los buenos días antes de subir con prisas la escalera. Preguntó a otra y solo consiguió dos palabras, que no acabó de comprender, entre las que estaba un nombre que le obligó a alarmarse: Ariana.

Con el corazón en un puño subió a saltos los escalones. En la puerta de las habitaciones de la muchacha se hacinaban al menos cinco criados que trataban de ver lo que pasaba en el interior. Los apartó y se coló en el cuarto.

Ariana se encontraba sentada sobre la cama con el rostro contraído por el dolor. Tenía las faldas levantadas hasta por encima de las rodillas, se había quitado los zapatos y Nelly ponía paños sobre uno de sus tobillos. Peter, a un lado, dejándola hacer, parecía un eunuco guardando un harén: los brazos cruzados sobre el pecho y lanzando miradas irritadas hacia los sirvientes que seguían en la puerta, a los que acabó echando con cajas destempladas y cerrando.

—¿Qué ha pasado? —preguntó Rafael acercándose a Ariana.

—Una caída sin importancia —repuso ella.

—Han intentado asesinarla otra vez —la contradijo Peter.

Rivera se volvió como un rayo hacia el inglés.

—¿Qué has dicho?

—No ha sido una simple caída, señor, como intenta hacernos ver lady Ariana. Ha sido otro intento de matarla. No es necesario ya, por desgracia, seguir disimulando ante lord Seton.

Era el discurso más largo que Rafael había escuchado a ese sujeto desde que le conociera.

—De modo que no era mentira lo que me dijeron cuando me atacaron en el bosque cuando llegué.

—No lo era, señor. —Fue Nelly la que contestó con un atisbo de miedo en las pupilas.

Rafael se acercó más a la cama. Ariana parecía sentirse irritada por ser el centro de las atenciones de Nelly pero, por lo demás, se encontraba en perfecto estado. Aunque el luto no le sentaba nada bien.

—¿Cómo ha sido?

—Alguien puso un trozo de cristal bajo la silla del caballo. Pensé que montar durante un rato, antes del... —se le cortaron las palabras y hubo de hacer un esfuerzo para seguir— del entierro, me calmaría los nervios.

—Un cristal —repitió Rafael notando que le recorría un escalofrío por la espalda.

—El caballo se volvió loco cuando monté y le insté a galopar. Menos mal que Peter estaba cerca y pudo hacerse con él. Me torcí el tobillo al descabalgar.

—¿Se sabe quién...?

—Está encerrado en la despensa —le informó Peter.

—¿Quién es?

—Uno de los trabajadores de las cuadras. Ha sido una sorpresa para todos, señor; Morgan lleva en Queen Hill más de un año y no podíamos imaginar que...

Rafael cruzó el cuarto a largas zancadas.

—Acompáñeme, Peter.

El aludido lo retuvo tomándolo por un brazo.

—No vaya ahora, señor. Ya han sido llamados los agentes de la ley para que se lo lleven.

—Quiero ver a ese desgraciado y que me explique sus motivos.

—Me los ha explicado a mí.

Rafael enarcó las cejas. Estaba furioso, deseaba destrozar al individuo que había atentado contra la seguridad de Ariana, pero Peter no parecía dispuesto a dejarle pasar. Respiró hondo para calmarse diciéndose que tal vez lo mejor sería escucharle; tampoco era cuestión de montar un escándalo cuando la casa empezaba a llenarse de gente.

—Estoy esperando.

Peter se tomó su tiempo y luego dijo:

—Argumenta que lord Seton acabó con la vida de su padre.

—¿De qué manera?

—Una partida de cartas en la que milord ganó. Recuerdo al sujeto, yo acompañaba a lord Seton en esa ocasión. El tipo perdió más de lo que podía apostar.

—¿Se suicidó?

—Eso parece. No fue capaz de hacer frente a las deudas, aunque mi señor nunca llegó a reclamarle el montante de la apuesta. Johnny, el que ha atentado contra milady, lo culpa de todos modos y quería hacer pasar a lord Seton por lo mismo privándole de su nieta.

—Henry está muerto. ¿No era suficiente para ese desgraciado?

—¿Quién puede saber lo que pasa por una mente trastornada? —intervino Ariana misma—. No le demos mayor importancia, a fin de cuentas lo hemos descubierto y todo ha terminado.

Rafael se pasó una mano por el rostro y se dio cuenta de que le temblaba. ¿Cómo era posible que ella se tomase las cosas con tanta calma cuando a él se le salía el corazón del pecho? Desde luego, no podía negar que hacía alarde de su flema británica. Se obligó a relajarse porque, gracias a Dios, a ella no le había pasado nada grave.

—Gracias por todo, Peter.

—Es mi trabajo, señor, cuidar de milady cuando no esté usted a su lado.

A Rafael la frase le sonó a reproche.

La ceremonia fue corta y emotiva y el pastor mencionó la contradicción de haber oficiado hacía poco una boda y tener que llevar a cabo ahora un ritual tan distinto. Habló con voz cascada sobre Henry Seton, sobre sus virtudes y sus defectos; sobre el hombre que había sido. Subrayó el cariño que había despertado en todos los que lo conocieron. Por fortuna, acabó pronto y la comitiva se dirigió, en completo silencio, hacia el lugar en el que descansaría el cuerpo del difunto lord.

Rafael guio a Ariana del brazo, asombrándose una vez más de la serenidad con que la muchacha cumplía con el rol que le había sido destinado. Estaba pálida y tenía sombras oscuras alrededor de los ojos, pero caminaba muy erguida, procuraba mantener el paso aunque él hubo de sujetarla un par de veces cuando tropezó porque las piernas le fallaron.

El ataúd en el que descansaban los restos de Henry fue depositado en la fosa con ayuda de maromas, el pastor rezó algo más que Rafael no entendió y luego, como en sueños, vio que Ariana se inclinaba, tomaba un puñado de tierra y la dejaba caer.

El lúgubre sonido le hizo sentir un escalofrío. Se quedó paralizado mirando el lugar en el que quedaría para siempre el cuerpo de su amigo, preguntándose si Henry estaría en esos momentos viendo lo que sucedía desde allá arriba.

Fue Juan quien, disimuladamente, le propinó un codazo en el brazo para hacerle reaccionar. Como si acabara de salir de un trance, también él tomó un puñado de tierra que dejó caer sobre el féretro.

El resto de lo que pasó en la colina apenas lo recordaría después, como si su espíritu se afanase en olvidar el mal trago, la pérdida de Henry. Todo se emborronaba en su cabeza. Todo, salvo aquel sujeto que había surgido de repente al lado de Ariana, que la tomó en sus brazos y la besó en la mejilla, y sobre el que ella se recostó hecha un mar de lágrimas perdiendo definitivamente la compostura.

Igual que una cuchillada, el recuerdo del rostro transfigurado de la muchacha cuando miró a los ojos al recién llegado, seguía hiriéndole.

22

—De modo que pasó todo este tiempo en tierras holandesas —dijo Rafael.

Ariana picoteaba de su plato sin acabar de decidirse a probar nada, y solo enviaba miradas rápidas a ese individuo no demasiado alto, delgado, de cabello claro y ojos azules que le había sido presentado como Julien Weiss. Tampoco él parecía muy interesado en el contenido de su plato.

Rafael, por su parte, ni siquiera había hecho intento de tomar el tenedor.

Weiss le prestó atención, medio sonrió y asintió.

—Eso es. Puede hablar en español si lo prefiere, señor Rivera. Ariana y yo aprendimos su idioma de pequeños por insistencia de mi primer tutor, que era español, y —miró a su amiga— siempre nos gustó practicarlo.

Rivera solo enarcó una ceja. Así que estaba ante un petimetre instruido.

—Cuatro años es mucho tiempo para estar fuera del

país que lo ha visto nacer a uno —aseguró sin ánimo de atender la petición.

—Demasiado, en efecto, pero las circunstancias me impidieron regresar antes. Lo cierto es que hasta hace apenas dos meses ni sabía mi nombre.

—¿Cómo dice?

Julien les contó entonces el terrible accidente que lo había mantenido postrado en un hospital holandés: había perdido la memoria y esa era la causa de que sus familiares lo hubiesen dado por muerto después de agónicos meses sin saber de él. Milagrosamente había vuelto a ser él mismo y se había apresurado a regresar, para recibir la noticia del fallecimiento de Henry.

Rafael dejó que Ariana le hiciera a su invitado un sinfín de preguntas sobre lo acontecido, sin tomar parte en la conversación. Intentaba comportarse amigablemente con Weiss, no lo conocía y nada tenía contra él, pero a cada minuto que pasaba, más inquina le tomaba viendo el modo en que Ariana le regalaba toda su atención.

—Al abuelo le hubiera hecho muy feliz saber de tu regreso; ni te imaginas lo que supuso para él la noticia de tu desaparición.

El rostro de Julien se contrajo en una mueca. Bebió un trago de su copa y habló de nuevo sin levantar la cabeza.

—Siento haber llegado demasiado tarde.

Weiss no debía de haber cumplido aún los veinticinco años, pero se le veía maduro, mostraba una elegancia innata, una educación adquirida en los mejores colegios y nadie podría poner en duda que estimaba a Seton.

—¿Qué proyectos tiene ahora, señor Weiss?

—Hacerme cargo del negocio familiar. —Su expresión se animó ligeramente—. Ariana ya le habrá dicho que tenemos tierras en...

—No —cortó Rafael con brusquedad—. Mi esposa no me ha dicho absolutamente nada. —Notó el azoramiento del otro y se obligó a relajarse. A fin de cuentas aquel pardillo no tenía la culpa de que Ariana se le hubiese echado prácticamente al cuello delante de todos—. Lo cierto, Julien... ¿puedo llamarle así? Bueno, lo cierto es que Ariana y yo nos hemos casado hace poco, y la enfermedad de Henry no nos ha dejado conocernos todo lo que quisiéramos.

—Pensé que... —Weiss se puso colorado y a Rafael le pareció un niño grande—. Bueno, mi madre me dijo que usted era un viejo amigo de lord Seton.

—No le ha engañado.

—Entonces...

—Conocía a Henry desde hace mucho, pero solo había visto a Ariana una vez.

—Entiendo.

Rafael hubiera abandonado el comedor de buena gana tras mandar a ese infeliz al diablo, pero se contuvo para evitar las posteriores represalias de Ariana hacia él. Demasiado habían guerreado ya para dejar que ella, además, lo calificase como un pésimo anfitrión. Cerró los ojos y suspiró con cansancio, y Ariana le lanzó una mirada asesina que no pudo ver.

—Así que podríamos decir que lo suyo con Ariana fue un flechazo —decía Julien.

Rafael estuvo a punto de responderle con un exabrupto.

—Sí, algo así —dijo sin embargo—. Como un disparo.

Ella se irguió, si era posible que lo hiciera más, y guardó silencio porque los criados retiraban los platos intactos para servirles el postre: helado de frambuesa con nata y piñones, el preferido de Ariana. La cocinera se había afanado en su intento de suavizar el dolor de su niña querida.

El silencio comenzó a hacerse incómodo, ninguno sabía cómo continuar la conversación. Julien no encontraba el modo de sentirse a gusto junto a ese hombre alto y moreno, de mirada oscura y gestos severos que era el inesperado marido de su amiga; Ariana lamentaba haber insistido para que Julien se quedara a dormir en Queen Hill; Rafael no hacía esfuerzos por mostrarse agradable y estaba a un paso de estallar viendo las miradas de cordero degollado del inglés a la joven.

Ariana picoteó de su postre y Weiss la imitó, pero Rivera se negó a probarlo, estaba seguro de que si esa noche ingería algo se le atragantaría.

La tensión en la mesa era tal que Julien se levantó pasado un par de minutos, dejó su servilleta sobre la mesa y dijo:

—Ruego me disculpen por el tiempo que les he robado. La cena ha sido excelente y la compañía, mejor, pero me retiro a mi habitación, si me lo permiten.

—Podrías quedarte y... —comenzó a decir Ariana.

—Desde luego —interrumpió Rafael—, tiene nuestro permiso. Que descanse, Julien. Y feliz regreso a su casa si no nos vemos mañana por la mañana.

Weiss volvió a ponerse colorado. Nunca le habían

largado de un sitio con tanta delicadeza. Inclinó la cabeza hacia la joven y repitió el gesto a su anfitrión.

—Buenas noches.

—Buenas noches, Julien —deseó Ariana.

Rafael ni se molestó en contestar, pero sí encendió un pitillo apenas se cerró la puerta del comedor. Ella tiró su servilleta con rabia.

—Nunca, en toda mi vida —se ahogaba tratando de no elevar la voz para evitar que los criados la escuchasen—, jamás he visto a un ser tan despreciable como tú.

Rafael alzó las cejas con gesto de sorna.

—¿Y eso, mi amor?

—Te has comportado groseramente.

—¿De veras? Yo creo que no. —Se levantó y caminó hasta la mesita de servicio para servirse una copa.

—Julien ha pasado un mal rato.

—Le falta escuela, qué quieres que te diga.

—Eres odioso —escupió ella—. Lo has insultado y...

—¡No digas tonterías, mujer! Lo has invitado a cenar y he accedido, cuando lo que menos me apetecía era tener a nadie a la mesa contándome el modo en que se dio un golpe, perdió la memoria y ha permanecido cuatro largos años sin saber quién era, perdido en Holanda. —Se acercó a ella y Ariana se puso tiesa, pero no apartó la mirada de sus ojos oscuros—. Has dispuesto que se quede a pasar la noche cuando, por lo que ha dicho, su casa dista apenas dos leguas de aquí. Le he dado conversación. No mucha, pero se la he dado. Por el tridente de Neptuno, mujer, ¿qué más quieres? ¿Que me acueste con él?

Ariana pegó un bote en su asiento.

—¿Qué estás insinuando?

—Yo no insinúo nada —zanjó él, dándose cuenta de que el comentario había estado fuera de lugar.

—Julien es un buen amigo, de los mejores. Un hombre como hay pocos.

La afirmación le hizo daño. Mucho. Encajó los dientes y apoyó una mano en el respaldo de la silla que ocupaba Ariana. Se acercó tanto a ella que la obligó a echarse hacia atrás para seguir mirándolo a la cara.

—¿Acaso lo ves como un futuro candidato?

Ariana se quedó muda. ¿De qué estaba hablando Rafael? ¿Julien? Estaba loco. Prefirió pensar que su estúpido comentario se debía al cansancio y movió la mano sin querer entrar en una discusión. Sin embargo, Rafael estaba ya lanzado y no le dio cuartel; la siguiente pregunta acabó por sacarla de sus casillas.

—¿Se lo propones tú o lo hago yo, princesa?

La muchacha se levantó, se enfrentó a él y le cruzó la cara con ganas. Se quedaron mirándose a los ojos como dos gallos de pelea durante unos segundos y luego Rafael se alejó de ella, se bebió el contenido de la copa de un trago y la estrelló contra la chimenea.

Lo que dijo antes de salir del comedor hizo que Ariana sintiera un escalofrío:

—Si es un hombre de tu gusto, lo tendremos en cuenta. ¿A qué buscar más, cariño?

23

Se removió en sueños notando el calor de un cuerpo de mujer junto al suyo. De inmediato se relajó y la abrazó mientras en su mente iba tomando forma una pregunta: ¿qué sentía realmente por ella? El amor era para él algo que no deseaba probar en absoluto. El amor era para los tontos, para los que se dejan atrapar en las redes de una hembra prometiéndole serle fiel hasta la muerte. Su vida había transitado siempre por caminos azarosos y no estaba dispuesto a hacer concesión semejante. Sin embargo, con Ariana... Tenerla a su lado volvía a despertar en él el deseo.

Se acopló a su cuerpo notándolo repentinamente blando, sin formas, como si estuviese abrazado a...

Abrió los ojos de golpe y se sentó en la cama. Maldijo en voz alta y tiró la almohada lejos de sí. ¡Condenada Ariana! Ni en sueños lo dejaba tranquilo, lo atenazaba su recuerdo sin darle descanso. Echó un vistazo a su alrededor sin saber dónde se encontraba. No conocía la habitación, un reducto pequeño y lóbrego con apenas muebles. Por la ventana, cubierta de viejos visillos, se colaba un rayito de sol sobre el que bailoteaban partículas de polvo. ¿Dónde puñetas había ido a parar la noche anterior?

Se levantó, se restregó la cara para despejarse y buscó sus ropas. Su cerebro parecía estar liado en una telaraña brumosa y le dolía la cabeza.

—¡Mierda! —gimió.

Se abrió la puerta y por ella apareció una mujer rolliza, pelirroja, de abundante busto, enfundada en un vestido que necesitaba un buen lavado. A la legua se veía qué oficio ejercía. Le sonrió con una boca pintada de rojo y se pasó las manos por los pechos.

—¿Descansó bien el señor? —le preguntó echándole una mirada admirativa, y hasta Rafael llegó una vaharada de alcohol que le hizo arrugar la nariz.

—¿Dónde estoy? Esto es una pocilga.

—En Paradise —repuso ella agriando el gesto ante el tono desabrido de Rivera—. Puede que esta no sea la casa de puterío mejor de Londres, pero tampoco es un estercolero. Nadie lo invitó a entrar anoche, lo hizo usted solito. Y tampoco es que haya hecho mucho gasto que digamos, no quiso la compañía de ninguna de mis chicas. Paradise no es una posada; aquí se viene a otras cosas.

—No hace falta que me lo jures.

Rafael recogió sus ropas, desperdigadas por todos lados, sin importarle lo más mínimo encontrarse ante aquella prostituta tan desnudo como su madre lo había traído al mundo.

Ella siguió con mirada voraz cada uno de sus movimientos. El cliente tenía un cuerpo magnífico, era muy apuesto y se veía a la legua que adinerado. Un mirlo blanco al que, sin embargo, no había conseguido endilgar a ninguna de las muchachas a su servicio. ¡Quién entendía a los hombres! Había dejado monedas suficientes la noche anterior, cuando pidió una cama, para pasarle incluso por alto cualquier petición poco habitual, pero todo lo que había hecho cuando le enseñó el cuarto fue desnudarse y dejarse caer en la cama. A ella no le hubiera importado dedicarle su tiempo, aunque no solía hacerlo; dar placer a los clientes corría a cargo de las chicas. Le habría quitado las penas, se veía que las tenía; seguramente por culpa de una damisela de las que se cerraban de piernas y modales circunspectos. Mirando a Rafael vestirse, hasta pensó que le hubiera hecho un trabajito gratis.

Rivera metió los brazos por las mangas de la chaqueta y echó un vistazo en busca de su sombrero y bastón. Maldijo de nuevo al encontrarlos, por fin, debajo de la mugrienta cama. El sombrero estaba como para echarlo a la basura y volvió a preguntar qué demonios había estado haciendo la noche anterior para acabar en ese tugurio de mala muerte. Lo tiró a un lado olvidándose de él y luego rebuscó en los bolsillos de la chaqueta hasta encontrar la cartera. No esperaba encontrarla y le asombró hacerlo. Retiró unos cuantos billetes y se los tendió a la madame.

—Espero que sea suficiente.

—Si vuelve por aquí, tendré mucho gusto en atenderle personalmente.

Sin contestarla salió de la habitación mientras ella

sobaba el dinero entre sus dedos y sonreía. Nunca había ganado una suma así con tan poco esfuerzo; el muy idiota ni debía de acordarse de que ya había pagado por adelantado, y no sería ella quien se lo recordara.

Apenas llegó al piso de abajo del apestoso local, Juan se le echó casi encima. No parecía haber dormido demasiado, estaba desaseado y alrededor de sus ojos destacaban como faros oscuros profundas ojeras, pero sonreía como un bellaco.

—¿Buena caza?

—¡Y un carajo! —gruñó Rafael, saliendo a largas zancadas, seguido por el muchacho.

—¿Por qué está de tan mal humor, patrón? —le preguntó cuando lo alcanzó, a media calle.

—¿Dónde leches hemos dejado el carruaje?

—Lo mandó usted de vuelta a Queen Hill, ¿no se acuerda? Me parece que bebió más de la cuenta.

—Busca entonces uno de punto, estoy loco por darme un baño, huelo a porquería.

—No se puede decir que el antro estuviera muy limpio, eso es verdad, pero las fulanas conocían su oficio. —Sonrió con cara de pillastre.

Rafael le echó una mirada que hubiera podido congelar el infierno.

—¡Por Cristo, Juan! ¿Para qué te pago? ¿Cómo es posible que me hayas dejado pernoctar en esa cueva? Menudo ayudante estás tú hecho.

—Oiga, oiga, patrón. Fue idea suya; iba haciendo eses por la calle y pareció gustarle el sitio. Ahora no me eche la bronca a mí, solo seguí sus instrucciones... y de paso me busqué entretenimiento.

Rafael frenó en seco, se volvió y lo tomó por el cuello de la chaqueta elevándolo un palmo del suelo. Luego lo soltó de mala gana y el muchacho chocó contra la pared.

Hubiese debido comportarse con más prudencia y callarse porque el gesto de Rivera no era como para bromas, pero su lengua actuaba por impulsos y le soltó:

—Debería regresar de una puñetera vez a Toledo y olvidarse de lady Seton. Esa mujer va a acabar con usted.

—¡Busca un jodido coche! —tronó Rafael haciendo que saliera a escape a cumplir lo ordenado.

Cuando regresó con el carruaje de punto, Rivera estaba apoyado contra el muro, tenía los ojos cerrados y había perdido el color de la cara. Se apiadó de él y lo ayudó a subir a la cabina después de dar la dirección de Queen Hill.

Juan no había visto a su patrón así más que en una ocasión en que había mantenido una fortísima discusión con su padre, don Jacinto, acerca de sus actividades políticas a favor de la monarquía, lo que constituía un peligro en esos tiempos. Pero nunca por una mujer. Ariana Seton bajó varios peldaños para el muchacho en su escala de valores.

—Aguante, patrón —le dijo—, llegaremos pronto.

Rafael se dejó caer contra el respaldo del asiento notando que le estallaba la cabeza.

24

Había tomado una decisión y no pensaba volverse atrás. No podía retractarse o acabaría loco de atar.

La noche anterior, cuando escapó a la ciudad para alejarse de Queen Hill y de Ariana, solo era una muestra de lo que podía llegar a hacer si no ponía tierra de por medio.

Llamó a Juan a su habitación para confiarle una misión: investigar todo acerca de Julien Weiss.

—Quiero saberlo todo de ese sujeto —le dijo—. Su pasado, su presente y hasta su futuro si viene al caso. Entérate de cómo era su relación con Henry Seton y, sobre todo, con mi esposa. Quiero datos de su familia, de sus amigos, de sus enemigos; sus preferencias y el dinero que tiene. Todo, Juan.

El muchacho estuvo ausente una semana completa, que Rafael se pasó prácticamente encerrado en su cuarto, sin aparecer a las comidas o a las cenas, o leyendo en la biblioteca. La mañana en la que Weiss se personó para hacerles una visita de cortesía —en realidad él sabía que la visita era para Ariana—, no dejó de observarlos como un perro de presa mientras paseaban por los jardines, se sentaban a la sombra de algún árbol o reían como dos chiquillos. Le fastidiaba Weiss, lo veía como a un oponente, a un enemigo, pero no dejaba de agradecerle que fuese capaz de hacer volver a reír a Ariana; a su lado ella parecía relegar la pena por la pérdida de su abuelo.

Los veía departir y pensaba que su decisión era acertada: tenía que marcharse lo antes posible. El hecho de que por las noches no pudiese dormir bien y hubiese estado más de dos veces a punto de entrar en las habitaciones de su esposa, no hicieron más que afianzar su determinación de abandonar Inglaterra y, con ello, su ficticio y desesperante matrimonio.

Juan Vélez se acomodó en el borde de la cama, aceptó la copa que su patrón le tendía y sacó la libreta en la que había ido anotando todo lo que averiguase de Julien Weiss.

—Veintiséis años —comenzó diciendo—. Soltero. Se le conocen un par de flirteos sin mucha importancia y fue él quien rompió la amistad con las muchachas. Su familia es una de las más importantes de la comarca, aunque el padre de Weiss no se hablaba con lord Seton desde hacía más de diez años. Tal vez por eso no asistieron a su boda, señor.

—Continúa.

—Los negocios de la familia Weiss no son moco de pavo, patrón. Fábricas, tierras en el sur de Inglaterra, un par de minas, una cerca de la de los Seton, en

Carlisle. Tienen dinero como para empapelar el Parlamento.

—¿Algún asunto turbio?

—Ninguno que yo haya podido saber. Julien es un joven respetado y su regreso ha sido un acontecimiento en el condado.

—¿Qué hay de su relación con Ariana?

—Con su esposa siempre se llevó a las mil maravillas, desde pequeños. Por lo que me ha contado algún criado, el chico se escapaba de su casa para venir a ver a su esposa. Eso le ocasionó bastantes disputas con su progenitor, pero el viejo acabó por tirar la toalla y obviar su amistad con la nieta de lord Seton. Algunos pensaron siempre que su esposa y Weiss acabarían casándose.

—¿Qué más has averiguado?

—Pues que a los criados de su señora esposa no les importaría en absoluto servir a ese caballero. Les cae bien a todos.

—¿Amigos?

—Muchos y variados. Antes de su accidente se codeaba tanto con hombres de alta alcurnia como con humildes trabajadores. Es un hombre al que muchos tenderían una mano si lo necesitara.

Rafael asintió. Estaba hecho, se dijo. Había encontrado el hombre adecuado para Ariana: buen mozo, agradable y con tanto dinero que no era factible pensar que se casaría con ella por la dote. Pero no sentía como si le hubiesen quitado un peso de encima, sino más bien como si le hubiera caído una losa sobre el pecho. Por un lado había rezado para que Julien fuese el hombre adecuado que le permitiera anular su matrimonio con Ariana; por otro había deseado fervientemente que fuera un sujeto deleznable al que pudiera descartar.

Para quedarse con Ariana un tiempo más.

Para seguir viendo sus ojos.

Para...

Se levantó de la butaca que ocupaba diciéndose que era un masoquista empedernido. ¿Acaso la convivencia con Ariana no era un infierno? ¿Es que no le había quedado claro que ella no lo quería por marido? Entonces ¿por qué demonios trataba a cada paso de encontrar una excusa que le impidiese alejarse de aquella maldita diosa de hielo?

—Busca al señor Felton, Juan. Ya sabes, el abogado de Henry, y dile que me urge hablar con él.

Vélez se lo quedó mirando desde la puerta y chascó la lengua.

—¿Ha llegado el momento, patrón?

Rafael asintió sin volverse a mirarlo.

—Se va a armar la gorda en Toledo —aventuró el jovenzuelo antes de dejarlo a solas.

25

Thomas Felton era un sujeto de aspecto vulgar. Ni alto ni bajo, ni gordo ni flaco, de cabello oscuro y ralo y ojos castaños. Su nariz ganchuda era lo único que le hacía destacar. Sin embargo, era un excelente abogado; a Henry nunca le gustaba rodearse de mediocres. Pudo comprobar la profesionalidad de Felton apenas unas horas después de que se personara en Queen Hill atendiendo a su llamado.

El abogado empujó el documento hacia Rafael. Rivera lo tomó, lo leyó con suma atención y asintió. El trabajo de Felton constaba de tres folios y en él estaban relacionadas todas y cada una de las propiedades de Seton. Tampoco hacía falta más papel para notificar que todo quedaba en poder de Ariana; él no se llevaría nada, a excepción —había hecho hincapié en ello— de una pequeña acuarela con el rostro de su amigo.

Había un apartado en el que se especificaba que Ariana tampoco pediría ni un céntimo a su actual marido. Es decir, que cada uno se iría por su lado sin pedir más cuentas, como si su matrimonio no hubiese existido nunca, como si hubiese sido un mal sueño.

Al finalizar la lectura, Rafael estiró la mano y el abogado le entregó una pluma. Rubricó el papel que lo libraba de Ariana sin abrir la boca y se lo devolvió.

—¿Está seguro de lo que está haciendo, *mister* Rivera?

Los ojos oscuros de Rafael se alzaron hacia él.

—Si le parece extraño que habiendo pasado tan poco tiempo de nuestro casamiento...

—No —cortó Felton. Guardó los documentos en su cartera y se apoyó de codos sobre la mesa—. No me refiero a eso, sino a lo que acaba usted de firmar. He puesto lo que usted me ha indicado: renuncia a todo en favor de su esposa. Estimaba a lord Seton y nunca le mentí, tampoco quiero mentirle a usted diciéndole que estoy de acuerdo. Es una locura. Está usted actuando en contra de sus propios intereses. El testamento de Henry especifica con claridad que la propiedad al norte de...

—Sería en el caso de que el matrimonio durase.

—No. No es así y usted lo sabe, estuvo en la lectura. Como abogado de esta familia desde hace dieciocho años, debo decirle que no actúa con lógica, *mister* Rivera.

Rafael se removió en su butaca, incómodo ante la mirada directa del otro.

—De acuerdo, entonces cambiaré la frase: no quiero nada. Ahora todo es de su nieta y yo regresaré a España lo antes posible. Espero que se encargue usted con celeridad de los trámites de la anulación.

Thomas Felton sonrió de forma torcida, se reclinó en el asiento y cruzó los dedos sobre su estómago.

—Mire, *mister* Rivera. No sé si debo decirle esto, pero creo que con ello no traiciono la memoria de lord Seton. Conozco todas y cada una de sus propiedades en España, me encargué de ello cuando Henry me mandó llamar para redactar un nuevo testamento, poco después de su casamiento con lady Ariana. Sé que no es usted un muerto de hambre, que no se casó con la muchacha por su dinero, pero... ¿Se ha parado a pensar que tal vez lord Seton pretendía retenerlo aquí?

A Rafael se le escapó una media sonrisa y se levantó. Paseó por la biblioteca y solo al cabo de un momento volvió a mirar al abogado.

—Amigo mío, usted no lo entiende.

—¿Se refiere a su pacto con milord? —Cabeceó al ver que el español enarcaba las cejas—. Además de su abogado era su amigo, señor conde, y me habló bastante de usted.

—Entonces comprenderá mejor mi decisión de no llevarme más que esa pequeña acuarela. Ariana no la echará en falta.

—¡Por amor de Dios! —se desesperó Felton palmeando la mesa—. Le dije a Henry que ese... pacto, como él lo llamaba, era un desatino.

—Lo admití porque Henry temía que asediaran a su nieta por su dote.

—Y usted le creyó.

—¿Por qué no debí hacerlo? Él estaba enfermo y pensó que yo podría protegerla.

Felton desvió la mirada hacia el cuadro que colgaba

sobre la chimenea de la biblioteca. Un óleo grande desde donde Seton los miraba hierático.

—Viejo zorro —susurró regresando su atención hacia el español—. Señor mío, creo que lord Seton le tomó el pelo.

—¿Cómo dice?

—Lo de su enfermedad, lo de los hombres que podían acechar a lady Ariana, no fue más que una triquiñuela para dejarlos casados y bien casados.

—También yo lo he pensado, señor Felton. Desgraciadamente no le salió bien la jugada, Ariana me odia. Y ya que está usted al tanto de los secretos de esta familia, creo haber encontrado al caballero que ha de sustituirme en su vida.

—¿Lo conozco?

—Julien Weiss.

Felton alzó apenas las cejas.

—Un magnífico partido, ciertamente.

Rafael no quiso dilatar más la conversación, le tendió la mano y el abogado, levantándose, se la estrechó con fuerza.

—Confío en que los trámites legales de su siguiente matrimonio queden en sus expertas manos.

—Puede estar seguro de que haré todo lo posible por favorecer a lady Ariana. Pero si me deja decirle una cosa, señor Rivera, preferiría perder mi minuta destruyendo ahora mismo el documento que acaba de firmar.

26

Ariana se había reunido con Julien varias veces durante los últimos días y, aunque no podía dejar de verlo como a un magnífico amigo, tamborileaba en su cabeza lo que dijese Rafael: podía ser un posible candidato a casarse con ella.

Julien era atractivo, tenía un humor excelente, era un magnífico conversador y ambos tenían muchos gustos similares. Podía ser el hombre ideal para cualquier mujer.

Esa mañana, Julien había estado simplemente encantador. Le había contado su viaje a Holanda y un montón de cosas acerca del país y sus costumbres. Ariana amaba viajar, pero hasta ese momento no había podido hacerlo mucho porque su abuelo insistió en que, en primer lugar, debía estudiar. Había pasado, pues, buena parte de su vida entre colegios y profesores privados y apenas había salido de Inglaterra. Por eso, la conversación de Julien la fascinaba.

Se miró al espejo mientras se cepillaba el cabello y

se peguntó si podría llegar a querer a Julien como hombre. El rostro del espejo le dijo que no, que su corazón ya estaba atrapado en las redes de un grandísimo bastardo, pendenciero, mujeriego y mal encarado llamado Rafael Rivera, conde de Trevijo.

Malhumorada, dejó el cepillo sobre la coqueta y se levantó para ir a abrir cuando llamaron a la puerta.

Esperaba ver a Nelly, pero se encontró con la alta figura de su esposo. Retrocedió un paso pero sin ánimo de dejarle entrar.

—¿Qué quieres?

Rafael, mirándola, se olvidó de a qué demonios había ido al cuarto de Ariana. Ella estaba preciosa enfundada en aquel camisón azul celeste de seda que se amoldaba a su figura de un modo enloquecedor. Parecía haber sido confeccionado con el único propósito de volver idiota a un hombre; al menos con él lo conseguía. Y la escasa luz del cuarto, en el que solo había encendidas dos lamparillas, hacía que el cabello femenino brillara, casi blanco, como una nube alrededor del óvalo perfecto de su cara.

—¿Qué quieres, Rafael? —insistió ella.

Rivera salió del trance, la hizo a un lado y entró para dejar sobre la coqueta un sobre de color sepia.

—Me voy mañana —dijo.

—¿De nuevo al *cottage*? ¿O a otro de los tugurios a los que pareces haberte aficionado? —La voz de Ariana quería reflejar burla, pero sonó desesperada. Cada vez que estaban juntos acababan discutiendo, pero ella ansiaba tenerlo a su lado y era un suplicio imaginarlo en brazos de cualquier prostituta—. ¿Te queda alguna meretriz por probar?

Los ojos de Rafael rutilaron de furia al mirarla.

—Regreso a España.

Ariana sintió que el corazón se le paraba al escucharle. Se iba. Definitivamente se marchaba de su lado. Alzó la barbilla y trató de que su voz no delatara el pánico que la atenazaba.

—¿Por cuánto tiempo? Tengo que hacer planes y...

—Puedes verte con Julien todo lo que quieras —la cortó él.

—No tengo intención de poner en boca de nadie mi buen nombre, señor mío. Puede que a ti no te importe lo que se murmure si me veo a solas con un hombre mientras mi marido está de viaje, pero a mí sí.

—Después de esta noche, Ariana, no tendrás un marido.

Ella retrocedió como si acabara de abofetearla. Sintiéndose víctima de un mareo se acercó a la cama y afianzó los dedos en una de las columnas. ¡Al final Rafael había decidido librarse de su compromiso y ser otra vez un pájaro libre! Le entraron unas ganas infinitas de echarse a llorar, pero se contuvo, reunió fuerzas y se volvió hacia él con una mirada de desprecio.

—¿Qué es ese sobre? ¿Los papeles de nuestra ruptura?

—Yo ya los he firmado. Además, está un documento de renuncia a las propiedades de Henry. Podrás ver que todo está en regla —le dijo acercándose a ella—. Solo me llevo una acuarela; espero que no te importe.

—¿Y la casa que el abuelo...?

—Te lo dejo todo, Ariana. Le dije a Henry que no

necesitaba su dinero y, aunque tengo muchos defectos, soy fiel a mi palabra. Solo la acuarela.

Su proximidad hizo que Ariana tragara saliva. Lo miró a los ojos y estuvo a punto de lanzarse a su cuello. ¿Por qué tenía que ser tan atractivo, por qué lo deseaba como una loca? Pero es que le era imposible no hacerlo viéndolo allí, ante ella, vestido solamente con unos ceñidos pantalones y una camisa abierta en el pecho, con aires de corsario. O lo hacía adrede o no era consciente del magnetismo varonil que rezumaba por cada poro de su piel.

Se quedó como una tonta, clavadas sus pupilas en aquellas otras oscuras y profundas que la hacían sentir vértigo y solo acertó a decir:

—De modo que solo quieres llevarte el retrato del abuelo...

Rafael alzó la mano. Sus largos dedos se enroscaron en la suave textura del cabello suelto de Ariana acariciándolo como la más preciada pieza de un museo. Le faltaban las fuerzas. No. No quería llevarse solo la acuarela de Henry, quería llevársela a ella. Tiró del pelo de ella hacia atrás obligándola a doblar la cabeza, dejando expuesta la piel delicada de su garganta.

—He cambiado de idea, milady —escuchó ella su voz ronca un segundo antes de que la atrapara por el talle y la pegara a él—. Creo que voy a llevarme también algo más como recuerdo.

La resistencia de la muchacha duró menos de un segundo. ¿Para qué oponerse si su cuerpo estaba deseando sentir el de Rafael? Lo besó con ansia, se colgó de su cuello y a Rafael le importó un pimiento la promesa que se había hecho de alejarse de ella. Tenía que poseerla una vez más antes de marcharse de Inglaterra, antes de que ella perteneciese a otro hombre. Imaginarla en brazos de otro gimiendo por sus caricias y sus besos lo puso fuera de sí. La tomó en volandas, la llevó a la cama y rasgó el camisón en su prisa por dejarla desnuda.

Ariana no puso impedimento alguno. No era una víctima atrapada entre las garras de un depredador, era la depredadora. Sus manos acariciaron la espalda de Rafael, tiraron de la camisa para quitársela, bajaron por sus caderas buscando la apertura de los pantalones. El poco sentido común que le quedaba a Rivera desapareció y acabó de desvestirse. Se volvió a tumbar a su lado, retuvo las muñecas de Ariana con una de sus manos y tomó la iniciativa.

Ariana se dejaba domar en sus brazos, lo atrapaba con las piernas, tenía los ojos inyectados de pasión y susurraba su nombre. Lo sorprendió de pronto obligándolo a apartarse solo para hacer que se tendiera boca arriba en la cama, sentándose acto seguido sobre su henchido miembro.

A Rafael le faltaba el aire. Sus manos se cerraron con fuerza sobre las caderas femeninas y la instó a moverse, guiándola, diciéndole sin palabras lo que debía hacer.

Llegaron al unísono a la cúspide de la pasión y ella no pudo remediar gritar el nombre de su esposo.

Acalorada aún por su descaro, Ariana se dejó caer contra el pecho masculino. No tenía más experiencia que la que había aprendido de Rafael, pero había querido que su imagen quedara grabada en las retinas de su marido, que cuando estuviera con otra mujer fuera a ella a la que recordara, que viese su cabello suelto, sus ojos chispeantes de pasión, su boca húmeda diciendo su nombre. Quería marcarlo a sangre y fuego, como él la había marcado a ella cuando hicieron el amor por primera vez.

Se amaron después más sosegados, arrullados por sus jadeos y, casi al alba, rendidos, se quedaron dormidos el uno en brazos del otro. Ariana se sintió la mujer más feliz del universo.

Pero cuando abrió los ojos, entrada la mañana, Rafael Rivera no formaba parte de su vida. Estaba camino de España.

27

Madrid, octubre de 1874

Era apenas un muchacho, pero tenía la decisión y el coraje de un hombre.

Durante sus años de exilio se había formado en París, Viena y la Academia Militar de Sandhurst, en Inglaterra. Tras abdicar su madre, Isabel II, recibió directamente los derechos de los Borbones a la corona de España. Pronto llegaría el momento en que debería dirigir los designios de su pueblo, pero habría de esperar aún escondido, como si se tratara de un desertor o un ladrón, en aquel lugar aislado del mundo. Sin embargo, no flaqueaba, apoyado por los hombres que veían en él a su futuro rey y que se empeñaban en hacer su camino hacia el trono más seguro. Confiaba en ellos, en todos, y les entregaba su vida.

Cánovas del Castillo había organizado las filas alfonsinas, se había esforzado por impedir el normal desarrollo de la monarquía de Amadeo I y la República con el fin de obtener un clima favorecedor a la restauración borbónica en España.

Para todo el país, incluso para los más dignos representantes de las fuerzas aliadas a los Borbones, Alfonso, que tomaría la corona de España con la ayuda de Dios bajo el nombre de Alfonso XII, se encontraba en Sandhurst.

Pero no se encontraba en Inglaterra sino allí, a pocos kilómetros de Madrid, en un monasterio pequeño y escasamente conocido. Solo seis hombres estaban al tanto. Ni siquiera los frailes que lo atendían sabían quién era en realidad.

La tela de araña se había montado con exquisito cuidado y el joven se hacía pasar por el hijo de un sujeto adinerado que trataba de reponerse de la depresión por un fallido amor. Los monjes le daban consejos, lo instaban a rezar y lo miraban con una sonrisa de condescendencia, lejos de imaginar que ese muchacho delgado y moreno que ocupaba una de las celdas del monasterio sería en breve su rey.

Arropados del frío en el salón, cerca de la encendida chimenea, alrededor de una larga mesa, los hombres reunidos allí parecían pegados a sus respectivas tazas de café.

—Hace un frío endemoniado —protestó Martínez Campos.

Cánovas del Castillo dejó escapar una risita y lo miró amigablemente.

—Ávila siempre ha sido un lugar frío. Aun así, no entiendo su queja, amigo mío, ya que Segovia, su ciudad natal, tampoco puede decirse que goce en demasía de un clima cálido.

—¿Cómo lo resiste usted, padre, a su edad?

El interpelado era un individuo que había cumplido ya ocho décadas. Llevaba más de treinta como abad y toda su ilusión era volver a ver a los Borbones sentados en el trono de España. Sonrió a medias y en su rostro, semejante a un pergamino desgastado, se intensificaron las arrugas.

—Estoy acostumbrado ya, caballeros; son muchos años aquí.

El conde de Trevijo se levantó de la mesa para acercarse más a la chimenea, sin dejar de dar vueltas a su taza entre las manos. Recostado en ella, echó un vistazo a sus camaradas y se sintió orgulloso de poder pertenecer a ese reducido grupo de hombres que, contra viento y marea, luchaban por devolver al joven Alfonso lo que le correspondía por derecho.

Antonio Cánovas del Castillo, nacido en Málaga, tenía cuarenta y seis años; político, estadista e historiador. Huérfano de padre a los quince años, había conseguido sacar a sus cuatro hermanos adelante dando clases y publicando un semanario llamado *La Joven Málaga*. Trabajó como escribiente y se licenció en Derecho y Filosofía y Letras sin abandonar del todo el periodismo. Él había sido el gestor de la abdicación de la reina Isabel II en su hijo Alfonso el día 25 de junio de 1870, aunque no había sido aceptado como jefe del alfonsismo hasta agosto del año anterior, poco después de regresar Rafael a España. Cánovas era un hombre del que cualquiera se sentiría ufano teniéndolo como amigo.

Arsenio Martínez Campos, un segoviano de treinta

y un años graduado en la Academia del Estado Mayor en 1852, había estado en Cuba desde 1869 hasta 1872 luchando contra los sublevados, donde logró obtener el grado de brigadier. Al regresar a España no dudó en tomar el mando de una brigada que actuaba en Cataluña contra los carlistas, y luego el propio presidente Salmerón le hizo el encargo de acabar con los revolucionarios en Valencia. El Gobierno, sin embargo, no veía con buenos ojos que un militar formase parte de lo que se estaba cociendo, y a punto estuvieron de firmar su destierro.

El abad, el padre Guijarro, un sujeto al que nada ni nadie, excepto Dios, lo amedrentaba, había sido el guía espiritual de Alfonso desde que llegó al monasterio, manteniendo el secreto de su auténtica identidad incluso a sus propios compañeros.

Su padre, Jacinto Rivera, que desde un principio había dejado todo a un lado para unirse a la causa aportando dinero, hombres y armas, si estas hicieran falta, tenía una fe ciega en el monarca venidero.

Y el más joven de todos, el más alocado: un muchacho que se había salvado de la cárcel milagrosamente, que había vivido sus primeros años entre la inmundicia, el hurto y la picaresca, pero que ahora era una de las piezas clave del reducido grupo de leales: Juan Vélez. Acostumbrado a salir y entrar de cualquier lugar sin ser visto, a escurrirse entre las sombras y a aguzar el oído, les había conseguido más información que todo un ejército de espías bien entrenado. Al principio, Rafael lo había enviado en pos de pequeñas informaciones, cotilleos de taberna, murmullos callejeros. Juan no era tonto y poco le hizo falta para adivinar lo que se estaba cociendo, de modo que, sin contar con Dios o el diablo, se aventuró una noche en una reunión del partido republicano para informar después a Rafael del complot que se estaba fraguando. Sus pesquisas habían salvado la vida del joven Alfonso y la del resto.

—Bien, caballeros —dijo al cabo de un momento llamando la atención de los presentes—. ¿Cuál va a ser nuestro siguiente paso?

—No deberíamos dar ninguno —opinó Martínez Campos.

—Mientras Alfonso esté seguro entre estos muros, no hay que dar tres cuartos al pregonero —apuntilló Cánovas.

El abad, sin embargo, mirando a Rafael, adivinó que el joven conde pensaba de forma distinta.

—¿Qué cree usted que debemos hacer, señor Rivera?

—Acelerar los acontecimientos.

—¿Cómo? —se interesó su padre—. Mientras el Gobierno actual siga teniendo cierto poder no podemos movernos, solo proteger a Alfonso y esperar.

Rafael regresó a su asiento y los miró uno a uno a los ojos.

—Alfonso estará protegido aquí mientras no lo descubran. Castelar y Ripoll y sus secuaces tienen ojos en todos lados.

—Nosotros también.

—Lo sé, señor —le admitió a Cánovas—. Pero no podemos estar cruzados de brazos y esperar a que el Gobierno caiga por fin. Debemos movernos, proclamar rey a Alfonso cuanto antes.

—Ahora es un peligro —objetó el militar—. Tu padre está bajo sospecha y, en cuanto a ti, no digamos. Te has ganado más enemigos que pelos tienes en la cabeza. Si intuyen que estás metido en esto, podrías encontrarte con una bala entre las costillas.

Rafael sonrió cínicamente.

—La vida es un riesgo, caballeros.

—Pero debes pensar en tu familia.

—Señor abad, lo último que quiero es poner a los míos en peligro, pero la situación empieza a ser embarazosa. Alfonso, para todos, se encuentra aún en Inglaterra, pero está aquí y no puede permanecer mucho más entre estos muros. No le hemos hecho venir a España para convertirlo en monje.

El anciano cabeceó asintiendo.

—Convengo en que este pequeño y aislado monasterio no es lugar para un joven al que le esperan grandes cosas, pero es el único que tenemos.

—Y ha resultado un refugio excelente, lo admito. Sin embargo, España necesita la monarquía; cada vez hay más disturbios entre el pueblo, más enfrentamientos entre los adictos a la monarquía y los contrarios a ella. Si esperamos mucho más, señores, puede que Alfonso tenga que reinar sobre un país manchado de sangre.

—Y eso, caballeros, no me gustaría —sonó una voz ligeramente aflautada por la juventud.

Los allí reunidos se levantaron como un solo hombre. El que entraba hizo un gesto con la mano indicando que volvieran a sentarse y ocupó una de las sillas de alto respaldo repujado en cuero.

—Creo que el conde de Trevijo tiene razón —habló

de nuevo—. No entiendo mucho de estos asuntos, pero ardo en deseos de conducir a mi pueblo y, sobre todo, no quiero enfrentamientos por mi causa. Prefiero regresar a Inglaterra.

Un murmullo de protesta cruzó el salón.

—Señor —le dijo Martínez Campos—, vos nunca seréis responsable de lo que suceda en las calles.

—Lo sería, sin lugar a dudas. Y no quiero que sea así. Quiero ocupar el trono porque estoy convencido de poder dar estabilidad al pueblo, porque es lo mejor para España. La muerte de hombres, sean del bando que sean, no entra en mis planes, caballeros.

—No las habrá, majestad —negó Rafael—, salvo que alguien intente atentar contra vos.

—¿Qué se sabe del nuevo complot?

—¿Cómo os habéis enterado de...? —exclamó Cánovas.

—No soy ni sordo ni ciego —repuso el joven—. Ustedes no se reúnen aquí, en secreto, por mero gusto. Y el padre Guijarro —extendió la mano para tomar entre sus dedos los del anciano— no miente a los monjes porque haya olvidado sus votos.

Rafael chascó la lengua y se levantó de nuevo. Paseó por el salón bajo la atenta mirada de Alfonso y al cabo de un momento se volvió a mirar al que, para él, era ya su rey. En sus ojos vio una decisión férrea y supo que no podían mantenerlo engañado por más tiempo. Se acercó a la mesa, apoyó las palmas de las manos en la madera y dijo:

—Majestad, quieren asesinaros antes de que podáis tomar el trono.

Alfonso se levantó también y extendió la mano a Rivera.

—Gracias por vuestra franqueza, conde. Y gracias a todos ustedes por lo que están haciendo y por querer ahorrarme el mal trago. Pero el conde de Trevijo tiene razón: si he de tomar el trono de España, he de conocer todos los pormenores, no ser un pelele, luchar igual que lo hacen ustedes.

—Majestad, vos no podéis arriesgar...

—Puedo y debo, señor abad. Si mi pueblo padece, yo padezco; si mi pueblo sufre, yo sufro. Y si mi pueblo lucha, yo lucharé aunque deba hacerlo desde este encierro. Al menos, ahora, no esperaré el posible ataque de un verdugo en la ignorancia. —Se volvió hacia Rafael y le sonrió—. No es raro que mi madre le concediese el título después de salvarle la vida, señor conde. Vuelvo a agradecéroslo en su nombre. Caballeros, queden con Dios.

Erguido, salió cerrando la puerta a sus espaldas y Rivera supo que todo lo que pudiera hacer por ese muchacho, aunque fuera arriesgar su vida, se vería recompensado.

28

Madrid era un polvorín que podía estallar en cualquier momento. Se rumoreaba en pequeños grupos en las calles, en las tabernas y en las casas. Los madrileños intuían que se estaba preparando algo importante que, con seguridad, daría un vuelco a la política y, por ende, a sus vidas.

La fiesta que se llevaba a cabo transcurría tranquila, dentro de las normas sociales establecidas: caballeros formales y estirados, bien vestidos y mejor peinados; damas encorsetadas luciendo sus espléndidos trajes y sus joyas. El país podía estar en crisis, pero los pudientes continuaban con su habitual estilo de vida.

Aburrido, Rafael Rivera salió al jardín. Allí se apagaban las conversaciones y apenas llegaba la música que desgranaba el cuarteto de cuerda contratado por la anfitriona, Laura de Montull. No se celebraba nada especial, pero en el ánimo de todos latía el deseo de olvidar, por unas horas, lo que sangraba a España. Y para Rivera era un lugar óptimo para buscar pruebas, no había acudido por otro motivo.

—Os veo muy pensativo.

Se volvió para sonreír a la mujer que, apoyada en la barandilla, lo observaba con cierto descaro. No era alta, pero tenía una figura perfecta de alto busto, cintura estrecha y redondeadas caderas. Mercedes Cuevas cuidaba su apariencia y su negro cabello con esmero, conocedora de que resultaba atrayente a los hombres. También Rafael se había sentido tentado por ella en otro tiempo, pero el idilio había quedado atrás. Para Mercedes, los varones eran objetos con los que entretenerse por unos días, unos meses o, en el mejor de los casos, un año. No era una cortesana ni le hacía falta buscarse un protector, ya que gozaba de fortuna propia, pero le encantaba tener a los hombres a sus pies y disfrutar de la vida al máximo.

Le hizo a Rafael una caída de párpados y se mojó los labios con la punta de la lengua. Un gesto coqueto que ya había empleado otras veces y que hizo a Rafael echarse a reír de buena gana. Enlazó la cintura femenina y depositó un casto beso en su frente. Ella, por el contrario, enlazó los brazos en el cuello de Rivera, se aupó sobre la punta de sus zapatos y lo besó en la boca. Se separó al cabo de un largo instante, suspiró y apoyó una mano en el pecho masculino.

—¿Por qué no nos vamos, Rafael?

—Sería una descortesía para la señora Montull.

—Olvida a esa vieja y fea pájara de mal agüero. Mi casa se siente muy sola desde que no me visitas.

—Olvídalo, no es el momento y tengo asuntos que

resolver. Tal vez el mes que viene, cuando regrese a Madrid... —dejó la frase en suspenso.

—¿Te vas otra vez? ¡Pero si apenas hace nada que llegaste!

—Así son las cosas.

—¿No puedes olvidar Toledo por unos días? Yo te necesito.

La risa de Rafael hizo que frunciera el ceño. Nunca estaba segura de cómo actuar con él, no era como los demás. Lo había conquistado, era cierto... ¿Lo había conquistado realmente o era ella la que había caído bajo el influjo de su oscura mirada? Bueno, en todo caso había disfrutado de su corta relación y de ese cuerpo fibroso que la hizo sentirse una auténtica mujer. Pero nunca alcanzaba a adivinar lo que pensaba y eso la irritaba y le intrigaba a la vez, porque siempre alardeó de conocer como nadie al sexo opuesto. Con Rafael Rivera, sin embargo, sentía que era manipulada.

—Tú nunca has necesitado a nadie, Mercedes. Eres como una mantis religiosa, que devora a sus machos cuando ha terminado con ellos.

—Y a ti me gustaría devorarte de nuevo, Rafael. —Pegó su cuerpo cimbreante al de Rivera con total descaro.

A él no le hubiese importado tomar lo que de tan buen gusto se le ofrecía. Estaban en un lugar escondido, lejos de miradas ajenas, y le hubiera sido sumamente sencillo besarla hasta saciarse, dejar que sus manos se perdieran en el escote, volver a hacerla suya. El recuerdo de un rostro de alabastro y un cabello platino le hicieron desistir.

Mercedes dejaba ya resbalar su mano hacia la abertura de los pantalones cuando los interrumpió una tosecilla. Enojada, se volvió hacia el intruso que arruinaba el momento y vio a un jovenzuelo haciendo señas a Rafael.

Rivera apartó a la dama con delicadeza y sonrió al ver su gesto molesto. La besó en la punta de la nariz y le dijo:

—He de marcharme.

—Eres odioso.

—No te enfurruñes, te pones muy fea.

—¿Ya no tengo interés para ti?

—No me hagas responderte, Mercedes.

—Estás enfadado conmigo —le dijo ofendida.

—Ni mucho menos, pero las cosas han cambiado. Dentro de una semana habrá una capea en Torah, mi finca; si te apetece, estás invitada.

Mercedes volvió a suspirar afectadamente, se recolocó un poco el peinado y lo miró a los ojos.

—¿Qué pasó en Inglaterra, Rafael? —En la mejilla de él se activó un tic nervioso—. Yo podría ayudarte a olvidar, sea lo que fuere.

—La muerte de un amigo jamás se olvida.

—¿Seguro que no sucedió nada más?

—Seguro. Lo lamento, pero tengo que irme. —Juan seguía haciéndole señas—. Disfruta de la fiesta, encanto.

Juan se palmeaba los costados y lo miró con gesto torvo cuando por fin estuvo a su lado.

—Me estoy quedando helado —gruñó.

—¿Qué has podido averiguar?

—Más de lo que esperaba, patrón.

—¿Debo quedarme más tiempo en la fiesta?

—Podemos irnos cuando guste.

—Espérame entonces en el coche, me reúno contigo en un minuto.

El minuto se convirtió en quince mientras Rafael localizaba a los anfitriones para despedirse de ellos y agradecerles la velada. Apenas subió al carruaje y emprendieron camino, Juan empezó a informarle.

—Los dos sabuesos enviados por el Gobierno han vuelto de Sandhurst.

—¿Y?

—El cochero con el que he estado bebiendo los trajo desde la costa. Dice que llegaban con cara de malas pulgas y que los escuchó hablar sobre alguien a quien no encontraron.

Rafael se recostó y soportó los vaivenes del carruaje sobre el desigual empedrado de las calles. Sus ojos parecían dos faros brillantes en la penumbra de la cabina.

—¿Alfonso?

—¿Qué otro? Saben que el futuro rey no se encuentra en Inglaterra. Ahora sí que corre realmente peligro.

29

Medio adormilada por el traqueteo del coche, Ariana se preguntó por millonésima vez por qué había consentido en realizar ese viaje. La excusa de acompañar a Julien para ayudarlo en sus negocios podía servir de cara a los demás, pero no para ella misma.

Echó un vistazo a su acompañante a través de los ojos entrecerrados. Julien dormitaba frente a ella, medio recostado en el asiento y cubierto por una gruesa manta a pesar de que la temperatura era agradable.

Sentía un cariño especial hacia Julien. Habían compartido una buena amistad desde muy jóvenes y la habían retomado a su regreso a Inglaterra. Cuando Rafael lo apuntó como firme candidato a que se convirtiera en su futuro esposo, ella había aceptado la idea sin pensarlo demasiado: Julien Weiss era de buena familia, joven, atractivo y la quería. Se lo demostraba a cada paso, con cada palabra o hecho. Desde su reencuentro no había hecho más que agasajarla con continuos detalles.

Sin embargo, no podía ser. Apenas un mes después

de que Rafael se marchase de Queen Hill, Julien y ella habían hablado seriamente del asunto.

—No puedo olvidarlo —le había confesado Ariana a su amigo entre lágrimas; era el único con el que podía confesarse sin sentirse estúpida.

Julien comprendió de inmediato su tribulación. Entendió que aquella mujer con la que compartía tantas cosas estaba enamorada de Rivera hasta los huesos, a pesar de la distancia y de su enconado orgullo. La quería y no podía engañarla por más tiempo, no podía hacerla desgraciada. Se sinceró con ella, puso su alma a sus pies y le dijo:

—Ariana, yo te quiero. No me importaría ser tu esposo si las circunstancias nos obligaran a ello, pero no puedo engañarte. A ti, no. Siempre te he considerado como mi hermana pequeña y, ante todo, deseo que seas feliz. Tu sitio no está a mi lado.

—Ni al lado de Rafael —gimió ella—. Tú y yo nos llevamos bien, tenemos muchas cosas en común, podríamos...

—No, Ariana. No. Yo jamás podría amarte como debe amarse a una mujer.

Ella lo había mirado sin entender lo que intentaba decirle. Luego, poco a poco se abrió paso en su mente el significado de esa confesión. Sin poder articular palabra escuchó cómo Julien le hablaba, con la mirada baja, de un muchacho de quince años al que ambos conocían. Luego le contó sobre otro, en Holanda, mientras se restablecía de su accidente y su pérdida de memoria. Lejos de sentirse molesta, comprendió que Julien ponía a sus pies su orgullo y su secreto, y aumentó su cariño hacia él. Su amistad se había hecho más profunda, más auténtica si cabía. Intensificaron sus salidas, se contaban sus penurias, sus sueños y sus deseos más íntimos. Para Julien, la comprensión de Ariana fue como encontrar un rayo de luz entre las tinieblas, poder por fin hablar de sus deseos con total libertad. Para Ariana fue como tener un hermano con el que desahogarse.

El viaje había sido idea de Weiss. Le habían propuesto encargarse de la venta de excedentes de carbón en España a buen precio, puso a la joven al tanto del negocio y, teniendo su beneplácito, aceptó llevar a cabo la transacción. Vendería no solo sus excedentes de carbón, sino los de las minas del viejo lord Seton, ahora propiedad de Ariana. De inmediato había propuesto Julien a la muchacha acompañarlo en su misión. Ella se había mostrado reticente hasta que él, entre risas, le dijo que los caballeros españoles eran muy apuestos y que muy bien podría encontrar en la península su media naranja. Ella, uniéndose a su buen humor, aceptó con la condición de que Julien no se enamorase de ninguno y fuese fiel al muchacho que lo esperaba en Londres.

Lo que Ariana no sabía era que su amigo no solo tenía en mente llevar a cabo un negocio más o menos interesante y fructífero. Lo que realmente pretendía era ayudarla, devolverle la sonrisa que había perdido desde la marcha de Rafael Rivera, conseguir que volviera a soñar.

Llegaron a Madrid casi a medianoche y tomaron habitaciones en un hotel céntrico. Julien la besó en la frente, le deseó un feliz descanso y entró en el cuarto que le habían destinado. Sin embargo no se acostó. Por el contrario, volvió a bajar al salón, mandó a buscar a un hombre y esperó su llegada. Mientras aguardaba, acabó por quedarse dormido en uno de los sillones y fue Peter quien lo despertó dos horas después.

—Ha llegado, señor Weiss.

Julien se quitó las telarañas del sueño frotándose la cara, se levantó y siguió a Peter hasta un saloncito adjunto y discreto. Aunque a esas horas no había un alma circulando por el hotel, prefería entrevistarse con el sujeto en privado.

—No sé qué habríamos hecho si se te hubiera pasado la idea de quedarte en Inglaterra, Peter.

El individuo que aguardaba era de estatura media y fuerte. Se cubría con una capa oscura y un sombrero que le tapaba casi todo el rostro; era imposible adivinar si era joven o viejo.

—Quiero que busque la pista de un hombre —le dijo Julien sin preámbulos.

—¿Cómo se llama?

—Rafael Rivera, conde de Trevijo. Por lo que sé, sus propiedades están en Toledo.

—¿He de trasladarme entonces allí?

—Al infierno si hace falta, pero arregle que pueda verlo.

—¿Conoce el señor mis honorarios?

—No me importa la minuta si me consigue lo que quiero.

El otro asintió satisfecho.

—¿Por qué busca a Rivera?

—Eso es un asunto que no le interesa.

—¿Venganza?

Weiss dio un respingo.

—¿Tengo cara de querer vengarme de alguien?

—Eso nunca se sabe. Usted es extranjero. Ese gigante al que ha mandado a buscarme y que me ha levantado de la cama, también lo es. Y la mujer con la que han llegado. —Julien frunció el ceño y lo miró con fijeza—. No se moleste, señor, mi trabajo consiste en saber cosas y me gusta estar informado sobre la gente para la que voy a trabajar. Rafael Rivera no es un cualquiera. Consiguió su título nobiliario de las propias manos de la reina Isabel por haberle salvado la vida. Usted quiere que le ponga en contacto con él, y yo quiero saber el motivo. Si no está de acuerdo, puede buscarse a otro que le haga el trabajo.

Julien suspiró, se recostó en el asiento y cruzó los dedos.

—Lo busco por una mujer.

¿El tipo había sonreído bajo el ala del ancho sombrero?

—Siempre hay una mujer —dijo al cabo de un instante—. No es extraño, si hablamos del conde.

—Esta mujer es muy especial. Le doy mi palabra: no quiero ver a Rivera para perjudicarlo, más bien todo lo contrario. Bien, ¿acepta el trabajo o no?

El otro guardó silencio un momento, como si evaluase la proposición.

—El nombre de la persona que les ha dado el mío, y que ha servido de carta de presentación para el tipo que ha ido a buscarme —señaló con el mentón a Peter, que seguía junto a la puerta como una estatua, con los brazos cruzados sobre su amplísimo pecho—, va a conseguir lo que desea de mí. Que vengan recomendados por él es un aval de peso. Además, voy a cobrarle poco, puesto que solo he de darle un nombre: Domingo Ortiz. —Julien enarcó las cejas porque ese era el sujeto con el que debía entrevistarse para la transacción comercial—. Él puede ponerle a Rivera a tiro de piedra.

—Perdón, ¿cómo dice?

—Es una expresión española, señor —se echó a reír—. Quiere decir que le conseguirá esa cita. Por lo que sé, está presto a salir hacia la hacienda del hombre que le interesa a usted. No creo que le sea difícil conseguir que los invite.

Julien lo vio alejarse guardándose el dinero en el interior de la chaqueta. Bueno, todo estaba saliendo mejor de lo que esperaba. Ahora lo que le restaba era conseguir que Ariana no lo odiase si llegaba a enterarse de lo que tramaba.

30

—No podemos poner hombres armados allí, ¡por todos los infiernos! —estalló Rafael.

—Hay que preservar la vida de Alfonso.

—Y si la cotidiana rutina del monasterio se ve alterada con esbirros, ¿cuánto tiempo tardarían nuestros enemigos en enterarse y sacar conjeturas?

Cánovas del Castillo intervino conciliador para evitar el enfrentamiento del joven conde con Martínez Campos.

—No perdamos los estribos, caballeros. A Rivera no le falta razón, sería tanto como regalar un as a los espías que andan tras la pista de Alfonso.

—Si han regresado los hombres que enviaron a Sandhurst, ya saben que no está en Inglaterra.

—Evidentemente.

—¿Cuánto tardarán en descubrir lo del monasterio? Si no ponemos guardia, el muchacho estará solo.

—¿Cómo podrían descubrirlo? Solo seis personas sabemos su paradero, y yo me fío de todas.

—¿Incluso de vuestro criado, conde? —preguntó ácidamente Martínez Campos—. No ha sido más que un ladrón de pacotilla hasta que entró a vuestro servicio. ¿Quién nos dice que no vendería a nuestro futuro rey?

Los ojos de Rivera se oscurecieron.

—Confiaría en él más, incluso, que en vos.

Martínez Campos se levantó como si le hubiese picado un escorpión en el trasero, pálido por el insulto, y Cánovas hubo de intervenir de nuevo para apaciguar los ánimos.

—Señores, por favor, estamos perdiendo los papeles. Empezamos juntos la empresa de traer aquí al joven Alfonso y juntos hemos de acabarla. Hasta ahora hemos confiado unos en otros, hemos hecho las cosas como se debían hacer y van saliendo bien. Si Alfonso acaba en el trono de España, la historia ni siquiera conocerá el hecho de que no estaba en Sandhurts, sino en Ávila. ¿Quieren ustedes que nuestros nombres salgan en los libros como los idiotas que lo trajeron a territorio español para dejar que lo matasen? Enfrentándonos entre nosotros, nada conseguimos.

Rafael negó con la cabeza y se apoyó en el ventanal. Hubiera deseado estar cabalgando por sus tierras antes que mantener aquella incómoda discusión.

—Lo lamento —dijo—. Estoy nervioso. Tener aquí, dentro de poco, a toda esa gente me pone enfermo.

—No hay otro remedio. Ser su amigo, acudir a sus fiestas y corresponder con otra es el mejor modo de pasar desapercibido. No nos interesa que sepan hacia qué bando os decantáis.

—Sé que es así y conozco mis obligaciones, pero no por eso me siento más cómodo.

—Retomar, aparentemente, el romance con Mercedes Cuevas ha dado sus frutos.

—Odio tener que manipular a la gente.

—¿Acaso ellos no manipulan al pueblo?

—La idea de la capea ha sido un acierto —admitió Martínez Campos—, un modo inmejorable de controlarlos. Solo espero que la fiesta no acabe pasada por agua. —Echó un vistazo al cielo.

—Utilizaremos el picadero cerrado. Todo va a salir bien, caballeros, se lo prometo.

—Si conseguimos que uno solo de ellos se ponga de nuestro lado, habrá valido la pena todo el esfuerzo.

—Sea como sea, Alfonso no puede volver a salir de España. Es necesario nombrarlo rey y enfrentarse a lo que venga después. Estoy convencido de que el pueblo nos apoyará.

—El pueblo ama a Alfonso igual que amaba a su madre.

—Ciertamente, por ese lado no hay nada que temer. Seguro que no surgen contratiempos.

Rafael se equivocaba en su última apreciación, al menos en lo que tocaba a su vida. Poco imaginaba que solo cuatro días después iba a tener que enfrentarse con un capítulo de su existencia que había tratado, en vano, de olvidar.

31

Ariana lo miró por encima del hombro mientras Nelly intentaba acabar de peinarla.

—Estate quieta.

—¿Una capea?

—Con vaquillas.

—No estoy a favor de ese tipo de festejos. —Se volvió más aún hacia Julien.

—¡Por el amor de Dios, estate quieta, Ariana! —protestó Nelly.

—No es una corrida de toros.

—A pesar de eso... Cualquier animal puede suponer un peligro si se le incita. ¿Torearás tú?

Julien Weiss puso exagerado gesto de horror e incluso retrocedió un paso.

—¡Ni por todo el oro de Inglaterra, mujer!

Ariana se echó a reír. Su amigo estaba realmente guapo luciendo ese traje de corte español que comprara apenas pisar la capital. Era una lástima que un espécimen como él no pudiese dedicar su atención a las mujeres, porque, estaba segura, Julien sería capaz de romper muchos corazones femeninos españoles.

—Me gustaría verte vestido de torero.

Nelly acabó por fin con el tocado y se marchó, dejándolos a solas. Ella se cambió al sofá y dio un par de palmadas en el asiento indicándole que se sentara a su lado.

—Y ahora, explícame con detenimiento cómo es que te han propuesto ir a esa fiesta.

Julien lo hizo tomándose su tiempo, procurando que la muchacha no pensase en otra cosa más que en el acontecimiento. Tenía que mantenerla distraída como fuera porque si ella llegaba a intuir el verdadero motivo por el que había aceptado de antemano, sin su consentimiento, acudir a la capea, se lo comería vivo. Por mucho que fuesen amigos, no se fiaba un pelo del carácter irascible de Ariana. Tampoco el bueno de Peter saldría bien parado si ella adivinaba que lo estaba ayudando. Ambos la querían, la habían visto languidecer en Inglaterra y estaban decididos a acabar con aquella estúpida separación entre ella y Rafael Rivera, fruto del orgullo. Por lo que habían conseguido saber, Rafael no estaba con ninguna mujer, aunque las lenguas hablaban de que parecía haber retomado su antigua amistad con una española explosiva. Sin embargo, no había solicitado después del tiempo transcurrido una copia del documento de anulación que debía firmar Ariana. Todo apuntaba, pues, a que seguía interesado por ella. Claro que, si se equivocaban, era posible que el propio conde de Trevijo fuera el que los degollase.

—Domingo Ortiz es el sujeto que va a ayudarnos

con nuestra transacción comercial —le dijo—. Lo conocí ayer, como sabes. No solo hablamos del carbón sino de otras cosas, entre ellas las fiestas españolas. Una cosa llevó a la otra y acabó hablándome de la capea.

—¿Dónde se llevará a cabo? ¿En Salamanca? He oído decir que las reses son excelentes.

—No se me ocurrió preguntarlo. —Julien comenzó a sudar—. Un carruaje nos recogerá el sábado por la mañana; me aseguró que en pocas horas estaríamos en la hacienda.

—Sigue sin gustarme la idea. Además, ¿qué voy a ponerme? No me gustaría aparecer con ropa inadecuada.

—He visto un traje divino para ti.

—No sé...

—Vamos, mujer, no todo va a ser trabajo, también tenemos derecho a divertiros. ¿Aceptamos la invitación?

Sus ojos se quedaron fijos en Julien.

—Me desagrada que maltraten a un animal.

—También a mí, y así se lo dije a Ortiz, pero me aseguró que solamente torearán a las vaquillas. Hazlo por mí, me gustaría verlas de cerca.

—Está bien —se rindió Ariana. Le puso la mejilla, se dio un golpecito en ella y Julien le agradeció su deferencia con un beso fraternal.

—¿Emocionante? —gruñó Rafael, mirando a Juan como si se hubiese vuelto loco.

—Tener aquí a todos esos tipejos nos da ventaja,

señor. Podré espiarlos a placer. Y sí, lo encuentro emocionante.

—Tú descuídate y alguien acabará cortándote las orejas.

—Ni van a saber que existo, patrón.

—Más te vale. —Se inclinó sobre la baranda de piedra y señaló a su mayoral dos de las vaquillas que correteaban en el foso—. La negra y esa otra que cabecea sin parar, Fermín.

El otro asintió con una sonrisa.

—Excelente elección, señor. Sobre todo *Ramona*, es la más fogosa.

32

Ariana cabeceaba, abandonándose al calor del carruaje y al traqueteo. Se habían levantado apenas clarear. Por fortuna, el tiempo era bueno y había amanecido un día de cielos limpios que, aunque a primeras horas los obligó a llevar prendas de abrigo, no amenazaba lluvia.

—Tampoco importaría que hoy diluviase —había comentado el tal Ortiz—, el festejo se celebrará en un recinto cubierto.

Acabó por quedarse dormida a medio trayecto. Julien hizo otro tanto.

No así Domingo Ortiz. Le era imposible hacerlo mirando absorto la belleza de la muchacha que iba frente a él. Se dedicó a observarla con atención, sin miedo a incomodar al sujeto que, según él creía, era el esposo de la dama.

La idea de hacerse pasar por casados había surgido de Weiss para preservar el buen nombre de Ariana. No quería que los españoles pensaran mal de ellos, y no era normal que una mujer viajara sola en compañía de un hombre que no era su esposo. Ella había estado de acuerdo de modo que, para todos, eran los señores de Weiss.

El carruaje atravesó horas después el portón que daba acceso a la entrada de una hacienda, y Ortiz los despertó, atreviéndose a tomar entre sus dedos la mano de la joven.

—Estamos llegando, señora —dijo.

Ariana ahogó un bostezo y le sonrió. Le agradaba el español, un hombre atento donde los hubiera. Rondaba los cuarenta, era alto y delgado, elegante. No le dio mayor importancia al tiempo que él retuvo su mano en la suya, conocía la fogosidad de los españoles y hasta obvió la ardiente mirada de Domingo Ortiz; a fin de cuentas se trataba de un halago. Retiró la mano para abrir la cortinilla y lo que vio hizo que chispearan sus ojos.

Apenas se paró el coche, les abrieron la puerta para ayudarlos a bajar. Tres criados se hicieron cargo de inmediato de sus equipajes y Ariana aprovechó para echar un vistazo al lugar en el que se encontraban. La casa, en medio de una dehesa infinita, con los montes al fondo, le pareció magnífica: cuadrada, grande, blanca, con multitud de tiestos alrededor de la escalinata de entrada y en las amplias terrazas que se abrían en el piso superior.

—El dueño de todo esto debe de sentirse orgulloso —comentó Julien, tan admirado como la joven.

—Lo está. Todo lo que ven, y lo que no llegan a ver sus ojos, pertenece al antiguo vizconde de Portillo; uno de los hombres importantes del país.

—¿El antiguo?

—Se han suprimido los títulos de nobleza, señora Weiss —le explicó Ortiz—. Bueno, entre los criados se siguen utilizando las formas, por supuesto.

—¡Ah! Entiendo. Así que el... vizconde es un hombre poderoso.

—Así es, aunque las cosas están revueltas en España. Su hijo mayor también tiene título nobiliario, pero se podría decir que es más adicto al nuevo régimen. Las propiedades de ambos son colindantes. Lo cierto es que pocos saben dónde comienzan las tierras de uno y acaban las de otro. Esta casa no es la principal, se trata solo de un pabellón de invitados hecho levantar hace unos años, pero no teman, goza de todas las comodidades. La plaza cubierta donde se celebrará la capea está detrás. Mañana habremos de recorrer algunos kilómetros hasta la casa grande, donde se llevará a cabo el baile.

—De modo que esto es solo un pabellón... —se asombró Ariana.

—¿Y los animales? —quiso saber Julien mirando a su alrededor con cierta inquietud—. No estarán sueltos, ¿verdad?

Domingo Ortiz se rio de buena gana.

—Por supuesto que no. Podrán verlos en su salsa si lo desean, señor Weiss, pero no aquí. Ni solos. Deberá acompañarnos el mayoral o alguno de sus ayudantes; no es prudente meterse sin más en su terreno. Sobre todo —añadió clavando sus ojos en Ariana—, si van vestidos de rojo, como su esposa.

Ariana, en efecto, vestía de rojo. Un precioso traje

de ampulosa falda y chaqueta corta que hacía destacar aún más su cabello claro recogido en la coronilla en un artístico y austero moño.

Ortiz no disimulaba en modo alguno la fascinación que provocaba la muchacha en él. No pensaba en otra cosa más que en caerle bien y, si podía, ganarse sus favores. Weiss no sería rival para él; ningún hombre lo era cuando se proponía seducir a una hembra.

—¿Podemos ver la plaza?

—Por supuesto, milady. No una, sino las dos. Hay una abierta y lo que llaman el picadero cubierto. ¿No prefieren refrescarse primero? El viaje ha sido largo.

—Primero la plaza —dijo ella deseosa de verlo todo.

La plaza, o arena —como la llamaban los españoles—, era un foso redondo y grande, tal vez tuviera unos cuarenta metros de diámetro, totalmente encalada de blanco y con tres gradas para el público. La tierra rojiza estaba alisada con esmero, sin una sola huella de pisadas. Apoyada en la barandilla de la primera grada, Ariana se inclinó para echar un vistazo a un pasillo que finalizaba en el ruedo.

—Por aquí salen los animales —le explicó Domingo.

—¿Y eso qué es?

—Burladeros. A veces las bestias hacen su entrada con demasiados bríos y es necesario dejar que se desfoguen dando unas cuantas carreras. Los que torean se protegen tras ellos.

—Es una fiesta peligrosa.

—Sin duda, milady. Sin embargo, para los que la aman es más importante una buena faena que el peligro.

—¿Cuánto puede pesar un toro?

—Incluso seiscientos kilos.

—Agradezco ser inglesa, señor Ortiz. En mi país no dejaríamos que un hombre se enfrentase a una bestia así. Además, matar a un animal no va con mis principios.

—Ustedes practican la caza del zorro —contraatacó el español.

—También estoy en contra de ese tipo de entretenimientos, señor Ortiz.

Él palmeó con afecto la mano de la joven.

—No batallemos, señora mía. Cada lugar tiene sus tradiciones y, nos gusten o no, hemos de aceptarlas. Les prometo que no les defraudará asistir a la capea.

La muchacha lo miró de reojo, para nada convencida.

El pabellón contaba con catorce habitaciones distribuidas en dos plantas. Anexa a él existía otra edificación más pequeña, aunque igual de coqueta, en la que se encontraban los cuartos de la servidumbre, las cocinas y las despensas.

Ariana se refrescó y luego se cambió de ropa con ayuda de una de las criadas. Peter y Nelly no habían podido acompañarlos y se quedaron en la capital; aprovecharían para ver algún espectáculo e ir de tiendas, actividad que era la perdición de la inglesa.

—Es un vestido precioso, señora —alabó la muchacha apartándose un par de pasos para observarla.

Ariana se miró críticamente en el espejo. Ciertamente el vestido elegido por Julien era una maravilla. De un verde ni oscuro ni claro, algo pomposo pero sin resultar incómodo ni pesado, completado por una chaquetilla que le llegaba justo por debajo del busto haciendo resaltar su estrecha cintura.

—Gracias por tu ayuda. ¿Puedes alcanzarme el neceser? Tengo que hacer algo con el pelo, está hecho un desastre.

—Permítame que lo haga yo, señora.

La joven demostró habilidad, pero no volvió a peinarla con el sobrio moño sino que, tras cepillarle el cabello concienzudamente, se lo recogió en una cola de caballo que enroscó después en la coronilla para acabar adornándola con algunos mechones que dejara antes sueltos. El resultado fue delicioso, aunque un poco atrevido para el gusto de Ariana.

—Me gusta.

—Un cabello como el vuestro no puede ir constreñido en un moño, señora. Sería un pecado.

Volvió a dar las gracias a la chica y luego bajó para reunirse con Julien.

Weiss se le acercó con una sonrisa de oreja a oreja, la tomó del codo y la condujo hasta el pequeño grupo de personas que conversaban algo más allá de la escalinata. Domingo Ortiz regaló a Ariana el oído diciéndole que estaba radiante, presentándole luego a los vizcondes de Portillo. Una pareja que, de inmediato, le resultó a la muchacha agradable.

—Mis hijos, Miguel y Enrique —presentó a su vez el vizconde a los dos apuestos jóvenes que tenía a su derecha y que la miraban con atención—. Mi hija, Isabel.

—Es un placer. Les estamos agradecidos por su invitación, esperamos no importunar.

—Nosotros somos los que agradecemos su presencia, milady. Hace tiempo que no practico el inglés así que, si me lo permite, le robaré un poco de su tiempo.

—Estaré encantada, vizconde.

—Por favor, llámeme Jacinto. Lamento que no haya podido hacerles los honores mi hijo mayor, el dueño de la hacienda. Les ruego que lo disculpen, no tardará en llegar.

Ariana asintió con su mejor sonrisa, pero no pudo quitar los ojos de la mujer que se acercaba en ese momento. Iba demasiado elegante para estar en el campo, y tenía demasiadas curvas, pero sin duda resultaba espléndida con su cabello negro tirante y sus ojos ligeramente rasgados.

—Doña Mercedes Cuevas. Los señores Weiss —se apresuró a presentarles don Jacinto.

Tras las cortesías pertinentes, llegó otro personaje que llamó aún más la atención de la pareja, un sujeto joven que a Ariana le pareció que vestía de forma bastante extraña: pantalones y camisa negros, con algo parecido a un delantal de cuero, suelto, que le cubría vientre y perneras, y botas camperas del mismo color. Se llamaba Álvaro Castillo —según dijo Ortiz—, y era torero.

Ariana echó al individuo una mirada llena de curiosidad.

—¿De modo que es así como se acicalan para enfrentarse a las bestias?

—Depende —dijo él tras besar la mano que ella le tendía y estrechar la de Julien—. Este es el atuendo campero, milady. El traje de luces es bastante más vistoso. Puedo enseñárselo cuando guste... y en el lugar que prefiera.

Ariana, entendiendo la insinuación, notó que se le subían los colores, pero levantó risas entre el resto, incluido Julien.

—No le haga caso, querida —intervino la vizcondesa golpeando ligeramente a Castillo en el brazo—, Álvaro es un redomado conquistador, pero no es mal muchacho. Si no se toman sus chanzas en serio, hasta puede resultar agradable.

—¡Señora mía! —protestó él, tras lo cual dejó escapar una carcajada.

Entre bromas, se dirigieron hacia el picadero. Se trataba de un reducto más pequeño que la plaza descubierta, igualmente encalado y solo tenía una grada. Un par de criados se apresuró a colocar cojines para que se acomodaran.

—¿Será ahora la capea? —preguntó Ariana a la esposa de don Jacinto en voz baja.

—Será mañana, cuando lleguen el resto de los invitados. Ahora solo vamos a disfrutar de un espectáculo privado.

—¿Cuándo llegará vuestro hijo, señora? —quiso saber Ortiz.

—Espero que pronto.

Al otro extremo de donde ellos se encontraban, un empleado abrió un portón retirándose con prontitud. Todos se echaron hacia delante para observar mejor a

Álvaro Castillo, que los saludaba con la mano desde el burladero. Ariana no podía negar que estaba nerviosa y muy interesada tras lo que Julien le contase acerca de las corridas de toros. Al parecer, se habían impuesto unos veinticinco años atrás, aunque el primer ruedo se construyó en 1761. Ya en la Edad Media, caballeros moros y cristianos solían alancear toros en los festejos públicos.

Allí, en aquel recinto cerrado, no había presidente ni músicos, tampoco banderilleros ni cuadrilla. Se trataba únicamente de un entretenimiento privado. Pero la bestia que apareció de improviso no era exactamente un ternero, y a Ariana se le escapó una exclamación de pánico. Era un toro negro como la mismísima noche, con una mancha blanca en el morro, ojos oscuros, piel brillante y un par de cuernos que le hicieron contener la respiración. Sin embargo, ese bicho activó el aplauso de todos.

Ariana no fue consciente, pero se sujetó al cojín sobre el que estaba sentada como si fuese una tabla de salvación, notando que se le encogían hasta los dedos de los pies cuando Castillo salió a la arena desplegando un capote, incitó al animal y este, tras arañar la arena con sus pezuñas, embistió. Las damas dieron algún que otro gritito nervioso, pero ella no podía ni respirar, realmente aterrada ante la idea de que el español acabara ensartado en uno de los estremecedores cuernos.

Álvaro, sin embargo, se limitó a dar varios pases, levantando «olés» entre la concurrencia.

Sin que nadie hubiera reparado en él, otro personaje había entrado en escena y esperaba que llegase su turno de saltar al ruedo.

Castillo no solo amenizó a los invitados sino a los sirvientes que se habían congregado para verlo. En uno de los pases situó al toro de frente a la grada donde se encontraba Ariana. El animal arañó el suelo mientras su torva mirada se clavaba en el otro individuo, parapetado tras el burladero, embistió contra la madera y luego dio la vuelta de nuevo hacia Castillo. El individuo que había estado observándolo saltó a la plaza, capote en mano, siendo recibido por un griterío general. Ariana sintió que la vizcondesa se agarraba a su brazo. Mantenía la sonrisa, pero había palidecido. Volvió la atención entonces hacia el hombre que acababa de aparecer: vestía pantalones oscuros, camisa blanca, botas camperas y sujetaba el capote con dejadez. Citó al toro a la vez que Castillo se resguardaba en otro burladero y el animal se fue hacia él, que parecía clavado en el suelo. Apenas giró el cuerpo cuando el animal pasó una y otra vez a su lado persiguiendo la tela roja, lo que provocó el clamor general.

—¡Ese es mi hijo, maldita sea! —gruñó satisfecho el vizconde palmeando la balaustrada.

A Ariana se le detuvo el corazón: el hombre que ahora los miraba con una sonrisa, que se congeló en su boca cuando sus ojos impactaron en el rostro de la muchacha, no era otro que Rafael.

El gesto de Rivera pasó del desconcierto a la cólera en cuestión de segundos.

Ariana sentía que se mareaba cuando entendió qué era lo que estaba pasando. «Ese es mi hijo», acababa de decir don Jacinto. ¡Por el amor de Dios! Eso significaba que se encontraban en la hacienda de Rafael y quienes la acompañaban eran su familia. Fue don Jacinto el primero en reaccionar cuando Ariana perdió el conocimiento.

33

Se negaba a salir del cuarto a pesar de la insistencia de doña Elena, que acabó dejándola al cuidado del que todos creían que era su esposo: Julien.

Weiss esquivaba su mirada y ella no pronunció palabra durante un buen rato. Luego, para tranquilidad de él, dijo:

—¿Dónde nos hemos metido?

Sosegado su espíritu viendo que ella ignoraba que era el responsable de que estuvieran allí, repuso:

—Entiendo que lo veas como un contratiempo.

—¿Contratiempo? —Se paseó por el cuarto retorciéndose las manos, sumamente irritada—. Lo es, claro que lo es. Tiene muy poca gracia encontrarme en su casa y rodeada por sus padres y hermanos.

—Son gente agradable.

Ariana le regaló una mirada colérica, como si fuera idiota. ¿Qué le importaba a ella si la familia de Rafael era o no agradable? Estaba en su propiedad, cuando había jurado no volver a verlo en toda su vida.

—Ese memo de Ortiz podía habernos avisado.

—¿Qué sabía él? —le disculpó Julien—. Nos estamos haciendo pasar por los Weiss ocultando tu auténtico apellido. Nada sabe de haber estado casada con Rafael. Tranquilízate; por lo que he visto, él no ha debido de mencionar el hecho a su familia.

—Así y todo.

—Son cosas que pasan, ¿quién iba a imaginarlo? —mintió como un bellaco.

Ella suspiró y acabó tomando asiento en una butaca.

—Debemos irnos. Ahora mismo. Busca una excusa, no quiero estar aquí un minuto más.

—Eso sería ponernos en evidencia, dejar en mal lugar a Domingo Ortiz y estropear el negocio.

Ariana, a pesar de todo, admitió que Julien tenía razón. Tal vez se estaba comportando como una tonta, y hasta siendo egoísta pensando más en su guerra particular con Rafael. Aquel negocio era importante para su amigo.

—Lo siento. Sé lo que te importa llevar a cabo la transacción, pero es que me ahogaría aquí si tengo que verlo a cada momento. ¡Y me dará un infarto si vuelve a ponerse delante de una bestia con cuernos!

—Pues lo hizo estupendamente bien, tanto o más que Castillo.

—¡Oh, Julien!

—Perdona. No sabía que siguiera importándote lo que le pasara. Pero no me negarás que fue emocionante. Terrible, pero emocionante.

—Los hombres sois todos unos cabezas huecas.

Julien prefirió no insistir hasta ver que ella se calmaba.

—Bien, tú decides lo que debemos hacer.

—Yo, desde luego, marcharme.

—No puedes dejarme solo, y yo no puedo irme.

—Punto uno —argumentó ella mirándolo fijamente—: no quiero volver a ver torear a nadie. Punto dos: no quiero tener que disimular delante de su familia. Y punto tres, Julien: no pienso soportar que todos me miren como la tonta inglesa que se ha desmayado por asistir a una faena.

—Pero tesoro, serán solo un par de días. Yo no me separaré de ti y no te será difícil evitar a Rafael. No te pido mucho, dos días y cerraré el trato con Ortiz en cuanto regresemos a la capital. Piensa que podremos mejorar la vida de los mineros con las ganancias. Por favor.

Julien era capaz de enternecerla y ella fácil de enternecer cuando se trataba del bienestar de quienes trabajaban para ella.

—Prométeme que cuando acabe todo esto, no volveremos nunca a España.

Weiss alzó la mano derecha mientras cruzaba los dedos de la izquierda a su espalda.

—Palabra de caballero inglés.

34

—¿Piensa hacer un agujero en el suelo?

Rafael frenó sus largos pasos y se volvió para mirar a Vélez, pero no contestó.

—¿No piensa unirse a los demás? —insistió el muchacho.

—No.

—Lo creía más valiente.

—Está claro que no lo soy. Discúlpame con cualquier excusa y que mi padre haga las veces de anfitrión.

—Eso ni lo sueñe, conozco el genio de don Jacinto. —Rafael lo miró con cara de pocos amigos—. Además, está Mercedes Cuevas, que es su problema. Dependen muchas cosas de esta reunión, no creo que sea necesario que se lo recuerde, ¿verdad?

A la cabeza de Rivera acudió el rostro sonriente de Alfonso, suspiró hondamente y acabó asintiendo.

—Está bien, voy a cambiarme.

—Eso ya está mejor. Me inventaré el accidente de algún jornalero.

—¿Cómo dices?

—Que daré el percance de uno de sus hombres como excusa para no haberse presentado a la cena.

—Mejor un asunto «privado» en la ciudad.

—Eso no hará más que reforzar su fama de calavera.

—¿No es lo que se espera de mí? Acabas de recordarme que debo interpretar mi papel.

—Pero su señor padre se enojará. Y no digamos la vizcondesa.

—Con mi padre ya aclararé las cosas. Anda, déjame ahora.

—¿Le haré falta después, patrón? —preguntó asiendo ya el picaporte de la puerta.

—Tienes la noche libre.

—Entonces lo veré por la mañana. Yo sí tengo un... asunto privado que resolver —dijo guiñándole un ojo.

Minutos después, Rivera entró en el salón, pulcramente vestido y luciendo la mejor de sus sonrisas.

Ariana sintió que el corazón le daba un vuelco. Antes de unirse a los demás se había repetido mil veces que era capaz de soportar su presencia, que lo trataría como a uno más. A ella no le asustaba nada, así que, ¿por qué iba a dejarse amilanar por Rafael? Sin embargo, observándolo avanzar entre los presentes, inclinándose ante la mano de las mujeres y estrechando la de los caballeros, dudó de su capacidad para mostrarse distante. Se le iban los ojos hacia él y sentía que empezaban a sudarle las manos. Rafael estaba impresionante con ese traje oscuro que le hacía parecer incluso más alto de lo que era. Estaba algo más delgado, se le marcaban las ojeras, lo que hacía que su mirada resultara más oscura e hipnótica, tenía los pómulos más marcados... Pero estaba tan guapo o más que como lo recordaba.

Julien no fue ajeno al ligero temblor que experimentó la muchacha cuando Rafael tomó su mano entre sus largos dedos y se inclinó a besarla. Ofreció después la suya al español, que se la estrechó con fuerza.

—Me alegra volver a verlo —le dijo—. La casualidad a veces nos depara agradables sorpresas.

Rafael tardó un momento en responder; ni un instante lo había mirado, fijos sus ojos en Ariana, que mantenía la mirada baja.

—Así es. Espero que milady esté ya repuesta de su mareo.

Ariana enrojeció. Se había propuesto mostrarse fría, pero correcta. Pero el tono desabrido de él respondiendo a Julien hizo el mismo efecto que si le hubiesen clavado una aguja en el trasero. Sus ojos adquirieron un brillo enojado y alzó la cabeza para clavarlos en los masculinos.

—Tan repuesta que nos iríamos ahora mismo de no ser porque no quiero insultar a la vizcondesa de Portillo.

Si esperaba herirlo con su ácido comentario, falló del todo. Él sostuvo el enfrentamiento visual con una irónica sonrisa en los labios.

—Agradezco la deferencia en lo que vale, milady. —Prestó entonces atención a Julien—. Discúlpeme, Weiss, pero he de atender al resto de los invitados.

El inglés escuchó perfectamente cómo rechinaban

los dientes de Ariana mientras Rafael se alejaba; empezó a dudar de que hubiese sido buena idea haber llevado a la muchacha allí.

Mercedes Cuevas sabía desde hacía tiempo que Domingo Ortiz la deseaba. Atractivo y rico, gozaba de una inmejorable posición en la política y había hecho fortuna desde que metiese la mano en los asuntos del Ministerio de Industria, a veces llevando a cabo negocios poco legales cuyas ganancias iban a parar a su bolsillo. Sin embargo, esa noche, en el salón de la hacienda Torah, apenas le había prestado atención, completamente volcado en sus nuevos amigos ingleses. O mejor sería decir en la inglesa, aquella insípida mujercita de cabello demasiado claro por la que había sentido animadversión desde que le fue presentada. Domingo no tenía ojos más que para ella.

Mercedes, de todos modos, no se sentía especialmente molesta. Soportaba la compañía de Domingo en Madrid porque le interesaba. Ortiz era de los que hacían regalos caros y, aunque ella podía costearse cualquier capricho, siempre era mejor que el dinero saliera de la bolsa de otro. Incluso a Rafael Rivera le había sacado unas cuantas fruslerías mientras duró su idilio. Lo que le importaba, y por eso había aceptado la invitación, era recuperar al dueño de Torah. Si quería volver a llegar a su corazón, no le quedaba más remedio que mostrarse encantadora con su familia, y eso era lo que estaba procurando hacer.

No engañaba, sin embargo, a Isabel Rivera.

—No es más que una vulgar ramera.

Rafael respingó al escuchar a su hermana.

—Una dama de tu clase no debería utilizar según qué palabras.

—Y un caballero de la tuya debería tener más cuidado con sus amistades —repuso la chiquilla haciendo ondear la amplia falta de su vestido blanco, ligeramente escotado—. ¿O es que te has propuesto escandalizarnos a todos?

Rafael torció el gesto. Le quedó cristalino que a su hermana no le había agradado el modo desvergonzado en que Mercedes le había pedido minutos antes que la sacara a bailar. Habían sido el centro de atención y, sin embargo, no había conseguido la de la única persona a la que realmente trataba de escandalizar: Ariana.

—Ya soy mayorcito, Isabel.

—Y estúpido. —Sonrió de modo encantador cuando se ganó la mirada irritada de su hermano—. Pero imagino que no soy la primera que te lo digo, ¿verdad?

—¿Por qué no bailas con alguno de tus admiradores, princesa? Diviértete y déjame tranquilo.

—Si prefieres, les dejo el campo libre a Miguel y a Enrique, están deseando darte la tabarra. —Era una amenaza de lo más sutil.

Rafael la tomó del codo para llevársela a un rincón apartado.

—Di a esos dos que se mantengan alejados de mí esta noche, no tengo humor para aguantar sus bromas.

—Me he dado cuenta. —Sacudió el brazo para librarse de él—. Igual que se ha dado cuenta mamá. ¿Qué es lo que te pasa? ¿Tienen Weiss y su esposa algo que ver con tu gesto de fiera acorralada?

Rafael bufó por lo bajo. Podía disimular ante todos, pero no ante ella: le conocía demasiado bien y tenía algo de bruja; su madre decía que era herencia de una bisabuela gallega de la que se comentaba que fue meiga.

—Conocí a Weiss en mi último viaje a Inglaterra.

—¿Y su mujer te dio calabazas?

—Eres de lo más irritante, lucero.

—¿Porque soy directa?

—Mi mano puede ser también muy directa si decido aplicártela al trasero esta noche.

Ella dejó escapar una risita y apoyó su mano enguantada en el pecho de su hermano.

—De modo que fue eso: la inglesa no aceptó tus galanteos. —Le encantaba ese juego con Rafael, incitarlo, sabiéndose a salvo con él porque era su ojito derecho, como lo era de sus otros dos hermanos. Ser la única chica conllevaba ciertos privilegios. Echó un vistazo a Julien Weiss y cabeceó—. La verdad es que ese inglés es un tipo muy atractivo, no resulta extraño que su esposa no se separe de él, ¿no crees?

Rafael se inclinó y la besó en la sien.

—Te quiero, bruja, y no sé por qué te quiero —le dijo.

—Pórtate bien, por favor, y no nos pongas en evidencia con la señorita Cuevas, ¿quieres? Si quieres revolcarte con ella por ahí está bien, pero sé discreto. Y olvida a la inglesa.

Rivera no encontró palabras para responder a su hermana, pero viéndola mezclarse con los demás, repartiendo saludos, le hizo sonreír. Así lo encontró Mercedes cuando fue a reclamarle un nuevo baile. Aceptó él sacándola a la pista, aunque sin dejar de echar rápidas miradas hacia la mujer que era el centro de su atención.

Mercedes, con los ojos abiertos de par en par, se llevó los dedos al labio partido.

—No eres más que una zorra —espetó Domingo—. Que debas vigilar a Rivera no significa que te insinúes descaradamente delante de todos.

Ella se acercó a la coqueta para revisar la magulladura, sujetando luego un pañuelo sobre el corte.

—Pensé que querías que te lo pusiera en bandeja.

—No me engañas, estás intentando reconquistarlo.

—Y lo haré. Rafael no tiene por qué enterarse de nuestros acuerdos. Déjame hacer las cosas a mi manera; es escurridizo como una serpiente, querido. Para sonsacarle he de tener el campo libre.

—Tienes todo el territorio español para llevar a ese desgraciado adonde quieras —repuso él con rabia contenida—, pero no te pases de lista conmigo. Ni trates de jugármela dejándome en ridículo, algunos saben que tú y yo mantenemos una relación... cercana, y no me gusta quedar como un cornudo.

—Y qué puede importarte lo que piensen, ninguno pertenece a tu círculo de amigos.

—No me gusta estar en boca de nadie.

—¡El maldito machismo español! —Se volvió Mercedes hacia él, presa de la cólera—. Si soy tu amante está bien, hasta alardeas de ello. Pero eso sí, que no me acerque a otro hombre o perdemos las amistades, aunque lo haga para facilitarte información. Qué falsos podéis ser los hombres.

Domingo asió el pomo de la puerta y le dijo antes de salir:

—Lleva a cabo tu cometido y tengamos la fiesta en paz, Mercedes, de lo contrario...

—De lo contrario... ¿qué? —Se le aproximó belicosa—. ¿Vas a pegarme otra vez?

—No me tientes.

—Eso te gustaría, ¿verdad?

Domingo encajó las mandíbulas sintiendo una súbita erección cuando una de las manos femeninas le oprimió la bragueta del pantalón. En sus ojos apareció una película opaca y Mercedes se echó a reír con descaro. Hacía tiempo que había descubierto la debilidad de Ortiz y sabía cómo sacarle partido: le gustaba maltratar a las mujeres. A ella no le importaba dejarse humillar un poco si sacaba de él lo que quería, hasta le excitaba.

Los dedos masculinos la aferraron de los cabellos obligándola a echar la cabeza hacia atrás, y la boca de Ortiz magulló la suya. Ella le devolvió el beso a la vez que pasaba los brazos sobre su cuello. Cuando se miraron a los ojos, la furia de Domingo se había tornado deseo. Volvió a besarla y luego la empujó sin miramientos. Mercedes cayó al suelo; el liviano camisón con el que lo recibiera en su cuarto se enroscó a sus largas y torneadas piernas. No hizo intento de levantarse, simplemente esperó a que él se acercara, retándolo con una sonrisa perezosa, sobándose los pechos mientras lo veía quitarse la chaqueta.

—Está bien, pécora —dijo él con voz ronca, luchando ya con los botones del pantalón—. Haz lo que te plazca con Rivera y entérate de en qué está metido, pero mantén este cuerpo listo para cuando a mí me venga bien utilizarlo.

35

Hacía casi dos horas desde que había finalizado la reunión. Julien había permanecido largo rato en su cuarto, para no dar que hablar, retirándose después a su propia habitación. Pero ella seguía sin poder pegar ojo, acuciada por el recuerdo de Rafael bailando con Mercedes Cuevas.

Echó las mantas a un lado, tomó su bata y se la puso. Luego abrió los ventanales para dejar que la brisa nocturna le calmase los nervios y salió a la terraza. Se acodó en la barandilla y alzó los ojos al cielo. Había luna llena y Ariana se quedó embelesada mirándola hasta que una voz profunda y varonil hizo que diera un brinco y se volviera asustada.

—¿Recordando?

La pregunta provenía de la parte derecha de la terraza, a la que daba otra recámara. Aunque era imposible ver al autor de la misma, a ella no le hizo falta que se acercara para saber de quién se trataba. Era una voz inconfundible, como lo era la ironía que destilaba. Se cerró más el cuello de la bata, retrocediendo un paso sin darse cuenta de que lo hacía.

Rafael surgió de las sombras como una aparición y ella contuvo la respiración al ver que solo llevaba puesto un pantalón. Ni camisa ni calzado, aunque no parecía molesto por el frescor de la noche.

«Es un hombre magnífico», se dijo Ariana, desechando de inmediato el pensamiento porque resultaba peligroso para su estado mental. Carraspeó y preguntó a su vez:

—¿Costumbre española esa de entrar en el cuarto de las esposas de los invitados?

Rafael se echó a reír.

—Costumbre de un libertino —contestó—. No debes juzgar a todos los varones españoles por el mismo rasero.

—No lo hago.

—Ya veo. Solo me juzgas a mí.

Ariana volvió a acodarse en la barandilla, incapaz de seguir disimulando lo nerviosa que la había puesto recordar el deseo que existió entre ellos.

—¿Qué es lo que quieres, Rafael?

—Saber qué haces en Torah.

—Fuimos invitados por el señor Ortiz. De haber sabido que veníamos a tu terreno, hubiera rechazado el ofrecimiento.

—¿Qué te une a Domingo? ¿De qué lo conoces?

—Negocios. Julien intenta que nos compre parte de la producción de carbón de nuestras minas.

Él se aproximó un poco más, hasta que la distancia entre ellos se hizo mínima, pero Ariana resistió el impulso de encerrarse en su cuarto; quería demostrarse a sí misma que no le temía.

—¿Te ha pedido Julien que te lo trabajes para sacar mejor precio?

—¿Qué?

—Ya sabes. —Alargó la mano y tomó una de las hebras de su cabello platino—. Una sonrisa aquí, un coqueteo allá... Tal vez un beso.

La bofetada que Ariana le propinó sonó como un latigazo.

Rafael no movió un músculo de la cara, aunque sus dedos en engarfiaron al cabello de ella y sus ojos relampaguearon.

—Ya hiciste esto otra vez, Ariana —musitó amenazante. Y ella tembló al recordar las consecuencias.

—Y te sacaré los ojos si no me sueltas ahora mismo. Juro que despertaré a toda la hacienda si es preciso, Rafael.

Él la soltó, pero no se movió ni un centímetro.

—¿A Weiss no le importa?

—¿Qué cosa?

—Que te vendas a Domingo Ortiz.

Ariana parpadeó. No podía creer lo que estaba escuchando. ¿Qué era lo que le pasaba? ¿Acaso estaba retándola a que empezara a gritar?

—¿Por qué me insultas, Rafael?

—No le tengo ningún aprecio a Julien, muñeca, pero me fastidia ver que te burlas de él igual que hiciste conmigo.

—Yo no me burlo de nadie.

—¿Eso crees? —Sonrió él de forma torcida—. ¿Cómo

llamas tú a coquetear con Ortiz? No te ha quitado la vista de encima durante toda la velada, y le has correspondido con caídas de ojos.

Fue la gota que colmó la paciencia de la joven. Se fue hacia Rafael dispuesta a cumplir su palabra: sacarle los ojos.

—Ves visiones. Además, me acusas de frívola cuando tú has estado poniéndote toda la noche en evidencia con esa mujer. ¡Lo tuyo es de una desvergüenza sin límites!

—Es distinto.

—¿Porque eres un hombre? —ironizó ella.

—No. Porque es distinto.

—¡Vete al infierno!

Dio media vuelta para meterse en la habitación, pero la mano de Rafael la tomó del brazo, la hizo girar como una peonza, y se encontró pegada a su cuerpo granítico. Elevó los ojos y se quedó prendada de otros oscuros como la noche que rezumaban deseo. «¡Por Dios, que alguien venga! ¡Que se incendie Torah si es preciso!», rogaba ella sintiendo que le temblaban las rodillas.

—Ya estoy en el infierno, mujer —susurró Rafael muy cerca de su boca—. ¿Acaso no lo has notado?

—No sé lo que...

—Estoy en el infierno desde que probé un manjar que no podía ser para mí —continuó diciendo él mientras que su mano libre buscaba el cuerpo de Ariana y ella se sentía flaquear—. Estoy en el infierno desde que salí de Inglaterra porque me persigue tu recuerdo. —La besó en el cabello—. Te he deseado desde la primera vez que te vi y no he dejado de hacerlo.

La ardiente declaración hizo que ella gimiera consternada. Apoyó sus manos en el pecho desnudo de Rafael para empujarlo con todas sus fuerzas. «¡Maldito asno!», lo insultó mentalmente. Había estado a un paso de caer, víctima de su atractivo varonil, ansiosa por escucharle hablar de amor, y le salía con el deseo. ¡Hombres!

—Márchate.

Rafael negó con la cabeza.

—Ni aunque el cielo cayera sobre nuestras cabezas.

—Estoy con Julien.

—No me importa.

—Pero me importa a mí. —Le tembló la voz, y él supo que mentía. La pegó más a su cuerpo y ella se ahogó notando cuánto de verdad tenían sus palabras; el deseo de Rafael era tan patente que la desarmaba.

La besó. Y la resistencia de Ariana apenas duró unos segundos, era absurdo hacerlo cuando su cuerpo clamaba por las caricias masculinas, cuando la lengua de Rafael arrasaba su boca haciéndole avivar placeres de otro tiempo. Se ataron sus brazos a su cuello y al instante se sintió alzada en brazos. Ella no quería pensar, solo quería volver a tenerlo y no hizo nada cuando él la depositó sobre la cama.

Se deshicieron de la ropa con prisas, como dos sedientos, enfebrecidos por el roce del cuerpo del otro. Rafael luchaba por controlarse, por hacer las cosas con calma, pero llevaba demasiado tiempo soñando con ese momento, demasiado tiempo ansiando poseerla de nuevo para andarse con caricias preliminares. Cuando Ariana abrió las piernas entró en ella y no pudo reprimir un gemido de agonía. Volvió a besarla, atrapó sus pechos amoldándolos a sus manos, entrelazó las piernas con las de Ariana. La poseyó como si deseara castigarla, como si quisiera hacerle pagar su ausencia. Ella, lejos de doblegarse a su fuerza varonil, le salió al encuentro. Lo deseaba de igual modo, con la misma rabia, e impulsó su cuerpo hacia el de Rafael uniéndose ambos en una danza enloquecida hasta que alcanzaron de la mano la cumbre del placer.

Rafael se dejó caer a un lado y ella se abrazó a su cuerpo para recuperar el ritmo regular de los latidos del corazón, con los ojos enceguecidos por las lágrimas. Estaba saciada, pero notaba un vacío en la boca del estómago. ¿Qué había conseguido entregándose de nuevo a él? Disfrutar unos minutos de Rafael, cuando lo que deseaba era retenerlo con ella la vida entera, la angustiaba. Eran dos seres condenados a no entenderse. Se ladeó ligeramente para mirarlo y él se dejó resbalar sobre las sábanas hasta acomodar la mejilla en el vientre femenino, abarcándola con los brazos.

Sintió unas ganas inmensas de contarle la verdad, de decirle que lo amaba locamente, que no quería otro marido que no fuera él. Que no estaba casada con Julien y que todo era una farsa. ¡Por todos los santos, ni siquiera había llegado a firmar los malditos papeles de la anulación que él no tuvo escrúpulos en tirarle a la cara! Seguían unidos y él no lo sabía. Pero su orgullo no permitía regalarle esa baza. No, mientras que solo despertase en Rafael el deseo. No quería sufrir más de lo que ya había sufrido soñando con escucharle palabras de amor. Si Rafael se enteraba de que aún era su mujer ante la ley, podría pensar que se había burlado de él, que lo había mantenido en la ignorancia por algún motivo oculto. Lo conocía lo suficiente para saber que no le perdonaría el engaño.

Cerró los ojos, enterró los dedos en el cabello de Rafael siendo recompensada con un beso en el vientre, y sintió que acababa de perder un trocito de alma.

36

La capea, contrariamente a lo que esperaba, le resultó sumamente divertida. Los hermanos de Miguel se apresuraron a saltar al ruedo cuando hizo su aparición la vaquilla. Era negra, preciosa, con unos ojos grandes y oscuros que rezumaban inteligencia, y en su testuz apenas despuntaban los cuernos. Nada que ver con el animal del día anterior. A Ariana le pareció un animal encantador hasta que consiguió revolcar por el suelo a Enrique Rivera. Sin embargo, verlo escapar a gatas entre las carcajadas de los presentes la hizo también reír a ella. Al español solo le habían herido en el orgullo.

Ariana buscó con la mirada a Rafael y lo vio a pocos metros de ella, muy sonriente, atento a los apuros de su hermano. El siguiente en probar suerte, tras burlarse de la cogida de Enrique, fue Miguel. Era algo más bajo que el menor, pero ligeramente más robusto. Consiguió dar algunos capotazos a la vaquilla, que parecía sabérselas todas, y ella se encontró jaleándole como el resto de los invitados.

—Voy a saltar.

La muchacha se volvió hacia Julien con el asombro pintado en la cara.

—¿Te has vuelto loco?

—Parece divertido.

—¿No has visto cómo ha acabado Enrique? Y eso que él sí está acostumbrado a este tipo de faenas, Julien.

—De todos modos, voy allá.

Dicho y hecho: se aupó sobre la valla y saltó a la arena provocando la algarabía general. Saludó a la concurrencia con una irónica reverencia y le guiñó un ojo a ella. Desde su posición, Miguel sonrió al inglés, le cedió el sitio y su capote y se retiró al burladero. Julien se quitó la chaqueta, la lanzó hacia la grada, sujetó la tela con ambas manos y se fijó en la vaquilla. El animal lo observaba desde lejos, parecía más pequeño en la distancia y Weiss se envalentonó y la citó.

—¡Eh, amigo!

Julien atendió la llamada sin perder de vista a la vaquilla por el rabillo del ojo.

—Si deja el capote frente a usted, *Ramona* va a pasarle por encima.

Agradeció el inglés el aviso de Rafael con una inclinación de cabeza y colocó el trapo como creía que debía a la vez que abría los ojos como platos viendo arrancarse a la vaquilla. No se movió un milímetro del sitio porque, repentinamente, se le había evaporado el valor. Según acortaba distancias hacia él, *Ramona* parecía aumentar en tamaño y peligrosidad. Pasó a su lado como una exhalación y se escuchó un «olé» que retumbó en el recinto cerrado.

Rafael se situó junto a Ariana, que permanecía con la mirada fija en los contrincantes y rezaba por lo bajo.

—Pensé que era más mojigato.

Ella le regaló una mirada de desdén.

—Celebro que reconozcas que estabas confundido.

—Puede que tenga suerte y salga ileso —dejó caer él, con una sonrisa demoníaca.

Ariana no respondió, ocupada en lanzar un grito de terror viendo que la vaquilla se revolvía y embestía de nuevo a Julien. Torpemente, su amigo dejó el capote justo donde Rafael le había dicho que no debía hacerlo, y el animal lo alcanzó de frente. El batacazo no fue demasiado fuerte, pero sí lo suficiente para que Weiss saliera despedido y aterrizase un par de metros más allá. La vaquilla empezó a cebarse en él y Rafael saltó a la arena, tomó el capote olvidado y le quitó al bicho de encima. Jugó con el animal mientras sus hermanos retiraban al asombrado Julien, gastándole bromas.

Ariana no perdió un segundo en ir a reunirse con su amigo, que le sonrió de oreja a oreja.

—¿Estás bien?

—Imagino que tendré agujetas en el estómago un par de días, pero sí. Ha sido divertido.

—Descanse ahora —intervino don Jacinto palmeándole con fuerza en la espalda—. Lo ha hecho muy bien, aunque puede que regrese a Madrid con un par de cardenales en el trasero.

El comentario hizo que todos rieran y comenzaron a llover felicitaciones a Julien. A Ariana, sin embargo, le preocupaba muy poco si él se había comportado con valentía, solo quería saber que realmente se encontraba entero; cuando echó a andar hacia la casa, cojeaba.

Rafael dejó la vaquilla a cargo de uno de sus hombres para que la devolvieran a su encierro y echó a andar en pos de ellos poniéndose a la par de la muchacha.

—Ya ves que no te quedarás viuda —bromeó.

Ella frenó en seco y se volvió a mirarlo.

—Pues a mí no me hace ninguna gracia, podría haber acabado malherido.

Rafael prorrumpió en carcajadas.

—No ha sido para tanto. Y lo menos que podrías hacer es darme las gracias por arriesgar mi pellejo para salvar a tu queridísimo esposo.

—¡Desde luego! Muchas gracias por dejar a Julien como un estúpido delante de todos.

Hizo ademán de seguir caminando, pero la mano de él la retuvo tomándola de un codo.

—No he tratado de hacer tal cosa, mujer, solamente le he quitado a la vaquilla de encima.

—Muchas gracias, repito. Pero para que lo sepas, arrojado *mister* Rivera: Julien podría haber acabado la faena por sí solo. Es mucho más hombre de lo que tú crees.

Rafael apretó los dientes y su gesto se tornó oscuro. Que ella defendiese a Weiss de un modo tan acalorado solo podía significar que lo apreciaba demasiado. ¡Y sin embargo había consentido que la noche anterior le hiciese el amor en su propia cama! ¿Cómo diablos podía entender lo que pasaba por la cabeza de aquella bruja de ojos de color violeta?

—No dudo de que podía haberlo hecho, chiquita

—repuso con voz enojada—, pero te vi demasiado preocupada por la integridad de ese petimetre.

—No te atrevas a insultarlo, Rafael —le avisó ella entre dientes—. No lo merece y tú no eres omnipotente.

—¿Verdad? Soy solo el hombre al que admites en tu cama.

Ariana lo miró con creciente disgusto. ¡Qué estúpido pensar que Rafael podría cambiar! Continuaba siendo el mismo libertino de siempre, el amor le importaba un bledo y solo se alimentaba de su autosuficiencia, de su orgullo español y de su sobresaliente vanidad. Claro que ella tenía buena culpa de que pensara así, ¿acaso no le había consentido pasar la noche con ella cuando daba por sentado que estaba casada con Julien? Suspiró, cansada de batallar con él, y quiso dejarle las cosas muy claras.

—Lo que pasó anoche fue un tremendo error. Pero siempre se aprende de los errores y no volverá a suceder.

—Esta misma noche, Ariana.

Lo dijo con tanto aplomo, con tanta seguridad, que ella parpadeó y sintió que el suelo se abría bajo sus pies. Cuando quiso encontrar una respuesta adecuada, Rafael se alejaba de ella a grandes zancadas.

Julien pasó el resto del día dolorido, pero de un humor excelente; no dejaba de pensar que había probado que un inglés podía ser tan atrevido como un español, y no se cansaba de recibir elogios. Enrique llegó a asegurarle que su faena ante la vaquilla sería tema de conversación durante días, Julien rio encantado. Entre broma y broma bebió más de la cuenta y, cuando llegó la hora de retirarse a descansar, Domingo Ortiz hubo de ayudarlo a subir la escalera.

Ariana le agradeció la deferencia y se hizo cargo de su amigo. Lo desnudó sobre la cama mientras escuchaba frases incoherentes por parte de Julien, y acabó arropándolo como a un niño. Lo besó en la frente, apagó la lamparilla dejando el cuarto sumido en la oscuridad, cerró con cuidado para no despertarlo y se dirigió a su propia habitación para preparar el equipaje. A la mañana siguiente partirían hacia Madrid. Se lamentó de no contar con la ayuda de Nelly porque ella era un desastre para esos menesteres.

Agotada, dejó escapar un bostezo, penetró en la oscuridad de su cuarto y cerró. Una mano sobre su boca la silenció y un brazo de hierro la atrapó por el talle pegándola al cuerpo de un hombre. El asombro y el miedo la hicieron reaccionar de inmediato y se debatió como una fiera intentando liberarse. Quiso alcanzar la espinilla de su atacante sin conseguirlo, le faltaba el aire y empezó a estar realmente asustada. ¿Quién era? ¿Por qué...? Se le vinieron a la cabeza las joyas. Eso tenía que ser, un ladrón. Ella había lucido la noche anterior los diamantes que su abuelo le regaló en su último cumpleaños y ahora era víctima de un robo.

Le dieron la vuelta y la apoyaron contra la pared; aquella mano seguía oprimiéndole la boca con fuerza para silenciarla, y se encontró pegada al muro y sintiendo ya que comenzaban a subirle las faldas. Entonces sí que fue presa del miedo; su atacante no solo quería sus joyas, quería algo más, lo supo de fijo al notar la excitación masculina pujando contra sus nalgas desnudas, una mano hurgando ya en su escote. Con los ojos desorbitados por el creciente pánico sacudió la cabeza con fuerza y la mano que apretaba su boca se aflojó lo suficiente como para que ella clavara sus dientes en ella. Se felicitó al escuchar el gruñido a su espalda.

—Arpía —le oyó decir al tiempo que le daban la vuelta y quedaba frente a su atacante.

Se quedó paralizada. ¡Maldito fuese un millón de veces! Presa de la furia elevó la rodilla y golpeó a Rafael en la entrepierna con todas sus fuerzas. Gimió él y se encogió, lo que aprovechó Ariana para darle un empellón que lo hizo caer. Con el corazón aún en la garganta, pero más tranquila, corrió hacia la coqueta para prender la lamparilla.

—Dios... —se quejaba Rafael, hecho un guiñapo en el suelo.

—Debería haberte dado más fuerte, desgraciado —le dijo sentándose al borde de la cama porque le temblaban las piernas—. Me has dado un susto de muerte.

Rivera consiguió ponerse de rodillas, la frente apoyada en la alfombra y las manos en los testículos. A ella no le dio lástima, casi estuvo a punto de soltar una carcajada al verlo rendido. Se lo merecía, por haberla sobresaltado de ese modo con sus estúpidos juegos. Recolocó el desorden de sus ropas y se cruzó de brazos esperando que él se recuperase del malintencionado golpe. Tenía que aclarar con él un par de cosas. No estaba dispuesta a que él se tomase libertades basándose en lo sucedido la noche anterior.

Un par de minutos después, Rafael pudo levantarse; sus ojos echaban chispas.

—Ariana...

—Cállate o todo Torah va a estar dentro de un segundo en este cuarto —lo amenazó ella.

—Lo lamento, solo pretendía...

—Sé muy bien lo que pretendías.

Rafael se dejó caer en una de las butacas, la miró fijamente y se echó a reír.

—¿Dónde diablos aprendiste a defenderte así, chiquita?

Ella emitió un bufido. ¿Por qué Rafael no podía comportarse como cualquier hombre? ¿Por qué a ella se le seguía acelerando la sangre cada vez que la llamaba de ese modo? Entendió que, aunque pesada, solo se había tratado de una broma y acabó sonriéndole; era imposible no hacerlo ante su cara de pillastre.

—Me enseñó mi abuelo.

—El bueno de Henry. ¿Qué más trucos te enseñó? Me gustaría saberlo antes de volver a acercarme a ti para preservar mi integridad física.

—Ni se te ocurra.

La mirada de Rafael se hizo más oscura y la sonrisa afloró de nuevo a aquella boca perfectamente cincelada.

—En cuanto recupere el resuello.

Ariana supo que esa vez no bromeaba; la sangre se le espesó en las venas. Y la aterrorizó que surgiera en ella el deseo de que lo hiciera realmente. Fantaseó con volver a sentirlo desnudo junto a ella, dormir entre sus brazos.

«No tengo remedio, soy una boba absoluta.»

Se levantó, llegó hasta la puerta y la abrió indicándole con el mentón que se marchara. Él se encogió de hombros, como si se diera por vencido, se puso en pie y se acercó a ella. Un segundo y Ariana quedó atrapada entre sus brazos, se cerraba la puerta y su boca era víctima de la boca masculina.

Tembló de pies a cabeza besándola y supo que había perdido otra batalla. Las perdía una tras otra cada vez que se acercaba a ella; estaba tan obsesionado con Ariana que apenas podía pensar en otra cosa que no fuera poseerla, más aún al sentir que ella correspondía a sus ansias.

La tomó en brazos y, sin dejar de besarla, fue hacia la cama. Por su cabeza pasó, difusa, la imagen de Julien. ¡Al infierno con él y con el honor! Por la mañana pensaría qué hacer, pero en ese momento... En ese momento nada importaba más que la mujer de la que estaba profundamente enamorado. Ariana pedía sus caricias sin palabras, se le entregaba por entera y él... Ni una estatua de piedra podría resistirse a su llamada.

37

En el jardín, Domingo Ortiz encendió un cigarrillo madurando cómo podría sacar partido de lo que había visto. Estaba seguro de que Rafael Rivera estaba al lado de quienes deseaban poner al hijo de Isabel en el trono de España, y lo que acababa de descubrir era tanto como contar con un as en la manga. La suerte cambiaba a uno u otro bando dependiendo de los naipes y él tenía de los buenos: conocía la debilidad del conde de Trevijo. La relación entre la hermosa señora Weiss y Rivera no había surgido de repente, lo supo viéndolos hablar la noche anterior en la terraza y observando el modo sigiloso en que Rafael había accedido hacía un rato al cuarto de Ariana. Tal vez habían mantenido un antiguo idilio, allá en Inglaterra, y habían decidido retomarlo. Fuera como fuese él se aprovecharía de su secreto, no sería difícil hacer que Rivera les contase todo lo que sabía acerca del paradero del joven Alfonso, porque estaba convencido de que lo sabía. Era cuestión de apretarle las tuercas, dar con el muchacho y, después,

hacer que no hubiese ningún heredero para ser proclamado rey de España.

El carruaje los esperaba y Ariana sentía unos deseos
incontenibles de dejarse llevar por las lágrimas. Su estancia en Torah finalizaba, partían hacia Madrid y no
había vuelto a ver a Rafael.

«Tal vez es mejor así», se decía.

Los vizcondes de Portillo los despidieron con cariño rogándoles que volvieran a visitarlos en cuanto les
fuera posible, asegurándoles de paso que siempre tendrían un lugar en su casa o en la de su hijo. Miguel y
Enrique les dijeron entre bromas que les habían hecho
cambiar su severa opinión de los ingleses, y la joven
Isabel obsequió a Ariana con una magnífica mantilla de
encaje negro bordada con hilos de plata.

—Para cuando asistas a una corrida de toros de verdad —le dijo, tuteándola.

Rafael fue el único ausente en la despedida; su padre
lo cubrió con una excusa que a Ariana le sonó más fal-
sa que el beso de Judas y puso de manifiesto que don
Jacinto estaba molesto con su hijo mayor. No esperaba
que Rafael estuviera presente; había rezado por ello
porque no se sentía con fuerzas para despedirse de él
después de lo que había sucedido, pero así y todo le
irritaba su deserción.

Se puso en marcha el coche y Julien y ella agitaron
la mano hasta perder de vista a los Rivera. Se recostó en
el asiento, dejó que su mirada se perdiera en la inmen-
sidad de la tierra toledana y no abrió la boca hasta es-

cuchar preguntar a Domingo si había descansado bien durante la noche. Tuvo un sobresalto mirándolo a los ojos.

—Estáis un poco pálida.

—Me costó conciliar el sueño —le respondió desviando la mirada.

Ortiz sonrió como un lobo, dejó el tema de lado y, salvo algunos intercambios de opiniones con Julien sobre el negocio que se traían entre manos, apenas hablaron durante el largo trayecto de vuelta a Madrid.

Ariana, al menos, no hizo nada para que el viaje resultara más ameno. Le importaba un bledo si parecía arisca. Tenía muchas cosas en las que pensar; sobre todo en qué hacer con su vida. No deseaba que Rafael se sintiera obligado a cumplir sus votos, pero tampoco estaba dispuesta a firmar los condenados documentos que volverían a convertirla en una mujer soltera. Pensar que firmando rompía todo vínculo con Rafael hacía que cayese en la desesperanza. Había discutido del asunto con Julien sin llegar a un acuerdo; él era partidario de poner las cartas sobre la mesa y acabar con lo que tachaba de empecinamiento: o firmaba de una vez o le decía a Rivera que seguían casados. Era un dilema que la aterraba porque no deseaba ni una cosa ni la otra. Rafael era un español orgulloso, tanto como ella; no admitiría de buena gana que lo hubiese estado engañando todo aquel tiempo. Como no lo habría admitido ella misma en caso contrario. Su indecisión lo había embarullado todo y ahora no veía el modo de salir del apuro.

¿Explicarle a Rafael que Julien y ella eran como hermanos? ¿Creería de buena gana que no habían mantenido relaciones? Desde luego no pensaba hablarle sobre las apetencias sexuales de Julien, eso era impensable, un secreto entre ellos que no iba a desvelar ni aunque estuviese su futuro en juego. ¿Cómo demonios iba a ponerse ante Rafael y decirle que no había seducido a la esposa de otro hombre, sino que le había hecho el amor a la propia? Se le caería la cara de vergüenza, no se veía con fuerzas para dar el paso. Y Rafael era imprevisible, no se imaginaba cómo podía reaccionar ante semejante declaración. ¡Maldito fuera! ¿Por qué hubo de enamorarse de él?

38

Revisó la pistola metiéndola después en la cinturilla del pantalón. Se echó la chaqueta sobre los hombros y caminó resueltamente hacia la salida de la casa. Apretó los dientes al ver que su padre lo aguardaba en la puerta: no tenía intenciones de continuar la discusión.

—No deberías ir —dijo don Jacinto.

—Posiblemente. Pero tampoco puedo esperar a que Martínez nos envíe hombres. Además, el mensaje que he recibido lo decía muy claro: solo.

—¿De veras crees que esa mujer va a ponerte el complot en bandeja? ¡Por el amor de Dios, hijo!

—Está liada con Ortiz; ella mejor que nadie debe de estar al tanto de sus idas y venidas.

—Ya. Y así, sin más, decide convertirse en una buena samaritana y contar lo que sabe.

—No soy quién para ponerlo en duda. Y tú, tampoco; ya hemos hablado del tema. No vas a convencerme.

—Llévate al menos a tus hermanos.

—No.

—A Juan, entonces. A alguno de los hombres de Torah.

—No insistas, padre.

—¡Por los clavos de la Cruz! —estalló don Jacinto mesándose el cabello.

Rafael le puso la mano sobre un hombro y dijo:

—No es más que una cita, tranquilízate. Y deja de dar voces o madre se enterará del asunto sin remedio.

—Sería lo único que no querría.

El cielo amenazaba tormenta y Rafael se subió el cuello de la capa antes de montar en el caballo que Juan le había preparado. No le cedió las riendas hasta haberle dicho:

—Debería ir con usted, patrón.

—Tú te quedas aquí. Has cumplido enterándote de que Castelar y Ripoll no tienen nada que ver en este asunto.

—Que todo parezca ser un plan de ese jodido Ortiz para seguir en su cargo no me tranquiliza, si es que quiere saberlo.

—Volveré esta noche.

—Si no lo hace —susurró Juan entrecerrando los ojos—, la señora Cuevas va a tener que darme muchas explicaciones.

Rafael asintió, convencido de que así sería. Azuzó al animal, que parecía deseoso de salir al galope, y emprendió camino. Jacinto Rivera lo siguió con la mirada sin disimular su disgusto, seguro como estaba de que su hijo iba de cabeza a una trampa.

El joven conde de Trevijo cabalgó a buen ritmo, sin

dejar de echar rápidas miradas al cielo, rezando para que la tormenta no estallase sobre su cabeza. La posada en la que Mercedes lo había citado estaba a poco más de media hora de camino, pero si comenzaba a llover los caminos se volverían intransitables. No deseaba en modo alguno tener que estar junto a Mercedes más de lo estrictamente necesario.

El cielo no estaba con Rafael: gruesos nubarrones oscuros se cernieron sobre la comarca dándole a entender que la tormenta era inminente. Ajeno a que cuatro pares de ojos lo observaban desde la distancia, Rivera instó al animal a ir más deprisa guiándolo campo a través para ahorrarse unos cuantos kilómetros.

Mientras cabalgaba, pensó en Ortiz. Aquella maldita rata de alcantarilla a la que él había dado cobijo en su hacienda. Mercedes aclaraba poco en su nota, pero entre lo que había escuchado el espabilado de Juan, las apenas dos frases de ella habían limpiado el nombre de Castelar y Ripoll desligándolos del complot para asesinar a Alfonso. Resultaba irónico que pareciera tratarse solo de una argucia para mantener el poder adquisitivo de la sabandija de Domingo, aunque a él no le cabía duda de que más de uno pagaría bien por lo que pensaba llevar a cabo.

Apenas había recorrido la mitad del camino cuando escuchó un disparo y un grito de mujer. Tiró de las riendas, se alzó sobre los estribos y oteó el pequeño bosque a su derecha, desde donde creía que había provenido el disparo. Posiblemente eran salteadores de caminos que habían pillado desprendido a algún viajero. Palpó la pistola, desvió su curso y se dirigió hacia los árboles. Justo en ese instante el firmamento se abrió descargando sobre él un frío aguacero.

Ariana extendió sobre la cama los dos camisones que había comprado, mirándolos críticamente.

—Bueno, ¿qué piensas?

—Son recatados, pero bonitos —respondió Nelly.

—Uno es para ti; elige el que prefieras.

—¡Cómo voy a ponerme yo algo así, niña!

—Vamos a ver. ¿No acabas de decir que son recatados?

—Para una joven, no para mí que ya tengo mis años.

Ariana le puso en las manos el de color azul.

—El color te irá bien. He encargado un par de vestidos, los tendrán listos en tres días, la modista me ha prometido que trabajarán lo más deprisa posible.

—¿No íbamos a marcharnos dentro de dos jornadas? —preguntó la criada sin mucho interés, acariciando la suave tela de su regalo.

—Habremos de posponerlo, puede que una semana, hasta que Julien regrese.

Domingo Ortiz no le había caído en gracia a Nelly; le desagradaba la idea de que el señor Weiss estuviese más tiempo en compañía de ese sujeto, que no tenía reparos en mirar a su niña como si pensara comprarla. Había oído de pasada el motivo para su marcha de Madrid: algo referente a que el abogado no podía acudir por encontrarse enfermo, y que si no querían dilatar la transacción debían ir a su casa, cerca de un lugar llamado Tarancón. Apretando el camisón contra su pecho, dejó a Ariana a solas y se dirigió a su propio cuarto antes de que se le soltara la lengua y le dijera a la muchacha lo que pensaba de aquel español.

No. Ortiz no le caía ni medio bien. Todo lo contrario que Rafael Rivera. Había puesto el grito en el cielo cuando Peter se confesó a ella poniéndole al tanto de lo que Weiss y él tramaban. Había llegado a estimar a Rivera, pero no estaba segura de que dos egos tan dispares y orgullosos pudieran acabar unidos. Peter le arrancó la promesa de callar a regañadientes.

A Dios gracias, la joven parecía más animada y hasta se habían permitido salir de compras. Pero lo mejor sería que regresaran cuanto antes a Inglaterra y que Ariana olvidara definitivamente al apuesto español.

Domingo no había podido deshacerse del criado de Ariana, pero al menos consiguió que Weiss estuviera alejado de Madrid. Su plan tendría forzosamente que dar resultado. Un plan que no era otro que raptar a la dama; con ella en su poder, Rivera cantaría hasta por los codos, estaba convencido. Si no le fallaba el instinto, y el conde bebía los vientos por la inglesa, no dejaría que corriera peligro.

Mercedes había cumplido con su parte escribiendo a Rafael. Ya no la necesitaba. Se había convertido en una carga pesada en los últimos tiempos y, además, no le perdonaba a la muy zorra que volviera a estar tras los pantalones del otro.

Echó un vistazo a su reloj de bolsillo. A esas horas ya debían de haberlo capturado y llevado a la casucha.

En cuanto a la inglesa, estaría en su poder aquella misma noche si todo salía como estaba previsto.

Ortiz estaba en lo cierto respecto a Rafael: había caído en la trampa como un maldito imbécil. Cegado por la torrencial lluvia, tratando de controlar el nerviosismo que despertaban en el caballo los truenos y relámpagos, se había alarmado al descubrir el cuerpo de una mujer entre el barro. Descabalgó de inmediato temiendo que los asaltantes, a los que no se veía por ningún lado, la hubiesen herido. Se inclinó sobre ella, le dio la vuelta y sintió que se le congelaba la sangre en las venas: Mercedes lo miraba, sin poder verlo, con los ojos abiertos, vidriosos por la muerte. Tenía un feo agujero en la sien derecha. ¿Qué diablos hacía allí, tan lejos del sitio en el que se habían citado?

Aturdido, intentando recuperarse del asombro, se volvió lentamente al escuchar una tosecita a sus espaldas, descubriendo a un sujeto que lo apuntaba. Saliendo de solo Dios sabía dónde, otros dos hombres se unieron al atacante poniéndole el cañón de sus armas en los riñones.

Rivera no perdió la calma, alzó las manos por encima de la cabeza y dijo:

—En las alforjas llevo dinero. Cogedlo y largaos. ¿Teníais que matarla?

La risa del que lo apuntaba a la cabeza quedó ahogada por el sonido de un trueno.

—Lo de la dama ha sido una lástima, pero las órdenes son las órdenes, ya sabe. Nos hubiera gustado pasar un rato divertido con ella.

«Así que no se trata de un simple asalto», se dijo Rafael.

—¿Qué es lo que queréis?

—Unas cuantas respuestas. Y le juro por lo más sagrado que vamos a tenerlas.

No le dieron tiempo a nada. Lo golpearon en los riñones, cuando se echó hacia atrás lo alcanzaron en el estómago y después descargaron la culata de una de las pistolas en su cabeza. Cayó de rodillas, mareado por el último golpe, demudado el rostro por el dolor. Luego se dejó llevar por la oscuridad de la inconsciencia.

El destino, a veces, es imprevisible. Cuando más felices se las prometía Domingo, el suyo le puso un órdago sobre el tapete y no pudo disfrutar de la victoria: los caballos que tiraban del carruaje en el que viajaba se asustaron con la tormenta, el cochero intentó controlarlos, pero el rayo que cayó a pocos metros de las patas de los equinos segando el tronco de un árbol añejo hizo que se encabritaran. Coche, ocupantes y caballos acabaron cayendo a un lado, quedando apenas suspendido entre el camino y un terraplén. El golpe fue brutal; Julien salió despedido de su asiento al igual que Domingo. Se mezclaron las maldiciones del cochero, el relinchar histérico de los animales y el retumbar de los truenos.

En medio del caos, con el coche deslizándose peligrosamente hacia la pendiente, Julien consiguió accionar la manivela de la puerta que, en esos momentos, quedaba sobre sus cabezas. Domingo bramaba de dolor al haberse roto la clavícula. El cochero, luchando contra el impedimento del lodo que lo arrastraba hacia abajo, intentó echarles una mano para salir de la cabina. Apenas pudo agarrar entre sus manos la de Julien en el preciso instante en que el carruaje acababa precipitándose al vacío, salvándole la vida de puro milagro.

Domingo no pudo salir a tiempo. Cuando llegaron hasta él lo encontraron fuera del carruaje, entre el barro, con la cabeza abierta y la sangre que manaba de ella diluyéndose bajo la lluvia.

Tras los primeros momentos de incertidumbre y muchos esfuerzos, Julien y el cochero consiguieron regresar al camino. El inglés tenía un rasguño en la frente, el hombro le dolía, sus ropas eran un desastre de sangre y barro; igual o peor se encontraba su compañero, que arrastraba su pierna izquierda. Pero estaban vivos.

—Hay que pedir ayuda.

—Yo no puedo moverme con esta pierna, señor.

—Yo iré. No podemos estar lejos, he visto luces antes del accidente. Busque un lugar en el que guarecerse hasta que regrese.

Julien hubiera dado su fortuna por poder contar con uno de los caballos, pero los animales yacían allá abajo, junto al cadáver de Ortiz.

Una vez que consiguió el socorro de algunos aldeanos que se apresuraron a marchar hacia el lugar del accidente, y restañar la herida de la frente, Weiss no esperó: pidió prestado un caballo y salió a galope hacia Madrid para informar al ayudante de Domingo de lo acontecido. Rezando para que otro rayo no lo pillase a él y a su montura, llegó a la ciudad, lo puso sobre aviso y después se dirigió hacia el hotel. Nada más podía hacer por Domingo; el hombro le lanzaba punzadas de dolor y necesitaba avisar también a Ariana del suceso.

39

Rafael abrió los ojos, sacudió la cabeza para despejarse y dejó escapar un gemido. Echó un vistazo al lugar en el que despertó: una habitación amplia y despoblada de mobiliario, húmeda y fría. El aguacero azotaba las sucias ventanas, se escuchaba el ulular del viento y el sonido de los truenos parecía alejarse.

Trató de acomodar el cuerpo y volvió a gemir. Se mordió los labios para no gritar. Aquellos cabrones lo habían sacudido de lo lindo. No se había enterado del modo en que llegó a aquella casa, pero sí de lo que pasó después: lo despojaron de la capa, la chaqueta y la camisa; le ataron las muñecas y le colgaron de una de las vigas del techo. El festival había comenzado de inmediato. Rafael recordó vívidamente cada uno de los golpes. Lo habían torturado despacio, como si quisieran darle tiempo para reflexionar cada vez que le hacían una pregunta y no respondía. Creía haberse desmayado un par de veces.

Dirigió la mirada hacia la viga. Era inútil intentar

soltarse, estaba como una res lista para ser desollada, lo que acabaría sucediendo si seguía negándose a contestar a las machaconas preguntas de sus captores. Mala suerte, porque no iba a soltar la lengua, por nada del mundo traicionaría al futuro rey. Tampoco tenía mucho que perder, se dijo en un atisbo de ironía, puesto que lo que más le importaba en el mundo estaba fuera de su alcance, camino seguramente de Inglaterra. No se quejaba de acabar así, a fin de cuentas su vida había sido siempre un salto de mata en mata y a todos se les acababa la buena estrella un día u otro. Lo único que lamentaba era no haber arreglado las cosas con Ariana, no haberle dicho que la amaba, que estaba loco por ella.

Se abrió la puerta dando paso a dos de los individuos que lo habían apresado. Rafael les regaló una mirada de hastío.

—¿Lo ha pensado mejor?

El conde de Trevijo dejó que una sonrisa cínica se le alojase en los labios. Los había catalogado nada más verlos. Hombres desesperados que harían cualquier cosa por una buena bolsa de dinero. Uno era alto y delgado, los otros, más bajos y corpulentos. Aunque no dijeron para quién trabajaban, Rafael lo imaginaba ya.

—¿Cuánto os pagan? —preguntó a su vez.

El que parecía llevar la voz cantante entrecerró los ojos, se pasó una mano por el mentón sin afeitar y se encogió de hombros.

—Mucho.

—Puedo ofreceros el doble.

—Es posible, pero no nos interesa. Tú dinos lo que queremos saber y acabemos con la fiesta, ¿te parece? No estamos en un mercado para empezar a regatear.

—Sería un buen montón de dinero —insistió Rafael.

El más bajo asintió y Rafael lo miró con fijeza cuando se aproximó a él.

—Así que un buen montón de dinero —bromeó antes de clavarle un puñetazo en el estómago que lo dejó sin aliento. Lo agarró luego salvajemente del cabello echándole la cabeza hacia atrás—. No juegue con nosotros. Mire, no es que tengamos nada contra usted; hacemos simplemente un trabajo y nos han pagado muy bien. Además, somos hombres de palabra y el sujeto que nos ha contratado no es alguien a quien se pueda traicionar. No viviríamos más de una semana. Ni mis compañeros ni yo vamos a arriesgarnos por una bolsa ligeramente más repleta.

Rafael soportó otro golpe más, pero acabó por dejarlo tranquilo.

—¿Seguimos el interrogatorio, Teodorito? —le preguntó al cabecilla.

El puñetazo que recibió en el mentón le hizo rebotar contra el muro, cayendo después despatarrado. Miró a su jefe con gesto torvo mientras se frotaba la barbilla.

—Vuelve a abrir esa alcantarilla que tienes por boca llamándome así y te salto todos los dientes. Llama a Javier, le toca a él seguir con el interrogatorio.

El tipo se levantó y salió a escape. Rafael cerró los

ojos, respiró lentamente e intentó recuperar fuerzas para la nueva tanda de golpes que le esperaba. Todo su cuerpo debía de ser un cardenal; le dolían hasta las pestañas y los calambres de los brazos eran un suplicio tras horas de estar colgado en esa posición.

El tal Javier entró llevando sobre los escuálidos hombros su chaqueta. Le quedaba demasiado holgada, pero al sujeto se le veía ufano portando una prenda de calidad. Se la quitó con cuidado, la dobló, la dejó a un lado y comenzó a remangarse las mangas de su sucia camisa mientras se aproximaba a Rafael.

El primer golpe le llegó sin aviso, haciendo que Rivera apretase los dientes para reprimir un grito.

—¿Dónde está? —Volvía una y otra vez la misma pregunta que él no quería contestar—. No sea terco, díganos lo que queremos saber y acabaremos con usted de una forma rápida.

Su silencio le hizo ganarse otros cuantos puñetazos en los riñones. Estar preparado para soportarlos no consiguió que Rafael reprimiera un gemido en esa ocasión, a punto de perder nuevamente el conocimiento cuando Javier se empleó a fondo.

—¡Púdrete, hijo de puta! —barbotó sin apenas voz.

La rabia hizo mella en su torturador, aplicó los puños a su estómago y Rafael se dejó llevar por el desmayo.

El jefe de aquellos facinerosos soltó una palabrota antes de mandar a sus hombres que salieran.

—Veremos si es tan obtuso cuando tengamos a la muchacha en nuestro poder.

—¿Podremos hacer con ella lo que nos apetezca?

Nunca he montado a una inglesa. —Javier se relamió los labios antes de sentarse a la mesa.

—Tampoco yo. —Teodoro se echó a reír tomando las cartas, barajando y repartiendo naipes—. Seguro que es una dama remilgada y sosa, pero yo pienso demostrarle lo que es un hombre de verdad.

40

Ariana deseó feliz descanso a la dama con la que había estado departiendo unos momentos tras la cena, la esposa de un tratante de quesos —según entendió—, que estaba de paso por Madrid. Agradable, campechana y bastante directa, procuró una velada entretenida a la joven.

Entró en su cuarto cuando el reloj del *hall* del hotel desgranaba las once de la noche. No estaba cansada a pesar de haber pasado el día entero de tienda en tienda en compañía de Nelly, que, por otra parte, hacía ya un buen rato que se había acostado tras su insistencia de no necesitarla por esa noche.

Sonrió viendo a su criada hecha un cuatro en el sofá. ¡La buena de Nelly! No había querido abandonar sus obligaciones para ayudarla a desvestirse a pesar de habérselo ordenado. Sin hacer ruido, se quitó sombrero y guantes dejándolos sobre la coqueta. Desnudarse sola no sería un problema esa noche, llevaba un conjunto abotonado por delante, así que quitó la colcha de la cama para cubrir a Nelly con ella, poniéndole luego un almohadón bajo la cabeza. La mujer habló en sueños y continuó durmiendo como una bendita.

Mientras iba abriendo los botones uno a uno, Ariana recordó una noche muy lejana allá en Inglaterra, junto al lago, junto a Rafael, cuando su testarudez la obligó a dormir vestida. Sintió un golpecito en el pecho, se le cegaron los ojos por las lágrimas y volvió a abotonarse la chaquetilla. Dejando la puerta entreabierta se encaminó hacia la habitación que ocupaba Peter. Él no se habría acostado aún y ella necesitaba hablar con alguien; el constante recuerdo de Rafael la desestabilizaba.

No había llegado a la puerta cuando el corpachón de Peter asomó por ella.

—¿Sucede algo?

—Necesito un poco de conversación. ¿Te importa?

El gigante sonrió, negó con la cabeza y señaló dos de las butacas situadas estratégicamente junto a la barandilla, en el recodo del pasillo, desde donde podía verse el *hall*. Ariana se encaminó hacia ellas, escuchó algo extraño a sus espaldas, se volvió y solo acertó a ver a Peter caído en el suelo antes de que el brazo de un desconocido la atrapara por la cintura. Quiso gritar, pero el individuo la silenció apoyando con fuerza un pañuelo sobre su nariz y su boca.

Cargó el sujeto el cuerpo desmayado de la muchacha mientras un segundo personaje arrastraba el de Peter hasta su cuarto y cerraba la puerta. Luego se fue directo al final del pasillo, con su compañero siguiéndole los pasos, abrió la ventana que daba a una calle lateral, y saltó. Una vez abajo, ayudó a su compañero a bajar a Ariana. A poca distancia los aguardaba un carruaje cerrado.

Julien, agotado y dolorido, dejó su montura al cuidado de un muchacho, entró en el hotel y subió la escalera obviando la exclamación de asombro del recepcionista de guardia al verlo en tan mal estado. Llamó a la puerta de Ariana y esperó; aunque no eran horas, tenía que contarle lo sucedido a Ortiz. Pero no fue la muchacha quien abrió, sino una Nelly adormilada y confusa que retrocedió al ver su rostro ensangrentado.

—¿Qué...?

—Despierte a Ariana —pidió entrando en la habitación.

—Milady no está. Se quedó hablando abajo, con una señora que...

—El *hall* está desierto.

No hubiera podido explicar el motivo, pero a Julien se le activó un cosquilleo de intranquilidad. Giró en redondo para dirigirse al cuarto de Peter, seguido por la asustada Nelly. La puerta estaba entreabierta, no se veía luz dentro y lo envolvió un mal presagio. Empujó la madera, dio un paso hacia el interior y a punto estuvo de caer de cara al tropezar con algo.

Desde el suelo, Peter resolló y a Julien le subió una maldición a la boca temiendo en firme que a Ariana le hubiera sucedido algún percance. A su espalda, Nelly, pálida como un muerto, dejó escapar un lamento. Zarandeó Weiss al criado hasta que se espabiló y pudo ayudarlo a ponerse en pie.

—¿Dónde está Ariana?

—Demonios —protestó Peter llevándose una mano a la nuca, retirándola manchada de sangre.

—¡Maldita sea, Peter! ¿Qué ha pasado?

El otro sacudió la cabeza para acabar de despejarse y lo miró de arriba abajo. ¡Qué mierda sabía él de lo que había sucedido! Alguien lo había dejado inconsciente, un Weiss con un aspecto lamentable le gritaba como si tuviera la culpa de algo y Nelly intentaba ahogar el llanto cubriéndose la boca con las manos.

—Estaba conmigo cuando... —Se le empalideció el rostro al recordar.

Julien no esperó a sus explicaciones. Lo empujó a un lado y corrió hacia la escalera. Una blasfemia y el gemido de una mujer lo alertó obligándolo a volverse hacia la ventana abierta. Peter llegó antes que él y justo a tiempo de poder ver a dos individuos de mala catadura intentando meter a una mujer en un carruaje. Hubiera reconocido entre un millón ese cabello platino.

—¡Se la llevan!

Los caballos salieron de estampida azuzados por el latiguillo de un cochero antes de poder hacer algo por impedirlo.

No perdieron un segundo: se lanzaron hacia los escalones bajándolos de tres en tres mientras la llorosa Nelly intentaba seguirlos. El recepcionista y uno de los empleados iban ya hacia ellos tras escuchar sus voces. Ni les respondieron, pasando a su lado como dos locos, en busca de un coche de alquiler con el que seguir a los secuestradores de la joven.

Se dieron de bruces con dos sujetos que entraban en ese momento. El que chocó contra Julien se tambaleó por la embestida; el que lo hizo con Peter no tuvo tanta fortuna y acabó en el suelo encharcado de la calle.

—¡Qué carajo...! —bramó Miguel Rivera tratando de ponerse en pie.

—¡Miguel! ¡Enrique! —exclamó Julien reconociéndolos.

—Demonios, señor Weiss —protestó el menor limpiándose la capa—, tampoco hacía falta un recibimiento con tanto entusiasmo. Casi nos pasa por encima un coche que ha salido de la calleja y ahora esto.

—¿Hacia dónde iba ese coche? —lo interrogó Peter sujetándole de la capa y alzándolo un par de palmos del suelo. Ni sabía quiénes eran ni le importaba—. ¿Por dónde se ha ido?

—¡Suélteme, hombre de Dios! —se revolvió el español, irritado con ese fulano al que no conocía.

—¡El coche! —rugió Peter.

—Lady Ariana acaba de ser secuestrada, iba en ese carruaje —les indicó Julien—. ¿Dónde está el suyo?

41

De lo primero que se percató al despertar era de estar apoyada sobre un pecho amplio que olía a rayos. Recordó el asalto del que había sido objeto y a punto estuvo de revolverse para presentar batalla, pero no lo hizo. Su instinto de supervivencia actúo dejándola paralizada al escuchar el murmullo de las voces que la rodeaban. No. Lo mejor que podía hacer era simular que continuaba inconsciente y recuperarse del todo, aunque hubiera de soportar el pestilente olor del cuerpo sobre el que iba recostada. Le zumbaba la cabeza y persistía en sus fosas nasales el olor del trapo que le habían puesto sobre ellas para dejarla fuera de combate.

Controló la respiración para no descubrir que estaba consciente, pendiente de las palabras que llegaban a sus oídos. Eran al menos un par de hombres, hablaban en susurros sobre llegar cuanto antes y parecían nerviosos. Estaban en un carruaje que se desplazaba a buena marcha. ¿Hacia dónde? ¿Por qué la habían secuestrado? ¿Qué había pasado con Peter; se encontraría bien? Pensar en su hombre de confianza le puso un nudo de pánico en la boca del estómago y rezó para que no le hubiesen causado daño. ¿Tal vez planeaban pedir rescate por ella a Julien? Empezó a pensar que España no era el país idílico que le habían pintado.

—Esperemos que Teo y sus hombres hayan cumplido con su cometido —oyó que decía uno de sus secuestradores—. Estoy deseando acabar con esto y largarme, este trabajo no me gusta nada.

—No te quejes, estás llevando la mejor parte recostada sobre tu pecho —repuso el segundo.

Le respondió una risa lasciva y Ariana se mordió los labios para no gritar de asco cuando sintió que una mano atrapaba uno de sus pechos.

—No digo que no, Rosendo. No digo que no.

Aborreciendo mentalmente a sus atacantes, Ariana continuó aparentando estar desmayada. Necesitaba mantener la cabeza fría para poder aprovechar la mínima ocasión que se le presentara y escapar. Tenía que intentarlo antes de que llegaran a su destino porque, si como había creído entender, iban a encontrarse con otros hombres, la cosa se complicaba.

—¿Crees que habrán sacado algo en claro de ese petimetre de Rivera?

Escuchar el apellido de Rafael hizo que a Ariana se le escapase una apagada exclamación. De inmediato, el sujeto que le servía de apoyo la tomó de los hombros haciendo que se irguiera. Ella estaba muerta de miedo, pero se negó a demostrarlo y lo miró a los ojos alzando el mentón con gesto orgulloso.

—De modo que la dama está despierta.

—Y es muy bonita —aseguró su compañero acercando a ella la lamparilla del carruaje—. Muy, pero que muy bonita. Toda una belleza, Fernando.

Ariana se deshizo de un manotazo irritado de los dedos que la sujetaban, se apartó cuanto pudo del individuo, se recolocó el pelo y fingió un valor que estaba lejos de tener.

—¿Qué quieren? ¿Dinero?

—Regalaría mi parte por pasar la noche contigo, dulzura. —Se echó a reír el llamado Rosendo acercándose a ella.

Ariana se escabulló y los dos hombres se quedaron mirándola con detenimiento, tal vez imaginando lo bien que podían pasarlo antes de llegar adonde fuera que se dirigían.

—Puedo pagarles.

—Ya van a pagarnos, gatita. Y mucho.

—Yo les daré el doble, el triple de la cantidad que le hayan prometido si me dejan libre.

Fernando negó con la cabeza y se recostó en el respaldo del asiento, sin ánimo de molestarla. No así el otro que, con un movimiento ágil, la atrapó de un brazo, la atrajo hacia él e intentó besarla. Ariana gritó, se revolvió y lanzó las uñas hacia ese rostro barbudo y despreciable dejando surcos sanguinolentos en él. La respuesta a su ataque fue una bofetada que la lanzó contra el mamparo dejándola aturdida.

—Déjala tranquila. Ya se mostrará más mansa cuando estemos en la cabaña y no pueda escapar. Si llegamos con ella en malas condiciones tal vez Rivera se resista a hablar, y ahora te arriesgas a que te saque un ojo; es una fiera.

Su camarada la miró torvamente, se pasó la mano por la mejilla lastimada y escupió en el suelo. Pero siguió el consejo; no merecía la pena quedar desfigurado por aquella pantera inglesa cuando, a no mucho tardar, podría disfrutar de ella como deseaba.

Ariana notaba el escozor de la bofetada recibida y no pudo remediar que se le escaparan las lágrimas. El pánico la atenazaba, pero no era por su integridad por lo que temía, era por Rafael. También lo habían atrapado. Debería haber guardado silencio, mostrarse sumisa y esperar el momento para atacarlos y saltar del coche, pero la pregunta le quemaba en la garganta.

—¿Qué hablaban de Rivera? ¿Qué le han hecho? Si ha sufrido algún daño, juro que les arranco el alma.

Fernando enarcó una ceja y se echó a reír.

—Así que el jefe tenía razón: está liada con ese cabrón, es su amante.

Ofendida, repuso con rabia:

—Rafael Rivera no es mi amante.

—No es eso lo que nos han contado, dulzura —dijo Rosendo aproximando su mano al cabello de la muchacha; le fascinaba su color casi platino. La retiró con premura cuando ella le tiró un zarpazo—. Has viajado con tu esposo, pero te has estado acostando con Rivera.

—¡Tienen la mente de un cerdo!

—Por nosotros puedes negarlo hasta que te quedes sin aliento, encanto. Poco nos importa lo que hagas en su cama, pero cuando acabemos con él quedará poco para que te caliente lo que tienes entre los muslos.

Ariana se puso roja como la grana y no acertó a responder.

—La puta de Rivera —susurró Rosendo—, que dentro de poco será la nuestra.

—¡Rafael Rivera es mi esposo! —les gritó sin poder reprimirse.

La tajante afirmación de la muchacha dejó a ambos perplejos. Se miraron entre ellos, la observaron con detenimiento y acabaron por estallar en carcajadas.

—Mejor, muñeca. Eso es mucho mejor.

Ariana se dio cuenta entonces de haberles regalado el juego. Se puso pálida al escuchar a Fernando decir:

—Puede que el fulano se esté resistiendo a hablar, pero ya veremos si no lo hace por evitar que te violemos ante sus ojos.

42

Rafael recuperó la conciencia cuando le arrojaron un cubo de agua. Parpadeó y tiritó de frío. «Si salgo de este endemoniado lío no será sin pillar una pulmonía», pensó con un atisbo de cinismo.

—Continúa, Javier.

El aludido se preparó para seguir castigándolo, pero el ruido de un carruaje en el exterior lo frenó. Teodoro se acercó a la ventana y se volvió hacia ellos.

—Ya están aquí.

Rafael respiró aliviado cuando sus secuestradores salieron en tropel de la habitación dejándolo a solas. Ahogó un gemido de dolor e intentó soltarse de nuevo. ¡Maldita fuese su estampa! ¿Cómo infiernos se había dejado cazar de forma tan estúpida? Tiró con rabia de la soga que lo mantenía atado.

Al otro lado de la puerta escuchó voces, risas y un grito de mujer. Cuando Teo y sus secuaces volvieron a entrar lo hicieron con el refuerzo de dos hombres más que intentaban controlar a una gata rabiosa que regalaba patadas a diestro y siniestro y lanzaba las uñas a sus rostros.

Se quedó petrificado.

¡Ariana!

Sintió como si acabaran de arrancarle las entrañas. Soltó una blasfemia que se unió al quejido de ella cuando Teodoro le cruzó la cara con el reverso de la mano, lanzándola al suelo. Ariana se levantó en el acto, dispuesta a pelear, a hacerles frente, a vender cara su honra y su vida. Y Rivera, a pesar del miedo que lo desarmaba, sintió orgullo viéndola defenderse. Tenía a unos desalmados ante ella, pero no se amilanaba, sacaba las garras.

Ella respiraba con celeridad, su vestido estaba desgarrado y manchado, el cabello era un amasijo de rizos platino que enmarcaban su rostro, pero así y todo la vio preciosa. No parecía herida, pero Rafael juró por su alma inmortal que mataría a todos aquellos bastardos, y al llamado Teodoro en particular por haberse atrevido a golpearla.

El jefe de la banda se acercó a ella; Ariana retrocedió un paso y engarfió los dedos.

—Si me vuelves a poner una mano encima, piojo asqueroso, te juro por Dios que vas a tener que comprarte un perro lazarillo.

No cesó de aproximarse él mientras reía, obligándola a retroceder un paso más. Su espalda chocó con algo, gritó y se revolvió creyendo que era otro de los secuestradores. Pero cuando pudo ver con lo que había topado, se le heló la sangre en las venas, abrió la boca para chillar y de ella no salió más que un lamento angustiado.

—Hola, chiquita —saludó Rafael con voz cansada—. Nunca puedes quedarte donde te dejan, ¿verdad?

Ariana sintió que se mareaba viendo su cuerpo medio desnudo repleto de cardenales. ¡Por Dios, qué le habían hecho! Aquellos matones lo habían torturado. Alzó la mano para acariciar el rostro amado y sus ojos, cuajados de lágrimas, se pasearon por el torso desnudo.

—¿Qué...? —balbuceó—. ¿Qué...?

—No es nada, pequeña —quiso tranquilizarla él.

Ella se echó a llorar abrazándose a Rafael, que reprimió un gemido. Pero no habría cambiado ese momento por nada del mundo. Aquella bruja le tenía afecto, al menos, y eso ya era suficiente para él. Bajó la cabeza para besarle el desordenado cabello.

—Muy tierno —oyeron decir a Teo.

Ariana se volvió y miró a los bandidos con los ojos convertidos en dos ranuras que rezumaban ira. Se puso delante de Rafael, como si su fragilidad de mujer pudiera evitar que llegaran a él, defendiéndolo como una tigresa.

—Basta ya de tonterías, milady. Javier, tráela aquí.

Lo intentó el forajido, pero Ariana le lanzó una muy mal intencionada patada a la entrepierna y el fulano retrocedió de inmediato echando una mirada dudosa a su jefe.

—Si se resiste, señora, le pego un tiro a Rivera —aseguró el otro.

Ariana se resistía a ceder. No podía estar dispuesto a disparar porque la lógica era irrefutable: si Rafael seguía vivo era porque no les había dicho aún lo que querían saber. Aun así, no pudo disimular el temblor que recorrió todo su cuerpo ante la amenaza. Bajó los brazos y apretó los puños dejándose arrastrar por Javier.

—Y ahora, señor Rivera, vamos a ver si continúa guardando silencio. Tenemos a su amante en nuestro poder y le aseguro que, o habla, o ella va a pagar las consecuencias.

Rafael necesitaba ganar tiempo. Necesitaba que volvieran a dejarlo a solas. Estaba seguro de poder acabar soltándose, afán al que se había dedicado con ahínco tras cada sesión de golpes. Casi lo había conseguido aunque le sangraban las muñecas, que tenía en carne viva.

—Déjame hablar con ella a solas.

—Ni lo sueñe.

—Solo un minuto.

—Ni medio. No tienen nada de que hablar. Díganos dónde está él y su amante no sufrirá... mucho daño. Un par de revolcones y la dejaremos libre; tiene mi palabra.

—¿Desde cuándo las alimañas tienen palabra? —le incitó Ariana, rabiosa—. No les digas nada, Rafael, sea lo que sea que quieren saber; nos matarán de todos modos.

Rafael se mordió los labios. Ella estaba cargada de razón, pero si existía una oportunidad, una sola para que ella no muriese... Sin embargo, no podía traicionar a Alfonso. Saber que por su culpa Ariana podía ser víctima de esos desalmados lo bloqueaba.

—No pienses tan mal de nosotros, zorrita —bromeó Teo pasando el dedo índice por sus labios sin que ella pudiera evitarlo al estar sujeta por Javier—. Hasta unos desgraciados como nosotros podemos hacer concesiones. Acabamos lo que nos han encomendado, cobramos y nos largamos del país. Aquí las cosas se están poniendo complicadas. Lo que debemos aclarar ahora es si quieren que los dejemos vivos o prefieren acabar en una fosa. —Se volvió hacia Rafael—. ¿Hablará o no?

Rivera apretó los labios, desafiante.

—¡Que me aspen si entiendo su terquedad! ¿Qué puede importarle lo que le pase a ese sujeto? ¿No es más importante para usted la vida de su amante?

—Estás hablando de traición, ¡desgraciado! —estalló Rafael—. Podéis cortarme en pedazos, hijo de perra, pero nunca te diré dónde se encuentra.

—Es posible que soportases la tortura —asintió el otro—. Pero no serás tú ahora el que la sufra, sino ella. Veremos hasta dónde aguantas escuchándola chillar.

Tiempo, tiempo, tiempo. Necesitaba unos minutos más para soltarse, empezaba a notar la soga cediendo. Aunque bastante mermado de facultades, dolorido y maltrecho, sabía que era capaz de apoderarse de la pistola de aquel cabrón y matarlo. Una rabia sorda le daba fuerzas para enfrentarse a ellos y preveía que Ariana tampoco se quedaría quieta cuando él actuara. Posiblemente morirían ambos, pero la única oportunidad era atacar... y encomendarse al Altísimo.

—Como si queréis colgarla —le dijo asombrándole. Ariana lo miró con los ojos como platos, pero de inmediato supo que era una treta.

—¿Serías capaz de condenarla?

—Es bonita, pero no ha supuesto para mí más que un mero entretenimiento —mintió, forcejeando de nuevo con la soga, que cedió un poco más—. No voy a traicionar mis principios por una simple furcia inglesa.

Ariana ahogó una exclamación. Rafael se estaba pasando de la raya.

—No es su furcia, Rivera —intervino entonces Fernando adelantándose—. Es su esposa. Lo confesó mientras la traíamos hacia aquí —le dijo a Teo.

El jefe frunció el ceño, se estiraron sus labios en una sonrisa lobuna y miró a Rafael como el que sabe que tiene un triunfo en la manga. Pero la carcajada del conde de Trevijo le hizo bizquear.

—Fue mi esposa. Ahora no es nada.

—Está tratando de confundirnos —barruntó Javier asiendo a la muchacha con más fuerza—. Levantemos las faldas de la dama y veamos si sigue diciendo lo mismo. ¡Hagámoslo de una vez, la perra me ha puesto caliente!

Sin esperar el beneplácito del hombre que le comandaba la arrastró al suelo. Ariana gritó a pleno pulmón, pateó como una loca, mordió e insultó acaparando la atención de los filibusteros. Mientras, Rafael tiraba desesperadamente de la cuerda. Los chillidos de ella se le clavaban en al alma como puñales.

Se escuchó un estampido y la bala atravesó el cristal de la ventana para ir a clavarse en la nuca de Javier. Un segundo después la puerta se hacía añicos contra la pared impulsada por un gigante pelirrojo que arreó un mazazo demoledor al primer forajido, que consiguió reaccionar y enfrentársele. Al siguiente lo lanzó sin contemplaciones contra el muro; su cráneo se abrió como un melón y cayó despatarrado al sucio suelo.

Ariana se arrastró hacia Rafael sorteando la batalla en la que acababa de convertirse el cuarto. Justo entonces, Rivera conseguía soltarse, caía de rodillas, se tiraba hacia ella tomándola de la cintura y haciéndola rodar por el suelo, salvándola por milímetros del disparo de Rosendo.

Mareado por el dolor pero con una sonrisa que se iba abriendo camino en sus labios, Rafael vio a sus hermanos arremeter contra los secuestradores secundando a Peter y Julien. Los que quedaban con vida solamente pudieron rendirse. Ariana lo ayudó a levantarse, le palpó la cara, los hombros, el pecho; no se le iba el gesto de preocupación aunque todo estaba ya controlado.

—¿Te encuentras bien?

Rafael la sujetó de las muñecas para evitar que siguiera tocándolo y sus ojos, recordando lo sucedido, se ensombrecieron.

—¿Cómo diablos se te ocurrió decirles que eras mi esposa? Fue una locura.

—Creí que era lo más conveniente.

—Pues creíste mal.

Peter y Julien maniataban a los prisioneros viendo que ambos estaban bien, y los hermanos Rivera no perdían palabra de la conversación.

—No te hicieron daño, ¿verdad?

—Deja de preocuparte, tú sí que estás en un estado lamentable. —Volvió a acariciarle el rostro.

Rafael no salía de su asombro. A qué jugaba ahora Ariana. ¿Cómo era posible que le deparara mimos cuando su marido estaba delante? Echó una rápida mirada al inglés sin entender nada de nada, pero el otro no parecía afectado por sus muestras afectivas. ¿Hasta tal punto podía llegar la flema inglesa?

—¿Qué es lo que no acabo de ver, chiquita?

—Que te amo, terco español.

Rafael se quedó en blanco, no encontraba palabras y empezaba a pensar que se estaba volviendo loco. En su pecho estallaba la felicidad como fuegos artificiales, a la vez que la duda de que ella se estuviera burlando se abría paso en su cabeza. Chanza o no, la tenía pegada a su dolorido cuerpo y ni pudo ni quiso desaprovechar la oportunidad de catar de nuevo sus labios: la atrajo más hacia sí para besarla con avaricia. Le importaba un comino Julien, la decencia, el honor del apellido Rivera y hasta la corona inglesa: Ariana lo amaba, acababa de confesárselo. Cuando dejó de besarla se enfrentó a Julien; los ojos claros del inglés estaban convertidos en dos rendijas.

—Ella es mía, Weiss —le dijo—. Divórciese y le daré lo que me pida. Déjela libre y...

—¿Quieres callarte, amor? —Ella le puso un dedo en los labios.

—Quiero que vuelvas conmigo —confesó Rafael, apasionado—. Quiero que volvamos a casarnos, Ariana.

Ariana lo miraba sonriente. Él, que siempre aseguró no tener intención de unirse a mujer alguna, estaba pidiendo ahora a Julien que la dejara. Era como para echarse a reír de felicidad.

Rafael no estaba dispuesto a dejarse vencer por el inglés, no admitía volver a perder a la única mujer a la que había amado en su vida, por la que suspiraba, a la que anhelaba cada segundo.

—Estoy dispuesto a todo con tal de recuperarte, mi

amor. Si quiere un duelo, Weiss —se dirigió al que creía su oponente—, estaré encantado. Busque padrinos, elija lugar y hora y enfrentémonos. Ariana solo volverá con usted si me mata.

Miguel silbó; Enrique, tan asombrado como él por lo que estaban viendo y escuchando, acabó sentándose sobre el montón de cestos que había en una esquina. No daba crédito. Iba a ser una bomba cuando la familia lo supiera.

—Hermano, estás como una cabra —murmuró.

—¿Qué me contesta, Julien? —insistía Rafael resistiéndose a soltar a la muchacha que, a su vez, lo abrazaba por la cintura—. ¿Qué me dice, Julien?

—¿Por qué quiere que ella vuelva a ser su esposa después de haber firmado los papeles de la anulación? —preguntó Weiss a modo de respuesta.

—Puede que le parezca un demente, ya que es cierto que me separé de ella. La mayor locura que he cometido en mi vida, puedo jurarlo. Desde que salí de Inglaterra dejándola allí no he tenido paz. —Volvió los ojos a Ariana y le acarició la mejilla magullada—. La amo. La he amado desde que nos enfrentamos por primera vez. Nunca he suplicado, Julien, pero lo hago ahora: por favor, déjela libre.

—A cambio de ese potrillo negro que vi en su hacienda y que se llama *Ares*. Regáleme el potro y Ariana es suya.

Rafael parpadeó, completamente confundido. Le alegró infinito su respuesta, pero estuvo a punto de irse hacia él y romperle la crisma. ¿Cómo se atrevía el muy desgraciado a cambiarla por una montura?

—Es usted un...

Ariana no aguantó más y se echó a reír. Weiss se unió a su risa y Peter dejó escapar un largo suspiro, se dio la vuelta y salió para preparar el carruaje. Miguel y Enrique se miraban tan confundidos como Rafael.

—Acabo de obtener un buen animal de la manera más sencilla, Rivera —dijo Julien cuando consiguió calmarse—. Porque sépalo, conde de Trevijo: Ariana siempre ha sido su mujer y yo no tengo que divorciarme de ella para que vuelva a su lado.

—¿Qué?

Ariana le echó los brazos al cuello y lo besó en la boca silenciándolo. Miguel volvió a silbar.

—Terco español al que el demonio confunda —murmuró junto a sus labios—. Lo que quiere decir Julien es que seguimos casados. Nunca firmé los malditos documentos que me dejaste, porque te amaba y sigo amándote. Continúo siendo la señora de Rivera, pedazo de alcornoque.

Epílogo

Madrid, 2 de febrero de 1875

Las enormes arañas que colgaban del techo lanzaban destellos, como si miríadas de estrellas inundaran el salón, compitiendo con el brillo de las joyas de las damas.

Acostumbrada al casi espartano estilo de la corte inglesa, la condesa de Trevijo estaba fascinada ante tanto lujo y boato unido a la alegría general de los presentes. No era para menos: Alfonso había tomado posesión, por fin, del trono de España, después de llevarse a cabo la confirmación cerca de Sagunto. Oficialmente, había entrado primero en Barcelona y el 14 de enero lo hizo en Madrid. Alfonso XII se había convertido en el legítimo rey de todos los españoles; los que habían intentado acabar con él habían pasado al olvido.

—¿Un refresco, milady? —preguntaron dos voces al mismo tiempo.

Ariana se volvió para sonreír a Miguel y a Enrique,

que le ofrecían sendas copas de ponche. Se encogió de hombros y aceptó ambas.

—Creo que acabaré un poco ebria con vuestras continuas atenciones —bromeó—. Espero no decir o hacer algo inadecuado en la fiesta.

—Es imposible que nuestra adorable cuñada se comporte indebidamente —aseguró Enrique con auténtico fervor.

—Y aunque así fuera, estaríamos encantados —argumentó Miguel.

Ariana agradecía sus cumplidos porque sabía que eran sinceros. Estaban guapísimos; ahora eran su familia y ella los adoraba. Aunque le llevaban unos años, Ariana no dejaba de verlos como a unos muchachos pícaros y atrevidos. Eran tan distintos a Rafael y a la vez tan parecidos que no podía mirarlos sin ver a su esposo.

—Sois un par de pillos.

—¿Me concederás el primer baile?

—Lo siento, pequeño. —Miguel se puso delante de Enrique, tomó la mano de la muchacha y se inclinó besándola con estudiada galantería—. El primer baile me pertenece.

—Se lo he pedido primero. —Su hermano lo hizo a un lado para tomar la mano femenina.

—Tengo preferencia por ser el mayor.

—Chico, te estás buscando un puñetazo.

Ariana, viéndolos contender, aguantaba la risa. Inesperadamente, una voz a espaldas de los Rivera acabó con la disputa.

—Como veo que no se ponen ustedes de acuerdo,

caballeros, el baile será para mí... si la dama tiene a bien concedérmelo.

Miguel y Enrique se volvieron al unísono con cara de malas pulgas: una cosa era rivalizar con el hermano y otra muy distinta dejar que cualquier imbécil se aprovechara de la ocasión.

—¡Oiga, usted, majad...! —comenzó a decir Miguel, el mayor.

—¡Y un cuerno se va a...! —empezó a protestar el otro.

Al descubrir de quién se trataba, enrojecieron avergonzados, iniciando de inmediato una disculpa.

—Majestad...

—Lamentamos...

A Alfonso XII se le escapó una sonrisa ante el gesto abrumado de los Rivera. Ofreció su brazo a la joven cuando las primeras notas de un vals inundaban el salón de baile y ella, sin dudarlo un segundo, apoyó la mano enguantada en él. No podía desairar a su espontánea pareja de baile. Por un instante se quedó mirando fijamente al joven monarca: le agradaba su porte.

—Milady —le susurró él—, están aguardando a que comencemos.

Ella se sonrojó al darse cuenta de que era así: aunque la música había comenzado, el protocolo exigía que el primero en salir a la pista fuera el rey, y ellos eran objeto de atención.

—Por supuesto, majestad.

Ariana pudo comprobar en primera persona que cuanto le habían dicho del joven monarca era cierto: bailaba estupendamente, se movía con gracia y donaire.

Alto, delgado y agraciado de rostro, destacaban en él unos grandes y profundos ojos que rezumaban sabiduría. El bigotito que lucía le sentaba bien, le hacía parecer más serio y adulto.

Después de que ellos dieran las primeras vueltas, el resto de las parejas se fue uniendo a ellos en la pista.

Tres piezas más tarde, Ariana seguía en brazos de Alfonso XII y las miradas de reojo de todos los presentes estaban centradas en ellos. Comenzó a sentirse francamente incómoda, cohibida y desazonada. No era habitual repetir pieza, mucho menos tres veces seguidas, pero tampoco podía negarse a los deseos del monarca, que, como si no se hubiera dado cuenta del inicio de los cuchicheos, seguía hablando con ella sobre el constitucionalismo inglés, tema que parecía cautivarlo. Ariana sabía que los cotilleos eran un arma de doble filo, por tanto, no la sosegaba en absoluto convertirse en víctima de los mismos.

Mientras giraba en brazos de Alfonso, distinguió a sus suegros y a la jovencísima Isabel, radiante con el vestido azul elegido para la ocasión. Los vizcondes de Portillo dialogaban tranquilamente con otro matrimonio sin apercibirse del apuro en el que ella se encontraba. Miguel y Enrique se hallaban muy entretenidos en compañía de dos jóvenes bastante guapas. «Qué pronto se olvidan los hombres», pensó con una sonrisa. Por mucho que lo intentó no pudo encontrar a Rafael entre los asistentes, parecía haberse evaporado. Apenas llegar y presentarle a unos cuantos conocidos se había excusado con ella para ir tras los pasos de Cánovas del Castillo y Martínez Campos. De eso hacía más de tres cuartos de hora.

—¿Intranquila?

Ariana dio un respingo al escuchar la voz del monarca y a punto estuvo de perder el paso. Rehaciéndose de su falta de cortesía, porque no había escuchado nada de lo que él le estaba diciendo, sonrió lo mejor que supo.

—De ninguna manera, majestad.

—No hagáis oídos a las habladurías. Os aseguro que, aunque desearía estar bailando toda la noche con vos, solo estoy cumpliendo una misión. Maravillosa, eso sí.

—¿Cómo decís, majestad?

Alfonso se inclinó un poco hacia ella para susurrarle:

—Vuestro esposo me ha pedido expresamente que os protegiese de sus hermanos.

Ariana se quedó mirándolo con el asombro pintado en la cara. Observando la lucecita de picardía en sus ojos oscuros, dejó fluir una carcajada que fue coreada por Alfonso.

—¡Dios mío! —dijo ella luego, un tanto avergonzada viendo que todos los miraban—. Ahora sí que vamos a dar pie a los rumores, majestad.

—Sois como el sol de primavera tras el invierno, milady. Vuestro esposo es un hombre afortunado.

—Le ha costado entenderlo, no creáis.

—¿Perdón?

—Que casi hube de perseguirlo hasta atraparlo.

El monarca paró de bailar, asombrado por el comentario; de inmediato lo hicieron todas las parejas que ocupaban la pista.

—¿Perseguirlo? ¡Por Dios, señora mía, creía que Rivera era un hombre inteligente!

Ambos se echaron a reír de nuevo.

Desde el otro extremo del salón, Rafael estiró el cuello. Sin dejar de mirar a Ariana se medio volvió hacia Cánovas del Castillo y Martínez Campos diciendo:

—Mis disculpas, caballeros. Creo que mi esposa ha bailado suficiente con el rey.

—No pretenderá quitar la pareja de baile a su majestad, ¿verdad? —Lo retuvo el militar de un brazo.

Rafael alzó las cejas con un gesto sarcástico.

—¿Por qué no? Mis celos se extienden incluso al rey de España, señores.

Dejando a ambos con la palabra en la boca, se fue abriendo paso entre los asistentes hasta llegar a la pareja, tocó ligeramente el hombro del monarca y el joven volvió la cabeza.

—¿Me permitís, majestad?

Los que danzaban junto a ellos casi tropezaron, pararon y miraron asombrados a Rafael. Ariana sintió que el sofoco le subía por las mejillas, pero Alfonso, con una sonrisa, se la cedió con galantería.

—Creí que nunca vendríais a rescatarla. Y hubiera deseado que así fuera.

—Gracias por el favor, majestad. Erais el único capaz de mantener a mi esposa alejada de esos buitres que son mis hermanos.

—No hay de qué. Ya hablaremos más tarde de vuestra recompensa en esta aventura —comentó Alfonso sin dar importancia a que el baile continuara detenido—. ¿Tal vez aceptaríais otro título nobiliario, como hizo mi madre?

—No, majestad —negó Rafael muy serio—. Solo

quiero una cosa: que seáis el rey que España merece, que intentéis diezmar las penurias de vuestro pueblo y que lo honréis como él os honra.

El rostro de Alfonso XII perdió la sonrisa tornándose severo y su voz fue lo suficientemente timbrada como para que la escuchasen los que estaban cerca.

—Si no lo hiciese así, señor Rivera, tenéis mi permiso para expulsarme de esta tierra, a la que amo más que a mi vida.

Rafael asintió. Su corazón le decía que el joven monarca no le defraudaría, pero a pesar de todo concluyó:

—Tened por seguro, majestad, que lo haría sin un titubeo.

Ariana lanzó una exclamación que hizo sonreír a ambos. Alfonso tendió la mano y Rafael se la estrechó con fuerza. Después, el joven monarca fijó su mirada en los ojos de color violeta de la muchacha y dijo:

—No lo alejéis mucho tiempo de aquí, milady. España necesita hombres como vuestro esposo.

—Así lo haré —tartamudeó ella doblando la rodilla en una reverencia.

—Y ahora, seguid bailando —echó un vistazo a su alrededor—, creo que estamos entorpeciendo el baile.

Rafael lo vio alejarse de ellos con paso seguro mientras los asistentes que habían escuchado la conversación continuaban pasmados. Aquel cruce de frases sería tema de comadreo durante meses.

—Será un gran rey —dijo Rivera. Y Ariana notó orgullo en la afirmación de su esposo.

Se dejó enlazar por él sin dejar de mirarlo a la cara, sintiendo que su corazón estallaba de felicidad.

—No dejas de asombrarme, Rafael —murmuró—. ¿De verdad le pediste al rey que me librara de tus hermanos?

—Tenía asuntos que atender con Cánovas y no quería dejarte con ellos, son capaces hasta de intentar quitarme a mi dama; son un par de mujeriegos.

—Han tenido buen maestro.

—Es posible. —Sonrió—. Pero ahora, el maestro se ha retirado.

—Y solo ve por los ojos de su esposa —coqueteó ella—. ¿Quedarán olvidadas entonces todas las Mercedes del mundo?

—¡Por favor, Ariana! No puedes compararte con ella; ninguna mujer puede hacerlo contigo.

—Agradecida por el cumplido. Pero... ¿qué vas a hacer ahora, si no te dedicas a perseguir a las mujeres?

Los ojos de Rafael Rivera se volvieron muy oscuros al mirarla. Su mano izquierda rozó, como al descuido, el trasero femenino sofocándola.

—No me preguntes sobre lo que tengo en mente hacer porque me vería obligado a demostrártelo. ¡Te juro que eso sí sería tema de cotilleo en la corte!

Ariana aguantó la risa y lo observó con tanta dulzura y amor que Rafael estuvo a punto de perder la cabeza y besarla allí mismo.

—Chiquita...

—Shhh. No digas nada, mi vida. Déjame disfrutar de este instante, convencerme de que de verdad eres mío.

—Lo soy, cariño. Para siempre.

Ella notó que sus ojos se cubrían con lágrimas de felicidad.

—¿Crees que el abuelo nos estará viendo?

—Henry se estará frotando las manos y riéndose junto a san Pedro —afirmó Rafael—. A fin de cuentas, el muy pirata, lo preparó todo a conciencia. Creo que me conocía más que yo mismo y sabía que me acabaría enamorando de ti.

Ariana se dejó llevar por los brazos de su esposo y continuaron bailando sin ser conscientes de la curiosidad que despertaban a su alrededor, del gesto orgulloso de don Jacinto, del brillo en los ojos de doña Elena y las sonrisas irónicas del resto de la familia. Ni tan siquiera se dieron cuenta, mientras se adoraban en silencio, del gesto de suma complacencia de Julien Weiss, que veía cumplida su misión.

Nota de la autora

Lady Ariana nació en una de esas tardes tristonas, medio lluviosas y desapacibles en que todo lo ve una gris. Necesitaba meterme de lleno en una historia que me entretuviera, algo divertida, donde los protagonistas se enzarzaran a cada paso, donde tuvieran un romance precioso y hubiera aventura.

La idea surgió sin pensarlo demasiado mirando la fotografía de una dama antigua de alto copete y otra de un muchacho que estaba para mojar pan, con un aire de libertino, de esos que nos gusta encontrar en las novelas. «Harían buena pareja este adonis y la estirada damita», pensé.

Dicho y hecho, me puse a darle a la tecla. Y aquí está el resultado, sea bueno o malo, mediocre o pasable, pero escrito con todo el cariño.

En la época en que he desarrollado esta novela, la mujer tenía pocos derechos, todo estaba supeditado al marido, todo cuanto tenían pasaba a él tras el matrimonio; únicamente las damas de la aristocracia podían mantener algunas propiedades, aunque sin el control sobre ellas. Incluso en el caso de separarse, el marido podía quedarse con la custodia de los hijos. Leyes cavernícolas que, gracias a Dios, han cambiado. En 1857, imagino que después de que muchas mujeres montaran un buen jaleo en defensa de sus derechos, el Parlamento inglés modificó ligeramente las cosas para facilitar el divorcio. Yo había pensado divorciar a los protagonistas para que luego volvieran a unirse, pero dada la cantidad de trabas que se le ponía a la mujer, a la que no servía con que el esposo le hubiera puesto la cornamenta sino que, además, tenía que demostrar malos tratos y un largo etcétera, y como en España el divorcio no existía, al final Rafael habla de anulación. Si se alegaba no haber tenido trato carnal y había dinero de por medio, estaba hecho. Porque no es el amor el que mueve montañas, como se suele decir, sino el dinero y las influencias. Que se lo digan si no a Erique VIII. Eso sí, Rafael es un caballero español y, cuando se separan, firma lo que no está escrito cediendo todo a Ariana. Tampoco le hubiera permitido yo otra cosa, que quede claro. Yo dejo a los protagonistas a su libre albedrío, pero no tanto.

Los que me siguen saben que, además, me gusta introducir algunos personajes reales en las historias; el de Alfonso XII me agradaba desde niña y me he tomado la libertad de esconderlo en Ávila hasta que fue proclamado rey. No estuvo allí, pero muy bien podría haber estado, ¿verdad? Porque vaya usted a saber la de cosas que nos esconde la Historia y no cuentan los libros.

Por otro lado, madre no hay más que una. Y la mía

es maravillosa. Por eso, en algunas novelas, uno o los dos protagonistas son españoles y trato de ambientarlas, al menos una parte, en nuestro país. Con ello consigo dos cosas: sentirme más cercana a los personajes al ser de nuestro terruño y, sobre todo, que mi madre no me dé la murga diciéndome: «Hija, vaya nombrecitos que me pones; es que me pierdo con tanto nombre extranjero.»

Así que vaya por ella nuestro Rafael, que es de Toledo nada menos, y todos los personajes secundarios que seguro le van a sonar. Eso sí, no podré evitar, por mucho que el protagonista sea español, que me eche la bronca con una sonrisita pícara cuando me comenta las escenas «calentitas». Pero es que todo no se puede conseguir, digo yo.